TU SAIS OÙ
ME TROUVER !

Gaëlle Ausserré

TU SAIS OÙ ME TROUVER !

Roman

De la même auteure :
Qu'une parenthèse, 2019
L'endroit exact où je dois être, 2021
Couleur de lac, 2022

ISBN-13 : 9798566216782

Photo : © Billion photo © Shutterstock
Graphiste : Vanessa Ausserré

Dépôt légal, décembre 2020

« La destinée, avec sa patience mystérieuse et fatale, approchait lentement l'un de l'autre ces deux êtres tout chargés et tout languissants des orageuses électricités de la passion, ces deux âmes qui portaient l'amour comme deux nuages portent la foudre, et qui devaient s'aborder et se mêler dans un regard comme les nuages dans un éclair.

(...) Rien n'est plus réel que ces grandes secousses que deux âmes se donnent en échangeant une étincelle. »

Victor Hugo, *Les Misérables*

1

Mardi 15 juin

Tout était calme dans l'avion. Les lumières de la cabine s'étaient éteintes pour la suite de ce vol de nuit. Les passagers somnolaient ou luttaient contre l'ennui à la lueur bleutée des écrans. Les hôtesses circulaient silencieusement entre les rangées afin de s'assurer que tout se passait bien. Le voyant demandant que les ceintures soient attachées se ralluma soudainement, tandis qu'une voix féminine très paisible les prévenait de leur entrée dans une zone de turbulences.

Else se mit à sourire en remarquant le signal s'éclairer. Elle songea aussitôt qu'il était bien dommage que les êtres humains n'en soient pas dotés : il leur serait alors tellement plus facile de se préparer à avoir leur vie complètement secouée. Ainsi avertis, ils pourraient se mettre en boule et attendre que cela se termine, en espérant survivre ou, à défaut, subir le moins de dégâts possible.

Cette jeune Française de vingt-huit ans avait déjà connu son lot d'épreuves. Elle rêvait désormais d'une accalmie. C'était pour cela qu'elle rentrait à Chicago après plusieurs mois d'un exil parisien censé être provisoire. Ce retour l'angoissait énormément. L'hiver précédent, les circonstances de son départ pour la France n'avaient pas été idéales. Elle pensait que revenir en ce milieu de mois de juin rendrait les choses moins moroses et, surtout, moins éprouvantes.

Lorsque l'arrivée à l'aéroport d'O'hare se précisa, Else tressa ses longs cheveux châtains, remit un peu de maquillage sur ses yeux bleus et déposa une goutte de son parfum fleuri dans le cou. Elle ne supportait pas l'idée de se présenter entièrement froissée à la personne qui viendrait l'accueillir. Elle voulait mettre toutes les chances de son côté pour paraître à son avantage. Sa grand-mère maternelle, Jeanne, lui avait appris à toujours sortir un peu apprêtée car on ne pouvait jamais prévoir qui on allait rencontrer : une femme se devait d'être soignée et impeccable en toute occasion. C'était bien la seule chose qu'Else avait retenue des interminables mises en beauté de Jeanne qui, à soixante-dix-sept ans, demeurait très coquette.

Else se pencha au hublot situé sur sa droite. Le jour était levé depuis peu sur Chicago qui s'étendait à perte de vue. Au loin, elle observa le lac Michigan, son phare, les parcs, les gratte-ciel. Cette ville, si différente de Paris, lui avait manqué plus qu'elle ne l'aurait imaginé.

Après l'atterrissage, elle attendit patiemment à sa place que tous les voyageurs aient quitté l'avion afin de ne pas se mêler à la cohue générale. Elle avait toujours préféré rester tranquillement sur son siège, quitte à sortir la dernière, plutôt qu'être compressée entre des inconnus et leurs bagages à main.

Elle récupéra ses valises, puis franchit la douane. Elle se retrouva alors comme jetée en pâture au milieu des personnes amassées à la sortie, guettant fébrilement les passagers qu'elles attendaient. Elle parcourut du regard la foule qui s'agitait. Elle l'aperçut enfin. Gregory se tenait en retrait. Il lui fit un petit signe de la main en lui souriant chaleureusement. Elle répondit à son sourire, tout en se dirigeant vers lui.

Ses épais cheveux blonds semblaient fraîchement coupés, tandis que ses yeux gris foncé s'animèrent en la voyant s'approcher. Malgré tout ce qu'il s'était passé entre eux, elle était contente qu'il soit venu la chercher. Plus que Chicago, c'était lui son chez-elle.

Tout au long du vol, elle s'était demandé comment elle était supposée se conduire avec lui lors de leurs retrouvailles. Devrait-elle le prendre dans ses bras ? Lui faire la bise ? L'embrasser ? Comment se comporte-t-on avec un mari que l'on n'a pas vu pendant six mois ?

Il ne lui laissa pas le temps de décider. Il déposa timidement un baiser sur sa joue. Il avait l'air aussi emprunté qu'elle. Il avait également beaucoup pensé à la façon d'agir avec elle sur le chemin de l'aéroport. Même s'il avait attendu avec tellement d'impatience ce moment, il avait peur de la brusquer. Il avait donc décidé de lui montrer qu'il était heureux de la retrouver, sans pour autant lui donner l'impression de mettre énormément d'espoir dans ce retour.

C'était dans ce même aéroport qu'il l'avait vue pour la dernière fois en décembre dernier. Pendant son absence, ils s'étaient appelés, rarement. Leurs échanges avaient toujours été réduits au strict minimum, laissant place, le plus souvent, à de longs silences où ils s'étaient contentés d'écouter le souffle de l'autre. Pourtant, ces silences avaient été bien plus confortables pour eux que tout ce qu'ils auraient pu se dire. Chacun avait mené son dialogue intérieur, taisant tout ce qu'il aurait aimé avouer à l'autre. Ils avaient agi comme deux enfants qui se seraient lancé le défi de se taire le plus longtemps possible. Le premier à prendre la parole aurait été déclaré perdant.

Greg n'avait jamais osé dire à Else combien elle lui manquait. Il était persuadé que cela produirait exactement l'inverse de l'effet recherché. Il ne voulait pas compliquer davantage une situation déjà délicate, dont il était en partie responsable. Il pensait suffisamment la connaître pour savoir que lui confesser le mal qu'il avait d'elle ne ferait que la déstabiliser. Ce n'était pas de cela dont elle avait besoin. Il souhaitait qu'elle revienne de son plein gré, uniquement pour lui, et non à cause de la culpabilité que lui procurerait cet aveu.

Il la contempla, le sourire aux lèvres.

— Je suis heureux que tu sois là. Tu sembles en pleine forme !

— Tu veux dire que, cette fois, j'ai l'air un peu plus vivante ?

Elle regretta aussitôt de paraître à ce point sur la défensive.

— Non, Else, je dis juste que tu es bien… et belle.

— Excuse-moi ! Je ne voulais pas être agressive. Le voyage a été si long. Je suis crevée.

— Justement, avec le retard qu'a pris ton avion, je n'ai que le temps de te déposer en bas de notre immeuble. Je dois partir directement au boulot. J'avais prévu de rester un peu avec toi à la maison mais, là, je risque d'être en retard à mon premier cours.

Elle ne trouva pas le courage de lui dire qu'en définitive cela l'arrangeait. Elle appréhendait un peu d'être, pour la première fois depuis des mois, en tête à tête avec lui, dans leur grand appartement silencieux. Elle voulait d'abord se réhabituer seule à son environnement, comme un animal qui aurait besoin de refaire le tour de sa tanière, d'en sentir les odeurs, d'en redécouvrir les ombres et les recoins.

Greg lui prit son chariot des mains et la conduisit jusqu'à leur voiture. Sur le chemin qui les ramenait chez eux, ils échangèrent quelques banalités. Elle lui demanda des nouvelles de leurs amis et de sa famille, en omettant ostensiblement sa belle-mère. Elle n'était, du reste, même pas certaine qu'il ait reparlé à sa mère depuis leur altercation à l'hôpital. Il y a encore un an, Else entretenait pourtant de bons rapports avec elle et sa belle-famille.

Lorsque Greg, alors âgé de vingt-quatre ans, était revenu de son année universitaire à Paris, six ans auparavant, tous s'étaient attendus à ce qu'il leur rapporte une ou deux bouteilles de vin. Au lieu de cela, le fils prodigue avait ramené dans ses bagages une jeune Française. Else avait immédiatement été acceptée par ces Américains qui trouvaient son accent tout à fait charmant et très exotique. Son arrivée n'avait pas été complètement inattendue puisqu'ils connaissaient pertinemment son existence. Greg l'avait régulièrement évoquée dans les mails qu'il leur avait envoyés durant son séjour. D'ailleurs, n'ayant jamais vu son prénom qu'écrit et ignorant tout de sa prononciation, ils l'appelaient ironiquement à la façon du mot anglais *else*, et non « Elzeu ». Au début, ce prénom leur avait paru incongru. Greg leur avait rétorqué que, dans un pays où une fille pouvait se prénommer *Apple* ou *Summer*, sa petite amie pouvait bien s'appeler « Autre ». Lui trouvait cela très original. Il en tirait même une certaine fierté. Ce prénom était comme elle, insolite.

Lorsque la voiture entra dans leur quartier, le cœur d'Else se mit à battre plus vite, sa respiration se fit plus difficile. Elle doutait désormais d'avoir pris la bonne décision en revenant chez eux, voire dans cette ville, tout simplement. Plusieurs choses avaient cependant motivé son retour. L'une d'entre elles était professionnelle. Auteure d'une série de livres pour enfants, elle venait présenter à son éditrice les dessins destinés à son prochain projet. Elle avait aussi très envie de revoir les amis qui avaient eu une place essentielle dans sa vie américaine. Par-dessus tout, elle souhaitait décider de la suite à donner à son mariage.

Greg arrêta la voiture au pied de leur petit immeuble. Il l'aida à sortir ses valises du coffre.

— Je suis vraiment désolé, je n'ai pas le temps de monter avec toi. Tu vas te débrouiller ?

— Bien sûr ! Ne t'inquiète pas. Tu rentres quand ?

— Dans l'après-midi. Repose-toi en attendant. Essaie quand même de ne pas dormir trop longtemps à cause du décalage horaire. Tu peux prendre notre chambre. J'ai déplacé mes affaires dans le bureau. Après tout, c'est là que je dormais avant que tu ne partes.

Détournant son regard, elle répondit calmement :

— Ne commence pas, Greg, s'il te plaît.

Il soupira, frustré de ne pas pouvoir en dire davantage. Au moment où il ouvrit la portière, il lui confessa :

— Ça me fait tellement plaisir que tu sois enfin revenue. Je ne sais pas ce qu'il va en ressortir, mais ça ne peut que nous aider, j'en suis certain. À tout à l'heure !

Il résista à l'envie d'ajouter « mon amour », craignant que ces mots ne soient prématurés. Il monta dans la voiture et démarra. Else resta un instant sur le trottoir à le regarder s'éloigner.

Afin de rejoindre leur appartement, elle s'engagea dans les escaliers avec ses bagages. Un voisin qu'elle ne connaissait pas l'interpella :

— Je vais vous aider ! Vous allez à quel étage ?

— C'est gentil, merci. Je vais au troisième.

— Vous êtes française ?

Consciente que, malgré les années, elle ne s'était jamais départie d'un léger accent, elle plaisanta :

— Qu'est-ce qui m'a trahie ?

— Devinez ! Alors, c'est vous qui êtes mariée au prof ! Martha du deuxième nous a parlé de vous. Pour tout vous dire, avec ma femme, on commençait à se demander si vous existiez vraiment. En quatre mois, on ne vous avait jamais vue.

— J'existe ! J'étais en voyage. Je viens juste de rentrer.

Il la quitta sur son palier en l'invitant à passer boire un verre un soir avec Greg, car son épouse serait ravie de pouvoir enfin les rencontrer à son tour. Else lui adressa un sourire poli. Elle savait parfaitement qu'elle ne répondrait jamais à son invitation, se doutant de ce que Martha leur avait raconté à son sujet. Toute cette curiosité malsaine était, pour elle, invivable.

Dès qu'elle fut seule, elle mit la clé dans la serrure. La porte s'ouvrit, néanmoins, elle hésita à en franchir le seuil. Elle respira profondément afin de gérer son angoisse, puis elle se jeta à l'eau. Une fois dans l'entrée, elle se dit que ce n'était pas si dur en fin de compte, qu'aucun éclair n'avait fendu le ciel, que la foudre ne s'était pas abattue sur elle.

Elle abandonna ses bagages dans le salon aux murs clairs, ouvert sur une petite cuisine agréable. Elle partit ensuite à la découverte de son appartement. Tout était propre, aéré, rangé. Elle avait eu peur de trouver un véritable chantier après tous ces mois d'absence. Greg avait dû faire le ménage. Il avait même pris soin de placer, sur la table de salle à manger, un bouquet de ses fleurs préférées. Touchée, elle s'en approcha pour respirer leur parfum.

Le petit corps chaud qu'elle sentit soudain contre elle lui fit baisser les yeux. Leur chat était venu se frotter le long de ses jambes, y déposer son odeur et chercher de l'affection. Elle s'accroupit attrapant l'animal qui se laissa faire en ronronnant. Lui aussi l'avait attendue. Ce chat avait toujours été si pot de colle avec elle ! Dès qu'elle s'asseyait à son bureau ou s'allongeait sur son lit, il avait l'habitude de se coucher sur ses genoux ou sur son estomac. Elle le reposa sur le parquet après avoir enfoui son visage dans la fourrure claire et douce de son cou. À peine ses pattes touchèrent-elles le sol que le chat fila se cacher sous le canapé.

Puis, Else regarda, sur le côté, le couloir qui menait aux chambres. Elle expira encore profondément et s'y engagea. La première pièce sur sa gauche était fermée. Elle passa devant en laissant traîner ses doigts sur le bois lisse et froid de la porte, telle une caresse, sans pour autant oser y poser les yeux ni s'y arrêter. La pièce suivante était leur bureau, dans lequel Greg avait repris ses quartiers pour lui laisser leur chambre. En face, celle-ci était baignée de lumière. C'était la luminosité de cet appartement qui les avait séduits lors de leur première visite. Elle s'assit sur le lit. Elle perçut l'odeur de lessive que dégageaient les draps propres. Sa main parcourut doucement le tissu encore un peu rigide. Des yeux, elle fit le tour de la pièce afin de se réapproprier les lieux où rien n'avait changé depuis son départ.

Elle était tellement épuisée qu'elle se serait volontiers couchée immédiatement, cependant, après ces interminables heures de voyage, elle avait très envie d'une douche. Elle prit tout de même le temps d'appeler sa mère. Si elle attendait d'avoir dormi, avec les sept heures de décalage, il serait trop tard à Paris pour la joindre sans qu'elle s'inquiète d'un appel à une heure avancée.

Deux sonneries suffirent pour que Marianne décroche.

— Else, mon ange, je suis soulagée d'avoir de tes nouvelles. J'en attendais bien avant !

— Mon escale a été plus longue que prévu. Mon deuxième vol avait du retard. Greg vient juste de me déposer.

— Il t'a déjà laissée seule à peine descendue de l'avion ?

— Il avait des cours aujourd'hui. Il devait repartir tout de suite.

— Il aurait pu les annuler quand même. Il ne t'a pas vue pendant six mois et il ne fait pas l'effort d'être là pour ta première journée !

Else passa sa main sur son front en entendant la dernière remarque de sa mère. Il lui fallait couper court à cette conversation.

— Il ne pouvait pas, maman. L'université est en pleine transition entre la session de printemps et celle d'été. Je savais pertinemment qu'il avait encore trois semaines de travail avant d'être en vacances. Ça me convient très bien, je t'assure. Mais on en rediscutera une autre fois. Là, je t'appelais simplement pour te dire que j'étais bien arrivée. Maintenant que c'est fait, je vais aller me reposer. Je suis lessivée. On se rappelle bientôt, d'accord ?

— J'imagine que c'est un argument contre lequel je ne peux rien. Prends soin de toi, mon bébé.

Else raccrocha donc avant que Marianne n'ait encore l'opportunité de lui dire ce qu'elle pensait de Greg. Certes, sa mère était très remontée contre lui, néanmoins, Else savait aussi qu'elle avait, plus que tout, peur pour elle. Exténuée, elle n'eut pas le courage d'appeler également Jeanne, dont elle était si proche. Cette dernière, contrairement à Marianne, ne lui reprocherait pas de n'envoyer qu'un message rassurant.

Elle chercha encore un peu d'énergie pour se rendre dans la salle de bains attenante. Son reflet dans le miroir lui renvoya aussitôt une image bien peu flatteuse. Des cernes marquaient le dessous de ses yeux, tandis que ses cheveux avaient repris leur liberté en s'échappant de sa tresse. Sur une des étagères, elle aperçut le parfum de Greg. Elle saisit la bouteille dont elle ôta le bouchon. Elle baissa les paupières afin de mieux apprécier les notes de cèdre et de bergamote. Elle referma le flacon en souriant : c'était tout de même sur la peau de son mari qu'elle le préférait.

Après sa douche, Else enfila un tee-shirt et un jean, le préférant à un pantalon de pyjama confortable qui l'aurait trop encouragée à commencer sa nuit. La porte du bureau où Greg dormait étant ouverte, elle y pénétra. Sa main glissa sur la table en chêne sur laquelle elle avait passé tant d'heures à écrire et à dessiner. Elle s'assit sur le lit situé dans le coin de la pièce, près de la fenêtre. Greg avait déposé quelques-unes de ses affaires sur la table de nuit, dont le roman qu'il était en train de lire. Elle l'ouvrit à l'endroit du marque-page.

Son cœur se serra douloureusement. C'était une photo d'eux ou, du moins, d'individus qui leur ressemblaient incontestablement. Avaient-ils vraiment été ces personnes souriantes et insouciantes ? Elle eut l'impression de regarder des doubles échappés d'un monde parallèle. Elle douta presque que ces gens aient réellement existé. Ils paraissaient tellement heureux ! Elle songea que, s'ils avaient su ce qu'ils allaient traverser, ils n'auraient pas été si arrogants. Peut-être valait-il mieux ne pas savoir en fin de compte. D'ailleurs, n'existait-il pas une citation avançant que l'ignorance était une bénédiction ou quelque chose comme cela ?

Elle se demanda, surtout, comment Greg supportait encore de voir ces photos. Elle ne pouvait plus. Elle avait pourtant toujours pensé qu'elle était plus forte que lui. Elle toucha délicatement du doigt le visage de ces gens qui lui semblaient inconnus à présent, mais qui avaient été des familiers dans une autre vie. Du revers de la main, elle essuya l'un de ses yeux avant qu'une larme n'en coule, renifla et reposa le livre. Elle sortit du bureau plus vite qu'elle n'y était entrée, craignant d'être prise en faute d'avoir fouillé dans les affaires de son mari.

Dans sa chambre, elle ferma un peu les lourds rideaux opaques, espérant laisser filtrer suffisamment de lumière pour ne dormir qu'une heure ou deux. Elle retira également la chaîne qu'elle portait autour du cou, dans laquelle étaient enfilées, entre autres, son alliance et sa bague de fiançailles. Puis, elle s'allongea sur le grand lit, le chat à ses côtés.

Lorsqu'elle rouvrit les yeux, elle comprit immédiatement que ses bonnes résolutions n'avaient pas réussi à tenir tête à la fatigue. Il était sûrement plus tard qu'elle ne l'aurait voulu. Elle entendit des bruits de vaisselle dans la cuisine. Greg devait être déjà là, lui confirmant qu'elle avait dormi trop longtemps.

Elle sortit de sa chambre à l'aveuglette, encore dans le brouillard. Une fois dans le couloir, elle se prit les pieds dans quelque chose qui, logiquement, n'avait rien à y faire. Elle trébucha et se retrouva allongée sur le ventre. Au moment où elle releva la tête, le chat déambula devant elle, la narguant presque du croche-pied qu'il venait de lui faire.

— Saleté de chat ! Tu devrais être honteux et baisser la tête ! Je pensais pourtant t'avoir appris le respect, surtout envers ceux qui gèrent ton stock de croquettes.

— Tu sais que le lit serait plus confortable que le parquet pour dormir ?

Elle observa les deux pieds qui se trouvaient à cinquante centimètres d'elle, puis se redressa sur les coudes pour voir le visage rieur de Greg.

— Je crois que cet animal est incontestablement rancunier.

— Tu n'as juste plus l'habitude qu'il te suive comme ton ombre. Je t'avais prévenue de ne pas trop dormir. Tu es dans le coaltar. C'était couru !

Il s'accroupit devant elle en lui tendant les mains pour l'aider à se mettre debout. Ils se dirigèrent ensuite vers la cuisine où il préparait le dîner. Elle se percha sur un des tabourets de bar placés le long de l'îlot afin de l'observer cuisiner.

— J'ai croisé notre nouveau voisin en rentrant. Il m'a donné un coup de main avec mes bagages.

— Sa femme et lui ont emménagé il y a plusieurs mois. Il a l'air sympa. Enfin du peu que je le connais.

— Il nous a invités à prendre un verre à l'occasion…

— Et ?

— Et Martha lui a parlé de nous…

— Martha, la commère du deuxième ? On n'ira pas !

— C'est exactement ce que je me disais. Notre vie n'a sûrement plus aucun secret pour lui.

Tout en discutant, elle prit l'initiative de saisir un grand couteau pour l'aider à découper les légumes. Il la vit faire et, soudain, aperçut la cicatrice en travers de son avant-bras. Il lui retira doucement le couteau des mains.

— Donne ! Je préfère que tu fasses autre chose.

— Quelque chose de moins dangereux ? Ce n'est pas le même au moins ? s'enquit-elle sur un ton provocateur.

— Ne plaisante pas avec ça !

— Alors avec quoi ? De quoi peut-on rire encore ?

Elle se rendit au frigo d'où elle sortit une bouteille de vin blanc. Elle l'interrogea en leur servant un verre :

— Ça aussi, tu vas me l'interdire ?

Il la fixa, conscient qu'il avait peut-être été trop brusque, qu'il risquait de la faire à nouveau rentrer dans sa coquille. Et ce soir, il avait vraiment envie de partager un moment tranquille avec elle. Ils ne s'étaient pas retrouvés seuls chez eux depuis si longtemps ! Il allait lui falloir être plus diplomate s'il voulait instaurer un dialogue entre eux.

Il n'insista donc pas davantage, préférant entamer une autre conversation. Il prit des nouvelles de l'avancement de son livre, puis se montra curieux de ce qu'elle prévoyait de faire le lendemain. Elle avait hâte de revoir certains de leurs amis. Ils lui avaient manqué plus qu'elle ne l'aurait cru puisque, après tout, ils étaient au départ les amis de Greg, pas les siens. De tous, c'était surtout à Timothy qu'elle envisageait de rendre visite en premier. Ensuite, elle se promènerait probablement une partie de la journée dans un quartier de la ville plus animé que le leur.

L'atmosphère se détendit peu à peu. La fin de soirée fut, contre toute attente, relativement sereine. Greg finit par aller se coucher alors qu'Else, incapable de trouver le sommeil, restait devant la télé, à caresser le chat. Une fois seul, il regretta, cependant, de ne pas avoir osé aborder un sujet qui lui brûlait les lèvres. Il aurait voulu lui demander si elle pensait repartir, espérant secrètement qu'il n'y aurait pas d'autre séparation.

2

Le lendemain matin, Greg se leva, tandis qu'Else dormait encore. Il se prépara en prenant garde de ne pas la réveiller, même s'il aurait préféré profiter au moins de quelques minutes avec elle avant de s'absenter pour plusieurs heures. Il quitta donc l'appartement sans avoir eu la chance de la croiser. Professeur de littérature et de civilisation françaises à l'université de Chicago, il donnait, comme chaque mercredi, des cours toute la journée. Pour la première fois depuis des mois, il eut hâte de rentrer chez lui en fin d'après-midi.

Else se réveilla à l'heure du déjeuner. Déjà en retard sur ce qu'elle avait prévu, elle ne prit pas le temps de passer par la cuisine. Elle enfila un débardeur et une jupe longue légère, puis elle partit directement voir Timothy. Celui-ci tenait une librairie près de Lincoln Park. Greg et lui étaient inséparables depuis l'enfance. Lorsque Else était venue vivre à Chicago, elle s'était tout de suite très bien entendue avec lui. Ce grand métis aux yeux clairs avait une mère allemande, faisant presque de lui le seul Américain qui n'avait pas eu besoin d'un cours de langue pour prononcer correctement son prénom, tiré d'une nouvelle autrichienne.

Pendant son séjour en France, il avait continué à lui envoyer des messages, auxquels Else n'avait commencé à répondre que récemment. Dès qu'elle lui avait annoncé son retour, se doutant toutefois que Greg l'en aurait déjà informé, il lui avait suggéré de lui rendre visite aussitôt car il était impatient de la revoir. Il espérait sincèrement que sa retraite parisienne lui avait été bénéfique.

Replonger dans les méandres du métro parut à Else étonnamment naturel : à Paris, elle n'avait circulé qu'en bus. Au travers de la vitrine, elle observa la librairie qui représentait tout ce qu'elle appréciait. Ses lumières étaient douces, ses bibliothèques en bois lui donnaient un aspect très classique, mais aussi très chaleureux. Elle avait adoré y travailler, entendre le bruit des pages que l'on tournait délicatement, profiter de ce silence presque religieux que provoquait instinctivement la présence de tous ces livres.

Lorsqu'elle entra, Timothy était occupé à conseiller quelqu'un. Elle se plaça non loin de lui, afin d'attirer son attention et essayer de le distraire. Après avoir renseigné tant bien que mal son client, il se précipita sur elle pour la prendre dans ses bras, sans parvenir à conserver son air contrarié.

— Tu es vraiment intenable, Else ! J'ai eu un mal fou à garder mon sérieux ! Tu as de la chance de ne plus travailler ici, sinon je t'aurais virée !

— Moi aussi je suis contente de te revoir, Tim ! Tu as le temps de déjeuner avec moi ?

— J'aurais eu le temps si tu étais arrivée un peu plus tôt !

— Désolée ! J'ai trop dormi. J'ai du mal à gérer le décalage horaire.

— C'est dommage que tu sois là si tard, j'anime un atelier de lecture dans vingt minutes. À la place, on peut prendre un café !

— Arrête d'appeler « café » les mixtures que tu bois à longueur de temps ! C'est ignoble et trop sucré !

— Pas de café alors. C'est trop tôt pour une bière… J'ai de l'eau au robinet !

— Parfait ! répondit-elle en riant.

Elle le suivit dans son bureau où il lui offrit un siège.

— Quand j'ai appelé Greg tout à l'heure, il a été incapable de me préciser l'heure à laquelle tu passerais aujourd'hui.

— Ton siamois ne pouvait pas connaître une chose que moi-même j'ignorais.

Il pouffa, manquant de s'étouffer avec sa gorgée d'eau.

— Mon « siamois » ! Je serais curieux de savoir par quoi on était reliés !

— Après toutes ces années à vous voir faire les crétins ensemble, je dirais le cerveau ! Une moitié chacun depuis votre séparation, ricana-t-elle.

Il conclut, soudain redevenu sérieux :

— Ça fait plaisir de te retrouver, Else ! Tu m'as manqué !

Ils eurent juste le temps de se donner quelques nouvelles, puis de convenir d'un dîner chez elle avec Greg et Maggie, la femme de Timothy.

— L'atelier va démarrer. Tu restes ? Ça te rappellera le bon vieux temps, quand c'est toi qui les animais.

— Je ne pense pas que ce soit une bonne idée. En plus, tu vas encore leur lire un conte de fées ! Tu sais que ce n'est pas très honnête de mettre dans la tête des enfants que toutes les histoires finissent bien. Il n'y a pas toujours de *happy ending*.

— Je vois que tu vas mieux, lui rétorqua-t-il ironiquement. Il pourrait y en avoir un pour toi, tu ne crois pas ?

Elle éluda sa question en l'embrassant sur la joue, ponctuant son geste d'un joyeux « À vendredi alors ! ».

Après la librairie, Else se rendit dans Lincoln Park, l'un des lieux qu'elle adorait le plus dans cette ville. C'était là que lui était venue l'idée du personnage principal de ses livres, un écureuil prénommé Gus. Ce parc exceptionnel recélait des musées, des aires de loisir, des plages. Il était aussi riche de nombreuses œuvres d'art. Il était à Chicago ce que Central Park était à New York : un poumon de verdure au milieu de la ville.

L'endroit du parc qu'Else préférait était, sans nul doute, l'Alfred Caldwell Lily pool, un plan d'eau magnifique et paisible. Flâner dans la végétation luxuriante de ce jardin caché lui permettait d'oublier complètement l'agitation urbaine qui l'entourait. Elle se laissait alors submerger par la nature, les nénuphars en fleurs, les plantes vivaces, les arbres, au milieu desquels serpentaient des cours d'eau et une promenade en pierre.

La journée était chaude et ensoleillée. Else choisit de rester dans la partie sud du parc, près du lac. Elle s'assit dans l'herbe, à l'ombre des arbres, avec un sandwich. Elle pensa, amusée, qu'elle n'était là que depuis vingt-quatre heures et que, déjà, elle se nourrissait n'importe comment. Elle observa les gens faire du sport, discuter entre amis, jouer avec leurs enfants.

Un jeune couple, accompagné d'un petit garçon qui marchait à peine, s'installa à côté d'elle. Dans les bras de sa mère, qui tournait le dos à Else, l'enfant la regarda en babillant joyeusement.

Ses cheveux blonds qui reflétaient la lumière du soleil, ses deux grands yeux bleus qui la fixaient… L'estomac d'Else se noua douloureusement. Elle sut à cet instant qu'il était temps qu'elle rentre.

À son retour, Greg travaillait dans le bureau. Elle le salua rapidement sans entrer dans la pièce, puis elle décida de se faire un vrai café. Greg la rejoignit dans la cuisine. Elle l'informa que Timothy et Maggie viendraient dîner le vendredi suivant. Cela lui donna presque un sentiment de normalité. Elle lui décrivit ensuite ses retrouvailles avec leur ami ainsi que son après-midi au parc, en évitant d'évoquer le petit garçon.

Pendant qu'ils cuisinaient face à face, l'attention d'Else se posa sur les mains de Greg.

— Tu portes encore ton alliance ?

— On est toujours mariés, non ?

— Si, bien sûr. C'est juste que, avant mon départ, j'ai cru…

— Je sais ce que tu as cru. C'était une erreur.

— Je vois, murmura-t-elle en baissant le regard vers ses propres mains.

— Toi, tu ne portes plus la tienne visiblement ?

— Ils me l'avaient retirée à l'hôpital, et j'ai perdu l'habitude de la mettre.

Elle se reprocha aussitôt de lui mentir. Quelque chose l'empêchait de lui dire qu'elle l'avait constamment sur elle, dissimulée sous ses vêtements. Comme une fierté mal placée qui lui interdirait de lui montrer que ce bijou comptait encore. Elle ne pouvait pas, pas maintenant… Elle en voulait toujours à Greg de l'avoir fait tant souffrir.

La soirée fut aussi calme que la veille. Greg lui parla de ses cours, de certains de ses étudiants indolents qui, semblait-il, faisaient davantage du tourisme que des études. Ils évoquèrent également le dîner de vendredi. Else proposa de s'en charger, faisant hausser les sourcils de Greg. Il ne la trouvait pas mauvaise cuisinière, pourtant il ne s'était jamais fait à ses goûts, selon lui, bizarres. Il la taquina :

— Tu devrais peut-être prévoir un truc plus local que tes repas habituels.

La nourriture avait toujours été une source de discordance entre eux. Else, loin d'être vexée, entra dans son jeu.

— Qu'est-ce que tu entends par « local » ? Ah, je sais ! Tu veux que je fasse des *mac and cheese*, c'est ça ? Le genre de nourriture insipide et régressive que tu as, à coup sûr, mangée en mon absence ! Et pour que ce soit plus « local », je les achèterai lyophilisés.

— Je ne comprends pas ce que tu reproches à ces plats tout faits. Ils nous ont sauvé la mise plus d'une fois.

— Tu sais que ce n'est même pas du vrai fromage qu'il y a dedans ? lui demanda-t-elle hilare.

— Je renonce, tu as gagné. Tu as carte blanche ! Tu peux faire autre chose qu'un menu pour enfants.

Pour la première fois depuis le retour d'Else, le couple rit ensemble de bon cœur. Ces débats culturels autour de l'alimentation les amusaient beaucoup. Ils saisissaient le moindre prétexte pour se provoquer sur ce sujet. Dès le début de leur vie commune, ils avaient été contraints de trouver des compromis culinaires, car Greg n'appréciait pas la cuisine française autant qu'il en aimait la culture et la littérature.

Elle gardait d'ailleurs un souvenir impérissable de sa réaction lorsque, encore étudiants à Paris, Jeanne leur avait préparé de la langue de bœuf. Else l'avait prévenu que ce plat l'écœurait. Malgré ses avertissements, il s'était forcé à y goûter, se disant que, si les Français l'aimaient, il ne devait pas être si mauvais. Il avait détesté. S'il avait cru découvrir le pire de la cuisine française cette fois-là, il avait été vite détrompé le jour où Bertrand, le père d'Else, avait entrepris de lui faire manger du ris de veau. Greg avait alors confié à sa femme qu'il était inconcevable qu'un pays capable de tant de finesse artistique et intellectuelle puisse avoir des pratiques alimentaires aussi discutables.

◊◊◊◊◊

Else fut réveillée de bonne heure par la sonnerie de son portable. La tête enfouie dans son oreiller, elle tâtonna pour le trouver sur la table de nuit. Elle regarda le nom affiché sur l'écran. S'efforçant de prendre une voix enjouée, elle décrocha :

— Bonjour, maman !

— Bonjour, mon bébé ! Tu dormais, j'imagine ?

— Quelle drôle d'idée ! Il n'est jamais que…

Else jeta un œil rapide à son téléphone et le replaça sur son oreille.

— Sept heures du matin. Je ne suis pas la seule à ne pas me faire au décalage horaire.

— Je sais parfaitement l'heure qu'il est chez toi. Je voulais t'éviter de traîner au lit. Bon, il est à côté de toi ou tu peux me parler tranquillement ?

Else s'extirpa de son lit et répondit à Marianne en se dirigeant vers la cuisine :

— Tu ne l'appelles même plus par son prénom ?! Je n'ai aucun problème à parler devant Greg… et on fait toujours chambre à part de toute façon.

— Vous n'avez pas encore discuté ?

— Si, on discute, mais de choses ordinaires pour l'instant.

— Vous devez communiquer, Else ! Tu as voulu revenir, alors un effort !

Else leva les yeux au ciel tout en prenant une tasse. Elle appuya sur le bouton de la cafetière.

— Maman, j'ai besoin de temps pour me réadapter à mon environnement. Il l'a compris. Contrairement à toi, il ne me bouscule pas. Tu dois me laisser de l'espace pour retrouver ma vie. Tu sais que je n'aime pas la façon dont tu t'immisces dans mon couple.

— Je veux juste m'assurer que tu ne referas pas de bêtises et que… Greg… Tu vois, je le nomme… s'occupe bien de toi. Je m'inquiète.

— Je sais, maman, mais tout va bien. Je te tiendrai au courant, promis. Je vais devoir te laisser, j'ai des tonnes de choses à faire.

— Tu essaies de te débarrasser de moi…

— C'est tout à fait ça. Bisous, maman.

Else raccrocha puis jeta négligemment son téléphone sur le plan de travail dans un soupir.

Assise en tailleur sur une chaise de la salle à manger, elle entama son café en feuilletant un livre de cours que son mari avait abandonné sur la table la veille. Greg arriva derrière elle et, par réflexe, posa un baiser dans le cou d'Else qui sursauta.

— Pardon si je t'ai fait peur ou… mise mal à l'aise. C'est l'habitude. Pendant des années…

Il laissa sa phrase en suspens. Elle lui sourit.

— Pas de souci. Ce n'est pas si étrange en fin de compte.

— Je pourrai recommencer alors ?

— Peut-être, le nargua-t-elle.

Exceptionnellement, Greg n'avait qu'un cours à donner en début d'après-midi. Il lui proposa par conséquent de sortir où elle en avait envie avant qu'il ne doive se rendre à l'université. Elle n'eut pas besoin de réfléchir. Il y avait bien un endroit où elle avait hâte d'aller, toutefois, elle savait qu'il n'y consentirait jamais. Il l'avait prévenue, un an auparavant, qu'il refusait dorénavant d'y remettre les pieds. Elle ne le mentionna donc même pas. À la place, elle suggéra de l'accompagner sur le campus. Ils pourraient s'y promener tous les deux. Elle continuerait seule la balade durant son cours, puis ils rentreraient ensemble. Il accepta avec enthousiasme sans hésiter.

Else adorait le campus de l'université de Chicago, l'une des plus prestigieuses et influentes du monde. Il ressemblait énormément à ceux d'Oxford ou de Cambridge. C'était un endroit vivant, dynamique, dont l'ambiance était très différente de celle des universités parisiennes. Entouré de parcs, l'architecture y était magnifique.

Une fois sur place, ils prirent plaisir à redécouvrir la chapelle Rockfeller, la Robie House et les bâtiments de style gothique. La bibliothèque Harper était ce qui impressionnait le plus Else : sa sublime salle de lecture, avec ses voûtes, ses armoiries, ses lustres démesurés, ainsi que l'extérieur du bâtiment, orné de tours gothiques, lui rappelaient énormément l'architecture européenne.

En début d'après-midi, Else accompagna Greg jusqu'à son département. Elle le suivit dans son bureau où il devait récupérer des documents pour son cours. Pendant qu'il cherchait dans l'étagère la chemise en carton dont il avait besoin, elle fit le tour de la pièce. Son attention fut attirée par le tableau en liège placé sur l'un des murs. Elle s'approcha, stupéfaite. Greg y avait épinglé toutes les photos qu'elle lui envoyait depuis février. Elles représentaient les seuls véritables échanges qu'ils avaient eus ces derniers mois.

Elle regarda un par un ces clichés qu'elle connaissait par cœur. Parmi eux, des flocons tombant dans un jardin enneigé, l'itinéraire d'une ligne de bus, des rayons de soleil illuminant les feuilles d'un arbre, la cage d'escalier d'un immeuble haussmannien, une plage où la mer et le ciel étaient si gris qu'on les différenciait à peine…

— Tu as imprimé et accroché toutes mes photos ? Et moi qui me suis contentée de rassembler les tiennes dans un album sur mon téléphone.

— Depuis ton départ, j'ai passé quasiment tout mon temps dans ce bureau. Les mettre ici me donnait l'impression d'être un peu avec toi.

— Laquelle tu préfères ?

— Les feuilles de chêne, celui du jardin de tes parents, j'imagine… et l'itinéraire de bus, forcément. Et toi ?

Elle lui confia à mi-voix en effleurant de ses doigts les images :

— Moi, je les aime toutes.

Chacune d'elles avait pour Else une saveur particulière. Seuls Greg et elle pouvaient en comprendre la signification. Ils échangèrent un sourire tout en quittant le bureau.

Devant l'entrée de sa salle, il l'invita à suivre le cours, discrètement, au fond de la classe, comme elle l'avait déjà fait à de rares occasions.

— Ce ne serait pas raisonnable. Je risque de dissiper tes étudiants. Tu sais que j'ai du mal à me retenir de rire en te voyant prendre ton air appliqué pour jouer au prof.

— Depuis le temps que je pratique, je donne l'illusion d'être vraiment prof, figure-toi ! Tu viens alors ?

Il sentit qu'elle hésitait.

— Non, je vais faire un tour, c'est mieux ! Même si je suis curieuse de découvrir l'étudiante énamourée qui s'assoit au premier rang, avec le secret espoir d'attirer ton attention en buvant tes paroles.

— Encore des préjugés ! C'est un étudiant dans ce cours ! Honnêtement, il est pas mal…

Elle prit un air faussement scandalisé :

— Je pars six mois et tu vires ta cuti ? Belle constance, professeur Stanton !

Ils redevinrent soudain réservés, ne sachant plus quoi se dire. Greg caressa le bras d'Else.

— Je crois que tu fais bien de ne pas venir. C'est moi qui aurais du mal à être concentré en t'ayant sous les yeux.

Elle acquiesça d'un signe de tête. Il entra dans la classe, tandis qu'elle s'appuyait sur le chambranle de la porte à l'épier encore un peu. Il salua ses étudiants, tendit les documents à ceux assis au premier rang et, subtilement, son attitude se modifia. Pour n'importe qui d'autre, ce changement aurait été imperceptible. Pas pour elle.

Dès les premières fois où elle l'avait vu entrer dans son rôle de professeur, elle avait remarqué sa façon inhabituelle de jouer avec le bracelet de sa montre ou avec son stylo. Même son corps semblait plus raide. Il n'était jamais ainsi dans le quotidien. Il n'était pas intimidé de parler devant un public, surtout lorsqu'il s'agissait d'un sujet qui le passionnait. Cependant, il cherchait à afficher une sorte d'autorité savante face à des étudiants qui, à ses débuts, n'étaient pas beaucoup plus jeunes que lui.

Un étudiant passa près d'elle dans l'encadrement de la porte. S'apprêtant à fermer derrière lui, il interrogea rapidement Else afin de savoir si elle comptait entrer. Elle lui souffla un non discret, puis recula en jetant un dernier regard à Greg qui, complètement absorbé par son cours, ne la voyait déjà plus.

En se dirigeant vers la sortie, Else remarqua une femme s'avancer vers elle. Son cœur se mit à battre de manière assourdissante. Elle s'immobilisa tant cette rencontre était aussi malvenue qu'inattendue. Brune, pimpante, la tenue stricte mais très féminine, la jeune femme fouillait dans son sac tout en marchant dans le couloir. Elle ne vit pas immédiatement qu'Else la scrutait. Lorsqu'elles ne furent qu'à un mètre ou deux l'une de l'autre, elle releva la tête. Se retrouver nez à nez avec Else dans ce couloir la sidéra. Si elle avait croisé un fantôme, sa réaction n'aurait pas été bien différente.

— Else... Pardon, madame Stanton... Vous êtes revenue à Chicago !

— De toute évidence. Vous êtes fine observatrice, Tania ! Bien que vous ne vous soyez pas toujours contentée d'observer, lui répondit-elle en tâchant de rester stoïque.

Tania persifla :

— C'est vrai que vous avez le beau rôle !

— Le beau rôle ? Vous avez du culot de me dire ça ! Vous trouvez ma vie si enviable ? Alors, allez-y, prenez-la, je vous la donne ! Mais prenez aussi tout ce qui va avec !

Pour seule réponse, Tania fixa le bout de ses chaussures en devenant écarlate. Else prit un ton méprisant :

— C'est bien ce qu'il me semblait ! Ça vous paraît nettement moins attrayant d'un coup !

Else, bouleversée, étouffa le sanglot qui lui montait dans la gorge. Elle ne se montrerait pas vulnérable maintenant. Même si cela devait lui coûter, elle ne lui ferait pas comprendre que sa seule présence la révulsait. Elle toisa Tania avant de quitter le bâtiment sans un mot.

Une fois à l'air libre, elle reprit son souffle, tel un athlète qui viendrait de terminer un sprint. Les larmes commencèrent à lui piquer les yeux. Ce face-à-face l'avait complètement déstabilisée. Elle s'assit sur un banc, renonçant à poursuivre sa promenade sur le campus.

Elle était toujours prostrée sur le banc à la fin du cours de Greg. Il la trouva plongée dans ses pensées, comme absente. Il comprit immédiatement qu'elle était troublée.

— Qu'est-ce qui se passe ? Tu ne te sens pas bien ?

Elle leva ses yeux rougis et furieux vers lui.

— Je l'ai croisée.

— Qui ?

— Elle ! Je croyais qu'elle ne travaillait plus avec toi.

Il baissa la tête, embarrassé, et soupira.

— C'est le cas. Elle n'est plus affectée à mon département. En revanche, elle travaille toujours sur le campus.

Else, excédée, détourna le regard en secouant la tête. Il se justifia :

— Tu aurais préféré que je la fasse virer, Else ? Tu sais très bien qu'elle m'aurait collé un procès. Et… elle n'est pas entièrement coupable.

— Ce n'est pas juste ! hurla-t-elle en se levant d'un bond. Elle continue sa petite vie comme si de rien n'était, alors que la nôtre est un champ de ruines.

— Tu sais pertinemment que ce n'est pas le problème. Elle n'est pas responsable de tout ce qu'il nous arrive. Elle n'est qu'une conséquence désastreuse d'un enchaînement de circonstances dramatiques.

— Une conséquence désastreuse d'un enchaînement de circonstances dramatiques ? Une conséquence désastreuse… d'un enchaînement de… circonstances dramatiques ! Tu n'as trouvé que ça comme excuse ? Va te faire voir, Greg !

Elle le laissa planté là, tandis qu'il essayait de la retenir par le bras. Elle ne se retourna même pas quand il cria son prénom une dernière fois.

Assise dans le métro qui la ramenait chez eux, elle prit conscience que sa réaction avait peut-être été excessive. Elle se sentait coupable, alors elle cherchait à reporter une partie de sa faute sur quelqu'un d'autre. Elle tentait juste de survivre dans le marasme qu'était devenue son existence. Les choses n'auraient jamais dû se passer ainsi ! Sa vie n'était pas censée ressembler à cela ! Quand ce cauchemar allait-il prendre fin ?

Lors d'un changement, elle s'engagea dans des escaliers. Elle avait presque entièrement descendu les marches qu'elle entendit soudain une musique… leur musique… sa musique.

Décontenancée, elle se tordit la cheville et dévala le reste des escaliers. Elle perdit connaissance quand sa tête toucha le sol.

Greg tournait en rond dans l'appartement depuis son arrivée. Compte tenu de l'heure à laquelle Else avait quitté le campus, elle aurait déjà dû être là. N'ayant aucune idée de l'endroit où elle se trouvait, il commença réellement à s'inquiéter. Il s'évertuait à la joindre depuis leur dispute, mais il tombait en permanence sur son répondeur.

Lorsque son prénom apparut enfin sur l'écran de son téléphone, il décrocha, rassuré.

— Else, où es-tu ? Ça fait plus d'une heure et demie que j'essaie de t'appeler !

— Monsieur Gregory Stanton ? Je suis infirmière aux urgences du Mercy Hospital. Votre femme a été admise chez nous dans l'après-midi.

L'angoisse l'étreignit, crispant à nouveau son corps. Il ne donna pas le temps à son interlocutrice d'en dire plus.

— J'arrive !

Son esprit s'agita, l'empêchant même de réaliser qu'il n'avait demandé aucun détail à l'infirmière.

La peur envahit la moindre de ses pensées. Il ne pouvait pas revivre cela ! Qu'avait encore fait Else ? Il se dit immédiatement qu'il avait eu tort de ne pas la suivre, de la laisser seule dans l'état où elle était. Il n'apprendrait donc jamais de ses erreurs !

À l'hôpital, on l'informa qu'Else avait fait une chute dans les escaliers du métro. Elle semblait n'avoir rien de grave. Il fut conduit dans la salle d'examen où elle était assise face à un médecin qui auscultait la plaie qu'elle avait sur le front. L'urgentiste lui expliqua succinctement la situation :

— Votre femme s'est tordu la cheville dans les escaliers. Il n'y a pas de fracture, c'est juste une belle foulure. Elle va devoir marcher avec des béquilles quelques jours. Elle s'est aussi ouvert le front en tombant. Elle a perdu connaissance lors de sa chute. Rassurez-vous, le scanner ne montre rien d'alarmant.

— Docteur, vous avez vu son dossier, je suppose ? Vous pouvez faire un test d'alcoolémie aussi ? dit-il avec une colère froide.

Else intervint, consternée :

— Tu n'es pas sérieux, Greg ? Comment oses-tu me soupçonner de ça aujourd'hui ? Tu sais parfaitement dans quel contexte j'ai trop bu les rares fois où ça s'est produit.

— Monsieur Stanton, rien ne justifie que j'en fasse un. Et si votre femme s'y oppose, je ne peux rien faire. Je comprends votre inquiétude, j'ai effectivement vu son dossier. Je vous assure que nous ne sommes pas du tout dans un cas de figure similaire.

Else se justifia alors en pleurant :

— Je n'ai rien bu ! Ce n'est pas ça qui m'a fait perdre l'équilibre. Je l'ai entendue, Greg… La musique… Tu sais bien, cette musique-là… Je l'ai entendue. Oui, j'étais en colère. Oui, j'étais malheureuse. Mais je rentrais à la maison et, dans les escaliers, j'ai entendu la musique. Crois-moi, je t'en prie !

Greg la regarda, les larmes aux yeux.

— Je te crois. Rentrons !

Elle souffla, soulagée :

— Merci.

Le trajet en voiture leur parut interminable. Aucun des deux n'osa parler. Elle se sentit ridicule, et lui coupable. À peine chez eux, Else se réfugia directement dans sa chambre dont elle ferma la porte afin de se changer. Greg finit par venir frapper. Inquiet de ne pas entendre de réponse, il entra malgré tout. Il l'observa alors, étendue sur le lit, le chat blotti contre elle, impuissant face au désarroi qu'il percevait chez elle.

Elle était si bouleversée qu'elle refusa de dîner, le laissant passer la soirée seul à travailler à son bureau. Else ne savait pas si c'était la rencontre avec Tania ou l'attitude de Greg envers elle qui la blessait le plus. Peut-être était-ce simplement la musique…

◊◊◊◊◊

En pleine nuit, Else fut tirée du sommeil par sa cheville et sa tête qui la faisaient souffrir. Elle n'avait pas pensé à prendre ses médicaments avec elle en s'enfuyant dans sa chambre. Sans réfléchir, elle se mit debout, la douleur la fit toutefois se rasseoir brutalement. Elle chercha ses béquilles à tâtons sur le parquet. Elle les empoigna en soupirant. Elle envisagea un instant d'appeler Greg pour qu'il l'aide, puis se ravisa. Si elle n'apprenait pas à se débrouiller seule dès à présent, les jours suivants seraient probablement compliqués.

Elle parvint à se rendre jusque dans l'entrée où se trouvait son sac contenant les médicaments. Le découragement la saisit en réalisant qu'il lui faudrait encore aller dans la cuisine prendre un verre d'eau, avant de finalement retourner dans sa chambre. Au rythme où elle se déplaçait, elle ne regagnerait certainement pas son lit avant dimanche.

La douleur, devenant trop vive, la décida à rejoindre la cuisine pour avaler enfin son comprimé. Frustrée d'être physiquement limitée, elle ne trouva que le courage d'atteindre le canapé où elle préféra terminer sa nuit. Allongée avec le chat, qui l'avait suivie durant tout son périple, elle fixa le plafond. Cela n'était décidément pas ainsi qu'elle avait imaginé son retour à Chicago.

Vendredi débutait à peine lorsque Greg se réveilla. Il n'avait pas à aller à l'université ce jour-là. De toute façon, pour rien au monde il n'aurait accepté qu'Else reste seule dans cet appartement après sa chute de la veille. Il faudrait, en revanche, qu'il trouve une solution pour la semaine suivante.

Quand il entra dans le salon, elle y était déjà, une tasse à la main, devant l'une des grandes fenêtres, profitant des rayons du soleil qui filtraient au travers des voilages. Il passa près d'elle sans un mot, puis revint légèrement à sa hauteur.

— Else, je suis désolé. J'ai eu tort de t'infantiliser comme ça. J'ai eu tellement peur ! Est-ce que tu peux imaginer ce que j'ai éprouvé lors de l'appel des urgences ? J'ai cru que tout recommençait !

Elle baissa les yeux pour noyer son regard dans le noir du café. Elle ne pouvait pas lui répondre maintenant. Elle se fit tout de même violence afin de s'adresser calmement à lui :

— Je suis désolée aussi. Je n'aurais pas dû partir comme ça. C'était stupide.

— J'ai vraiment aimé le temps qu'on a passé ensemble hier matin. On ne pourrait pas rester là-dessus et oublier ce qu'il y a eu après ?

— Je veux bien essayer. Moi aussi, j'ai trouvé que c'était sympa. Ça faisait longtemps.

— Trop longtemps.

Ils se sourirent, tandis qu'il reprenait la direction de la cuisine, d'où il l'observa replonger dans ses pensées, les paupières closes, le visage tourné vers le soleil.

Greg fut soulagé en réalisant que Timothy et Maggie seraient là pour la soirée. La perspective de voir Else se morfondre toute la journée lui était insupportable. Pourtant, il s'aperçut rapidement qu'elle n'était pas si abattue. Elle entra dans son bureau en fin de matinée, habillée d'une robe d'été, une liste à la main, afin qu'il aille lui acheter ce qui lui manquait pour le dîner. Il y a encore sept ou huit mois, elle serait restée des heures en survêtement sur le fauteuil du salon, les yeux dans le vide, le chat sur ses genoux.

Rassuré sur le moral d'Else, il se prépara à partir en début d'après-midi.

— Tu as besoin d'autre chose ?

— Oui, mais ça ne rentrerait pas dans ton sac.

Cette réplique l'amusa et l'émut tout à la fois. Au début de leur vie commune, il avait eu l'habitude de lui poser la même question quand il se chargeait de faire les courses. Elle lui répondait invariablement « De toi ! ». Il la retrouverait, il en fut alors convaincu. Ce serait probablement long, néanmoins, la jeune étudiante impertinente, drôle et légère qu'il avait connue était encore là, quelque part.

Il trouva maintes excuses pour l'appeler pendant son absence. Il voulait s'assurer qu'elle allait bien. Même si elle n'en fut pas dupe, elle ne releva pas. Il eut un mal fou à trouver le fromage français au nom imprononçable pour n'importe quel autre Américain. Il se demanda si elle ne l'avait pas fait exprès.

À son retour, ils s'affairèrent ensemble dans la cuisine. À plusieurs reprises, leurs doigts s'effleurèrent, leurs corps se frôlèrent. Il pouvait parfois sentir son parfum doux et fleuri lorsqu'elle se penchait près de lui pour attraper un ustensile. Il ne savait pas exactement de quelle manière l'interpréter.

Else, quant à elle, fut contente de reprendre un semblant de vie normale. Cela lui avait tellement manqué. Elle retrouva aussi le Greg d'avant, blagueur, attentionné et enjoué. Pendant quelques heures, elle oublia toutes les raisons qui l'avaient poussée à trouver refuge à des milliers de kilomètres de lui et de leur vie. Ils ne parlèrent que de choses futiles, sans débat ni reproche. N'importe quelle personne qui aurait assisté à cette scène se serait immanquablement dit que ce couple était complice, uni, amoureux... heureux en somme.

Leurs deux invités arrivèrent en début de soirée, des livres à la main. Ils savaient que de la lecture leur plairait davantage qu'un bouquet de fleurs. Timothy et Maggie furent surpris de trouver Else équipée de béquilles, le front barré d'un pansement recouvrant difficilement un énorme hématome. Elle leur avoua uniquement avoir trébuché dans les escaliers du métro à cause d'un moment d'inadvertance. Cela n'entacha en rien le déroulement du dîner, dont l'ambiance était détendue. Else fit parler ses amis afin d'éviter que la conversation ne se porte sur elle. Greg aurait pourtant aimé apprendre ce qu'elle avait fait durant tout ce temps, loin de lui. Il avait espéré qu'à défaut de le lui raconter, elle donnerait des détails à Timothy et Maggie.

L'heure avançait, le couple devait rentrer libérer la baby-sitter. Maggie étreignit chaleureusement Else en la remerciant.

— Ce dîner était vraiment agréable ! Ça nous a fait plaisir de passer à nouveau une soirée tous les quatre, entre adultes, sans enfants pour venir nous déranger toutes les trois minutes. Enfin, tu vois ce que je veux dire, Else ? Ça fait du bien de ne pas se sentir que parent.

Croisant le regard embarrassé de son mari, elle se reprit :

— Excuse-moi, Else…

— Ne t'inquiète pas, Maggie, la coupa-t-elle gentiment. Ne sois pas gênée avec moi. Tu peux te plaindre de tes enfants devant nous.

— Tu es sûre ? Je ne voudrais pas que…

Greg la tranquillisa à son tour :

— Sincèrement, tu n'as pas à t'excuser. Je suis d'accord avec Else.

Les deux couples se séparèrent sur le pas de la porte. De nouveau seuls, Greg rassura sa femme.

— Maggie n'a pas voulu nous blesser. Elle a dit ça sans réfléchir.

— Je le sais parfaitement. Ne te tracasse pas. C'est mon amie et je suis contente qu'elle ait été suffisamment à l'aise pour me dire ça. Je vais bien, je te jure. Bonne nuit !

Elle lui sourit, l'embrassa sur la joue et s'enferma dans sa chambre. Cette soirée lui avait tout de même donné l'impression étrange que tout le monde était passé à l'étape suivante, sauf elle. Elle se sentait en décalage. Est-ce que ce sentiment d'être coincée derrière un miroir sans tain, à hurler sans qu'on l'entende, se dissiperait un jour ? Ou était-elle condamnée à ressasser ses échecs à l'infini en regardant les autres avoir des vies normales ?

3

Pour leur premier week-end ensemble, Greg n'avait rien prévu. Ne sachant pas comment se dérouleraient leurs retrouvailles, il s'était bien gardé de prendre un quelconque engagement. Il finissait de se doucher après avoir été courir, comme chaque semaine. La sonnerie du téléphone retentit, réveillant par la même occasion Else qui émergea très difficilement. La veille au soir, le mélange de médicaments et de vin avait réglé sa douleur à la cheville, mais pas son mal de tête.

Assise sur le bord de son lit, elle attendit que la pièce cesse de tourner avant de se mettre debout. Elle en profita pour dégager ses cheveux de son visage d'un geste gauche, les plaquant derrière les oreilles. Elle était déjà exténuée alors qu'elle n'était réveillée que depuis dix minutes. Il allait lui falloir beaucoup de caféine pour tenir toute la journée, à condition évidemment de parvenir jusqu'à la cafetière.

Greg, amusé, l'observa s'asseoir à l'îlot de la cuisine, les cheveux en pagaille et les yeux plissés.

— La nuit a été difficile, on dirait !

— Pas la nuit, le réveil plutôt... J'ai une migraine épouvantable. Je crois que je vais devoir prendre mon café en intraveineuse. C'était qui au téléphone ?

— C'était mon frère.

— Nathan est bien matinal pour un samedi. Qu'est-ce qu'il voulait ?

— Il proposait qu'on se retrouve au bord du lac aujourd'hui avec Emily et les enfants. J'ai dit qu'on y serait en fin de matinée. Ils ont hâte de te revoir.

— Attends, on parle bien de ton frère et surtout de sa femme ?

— Ils se sont fait du souci pour toi, même Em.

Elle appuya son front sur le plan de travail, avant de relever le visage d'un air suppliant.

— Greg, j'ai trop mal à la tête ! En plus, avec ma cheville, je ne vais pas pouvoir y aller. Désolée ! Tu m'excuseras auprès d'eux, hein !

Il posa devant elle une tasse de café et une boîte d'ibuprofène.

— On ira en voiture. Ça te fera du bien de prendre l'air. Tu verras, ce sera sympa !

Else leva les yeux au ciel ostensiblement. Elle n'était pas convaincue qu'un pique-nique avec une partie de sa belle-famille soit réellement ce dont elle avait besoin.

Après son café, Greg la rejoignit dans la salle de bains où elle s'apprêtait à changer son pansement.

— Laisse-moi t'aider, Else, s'il te plaît. Je sais que je n'ai pas pris assez soin de toi la dernière fois, lui dit-il affectueusement.

Pour toute réponse, elle s'assit sur le rebord de la baignoire, tandis qu'il préparait de quoi nettoyer sa blessure. Quand il se plaça enfin face à elle, ils échangèrent un long regard. Après avoir hésité, il tendit la main vers elle. Il lui caressa doucement la joue qu'elle appuya légèrement contre sa paume. Il décolla ensuite le pansement avec précaution. Elle décela sur son visage une grimace discrète lorsqu'il tamponna son front avec une compresse. Sa plaie devait certainement être affreuse. Elle fut alors ravie de ne pas avoir à s'en charger.

Else chercha ensuite dans sa chambre une tenue adéquate pour une journée ensoleillée au bord du lac. Tous ses vêtements d'été, hormis le peu qu'elle avait ramené de France, étaient rangés en hauteur dans son armoire. En équilibre sur sa seule jambe valide, elle attrapa maladroitement une chaise afin de gagner les cinquante centimètres qui lui manquaient pour atteindre l'étagère. Greg, alerté par le bruit que la chaise avait produit quand Else l'avait déplacée, entra précipitamment dans la pièce.

— Qu'est-ce que tu fabriques ? Tu trouves que le bleu te va bien au point de t'en coller davantage sur le corps ? Tu es complètement inconsciente !

— Mes vêtements légers sont tous en hauteur. Il neigeait presque quand je suis partie. Je n'ai que des gros pulls à portée de la main, et il fait au moins cent cinquante degrés dehors, répondit-elle embarrassée de se faire sermonner comme une gamine.

— Demande-moi de l'aide alors ! Ne prends pas ce genre de risques avec ta cheville. Tu aurais pu te faire très mal. Je ne peux même pas te laisser seule cinq minutes ?

Il empoigna à son tour la chaise.

— Qu'est-ce que je t'attrape ?

— Le caraco blanc, là.

— Le quoi ? Je cherche quoi exactement ?

— Un truc avec des bretelles. La pile sur ta droite, précisa-t-elle en se retenant de rire.

— Ça ?

— Non, c'est un débardeur. L'autre pile.

— Je ne saisis pas la différence, il a des bretelles pourtant. Tu n'es pas en train de jouer avec moi au moins ?

— Je n'oserais pas, bien que ce soit vraiment tentant.

— C'est ce truc-là ?

Elle gloussa devant l'air totalement perdu de son mari.

— Greg, il n'est même pas blanc. C'est beige !

Il soupira, résigné face à son incompétence.

— Bon, je te descends tout et tu choisis. Ensuite, on s'arrangera pour que tu n'aies plus à escalader quoi que ce soit.

Else chercha dans la pile d'où elle extirpa un caraco blanc en coton à fines bretelles.

— C'est ça que je voulais. Ça, c'est un caraco !

— Si ça peut te rassurer, je ne saurais même pas le dire dans ma propre langue.

— Je crois que c'est *camisole.*

— C'est toi qui m'apprends l'anglais maintenant ? C'est le monde à l'envers.

— Tu es vexé ! ajouta-t-elle moqueuse.

— Absolument pas. Dois-je te demander de prononcer *squirrel* ?

— C'est petit ça, Greg ! Très petit !

Ils eurent à peine besoin de se regarder pour éclater de rire. Lorsque Else avait commencé à écrire ses histoires, destinées à un jeune public américain, Greg avait essayé de la dissuader d'utiliser un écureuil comme personnage principal. Elle s'était en effet révélée incapable de prononcer ce mot en anglais. Elle avait été tellement sûre de son choix qu'il n'avait pas insisté. Il avait alors fallu beaucoup de temps et de patience à Greg pour réussir à lui faire dire correctement. Même après plusieurs années, elle n'y parvenait dès le premier essai qu'en se concentrant. Cet échange eut au moins le mérite de détendre l'ambiance entre eux. Ce fut donc dans une relative bonne humeur que le couple prit sa voiture afin de traverser la ville.

Ils retrouvèrent Nathan et Emily au bord du lac Michigan, à l'endroit où ils s'installaient généralement. Évidemment, l'apparition d'Else avec ses béquilles et sa blessure sur le front éveilla les curiosités. Nathan, l'aîné de la fratrie, partageait la même blondeur et la même joie de vivre que Greg. Très proche de son petit frère, envers lequel il était très protecteur, il aurait fait n'importe quoi pour lui.

Else, en tant que fille unique, avait eu du mal à comprendre ce lien particulier entre les deux hommes. Cela la déconcertait d'autant plus que, dès leur rencontre, Nathan s'était comporté avec elle comme il le faisait avec son cadet. Elle avait l'impression d'être une sorte d'extension de son mari dont il devait prendre soin comme s'il s'était agi de Greg. Il était également le seul de cette famille à ne l'avoir jamais jugée ni à avoir tenté de la changer. Elle n'était pas habituée à ce type de relations. Gênée de cet amour fraternel inconditionnel, elle faisait souvent mine de le trouver exaspérant.

Les rapports d'Else avec Emily étaient bien différents. Celle-ci était sérieuse, autoritaire, avec peu d'humour. Tirée à quatre épingles, les cheveux clairs toujours impeccablement coiffés, elle avait un visage fin et une beauté froide qui ne dégageait cependant aucun charme. Plus âgés que Greg de plusieurs années, Nathan et sa femme formaient le couple modèle de la famille. Tous vantaient leur entente, la solidité de leur mariage, l'éducation sans faille donnée à leurs enfants. Toutefois, ce matin-là, Else constata immédiatement une certaine dissension entre eux. L'aîné de leurs trois enfants, James, un pré-adolescent de dix ans, était un peu à l'écart, une console de jeux vidéo dans les mains. Que ce couple, d'ordinaire si strict, laisse ainsi faire leur fils la surprit énormément. Elle le fit remarquer à Greg, qui se contenta de lui répondre que sa belle-sœur avait décidé de lâcher du lest ces derniers temps.

Leurs deux plus jeunes enfants, un garçon de cinq ans et une fillette de trois, réclamèrent, comme à l'accoutumée, que Greg joue avec eux. Il regarda Else qui l'autorisa, d'un sourire, à les rejoindre. Nathan attendit que son frère s'éloigne pour s'asseoir près d'elle.

— À les voir jouer tous les trois, on a du mal à savoir qui est le plus âgé !

— Sans hésiter, c'est ta fille ! Elle est bien plus mûre que Greg et Oliver réunis.

Elle porta son regard sur sa nièce que Greg venait de hisser sur son épaule.

— Elle a drôlement grandi en six mois.

— Puisqu'on en parle, qu'as-tu fait pendant ces six mois où tu t'es volatilisée ? Tu aurais pu donner plus de nouvelles d'ailleurs. Un message de quatre mots pour mon anniversaire, c'était un peu juste.

— J'ai fait mon chemin de croix, et elle était sacrément lourde.

— Tu l'as ramenée avec toi ?

— T'es dingue ! Elle m'aurait couté trop cher en supplément bagage !

— On est tous très heureux que tu sois revenue, surtout lui, ajouta-t-il en hochant la tête en direction de son frère. Si Greg m'avait laissé faire, je serais allé moi-même te chercher à Paris pour te ramener ici ! Si tu avais refusé, j'aurais employé la force.

— Oh, je t'en crois tout à fait capable ! Je réalise parfaitement combien tu l'aimes et ce que tu pourrais faire pour lui.

— Il n'y a pas que lui que j'aime. Tu le sais au moins ? J'aurais été là pour toi si tu avais voulu.

— Tu t'occupais déjà de ton petit frère. C'était plus simple que j'aille auprès de ma famille. Et ne sois pas sentimental, Nathan, tu sais que ça m'horripile !

— Tu es bien la seule à prononcer mon prénom de cette manière, à la française. Ça m'a manqué… Mais à défaut d'être sentimental, je vais être paternaliste. Cette chute en était vraiment une ?

— Tu es presque aussi soupçonneux que Greg ! Lui pensait que j'avais bu en plus. Oui, c'était vraiment une chute. J'ai été distraite et j'ai trébuché.

— On veut être plus attentifs que la dernière fois. Tu ne peux pas nous le reprocher. Qu'est-ce qui a pu te distraire autant ?

Else pouffa afin de dissimuler son émotion, sans quitter l'horizon des yeux.

— Brune, un mètre soixante-dix, très coureuse et accessoirement assistante sur le campus.

— Je vois. J'aurais été distrait pour bien moins que ça. Heureusement, ma femme est toujours là pour me rappeler à l'ordre.

— Justement, avec Em, c'est tendu, non ?

— Rien de grave. Tous les couples connaissent des petits accrocs de temps en temps.

— Sans blague ! conclut-elle en riant.

Le reste de la journée confirma les suspicions d'Else. Son beau-frère et sa belle-sœur traversaient bien une crise à en croire la façon qu'ils avaient de communiquer ou, plutôt, de ne pas le faire. Elle ne comprenait pas car ce couple avait tout pour être comblé : des enfants en bonne santé, des emplois passionnants, des amis, un appartement magnifique. Si eux n'y arrivaient pas, qui le pourrait ? Elle s'en ouvrit à Greg sur le chemin du retour. Il n'était absolument pas inquiet pour eux.

— Après la remarque que tu m'as faite tout à l'heure, j'en ai parlé à Nate. Il a visiblement beaucoup de travail ces temps-ci. C'est Em qui gère tout, donc ça crée des petites tensions entre eux.

— C'est plus que des petites tensions, Greg. Soit ils ne se parlent pas, soit ils se font des reproches.

— Tu vois, ils sont comme nous finalement, répliqua-t-il avec humour.

Ils se regardèrent en ricanant. Dès leur première rencontre, Else avait compris qu'elle ne tiendrait jamais la comparaison avec la vie trépidante d'Emily. Sa belle-mère lui avait immédiatement fait l'article sur sa belle-fille si attachée à ses enfants, si intelligente, si ambitieuse, si altruiste… en un mot, si exemplaire. Else n'avait donc jamais essayé d'entrer dans une quelconque compétition avec elle, malgré les pressions familiales. Emily et elle avaient su trouver un terrain d'entente, sans animosité. Aucune n'empiétait sur le territoire de l'autre, tout en faisant en sorte de s'entendre durant les réunions de famille. Sans être proches, elles avaient instauré un semblant de connivence.

Ce soir-là, Greg proposa à sa femme de manger une pizza en regardant un film ensemble. Elle accepta, soulagée de savoir qu'elle n'aurait pas à chercher des sujets de conversation pour meubler leurs silences. Ils s'installèrent dans la chambre d'Else, calés sur leurs oreillers, l'ordinateur portable posé entre eux au milieu du lit. Le chat reprit très vite ses habitudes en se mettant en boule sur l'estomac d'Else. Il était bien le seul habitant de cet appartement à n'avoir aucun problème de réadaptation.

Greg leur avait choisi une comédie qu'Else connaissait par cœur, bien qu'il ait préféré les films avec davantage d'intrigues et de suspens. Il adorait l'entendre imiter les répliques des acteurs ou laisser échapper un éclat de rire lors de scènes qu'il avait parfois du mal à trouver drôles. C'était souvent elle qui l'amusait plus que le film lui-même.

L'effet sédatif des antidouleurs ne tarda pas à se manifester. Else s'assoupit avant la fin. Greg remonta sur elle un plaid dont elle avait recouvert ses jambes, malgré la chaleur qui régnait dans la pièce. Il s'allongea face à elle afin de mieux l'observer sans avoir à craindre d'être rabroué. Il avait été tenté d'aller se coucher dans sa chambre, cependant, il ne parvenait pas se détacher d'elle, de son visage apaisé, de son souffle régulier, de ses cheveux tombant en cascade autour d'elle, des légers grains de beauté parsemés sur son cou. Il s'endormit à son tour.

◊◊◊◊◊

Au matin, lorsqu'il ouvrit les yeux, c'était elle qui le fixait en souriant. Elle s'était réveillée un peu plus tôt et n'avait pas osé bouger de peur de le réveiller. La façon qu'elle eut de le regarder encouragea Greg. Il souleva sa tête de l'oreiller afin d'approcher son visage de celui d'Else, qui n'eut aucun mouvement de recul ni d'évitement. Il embrassa tendrement ses lèvres en plaçant sa main sur son cou. Un frisson la parcourut alors, le même qu'elle avait éprouvé sept ans auparavant, lorsqu'il l'avait touchée pour la première fois.

Malgré les années, le contact de son corps avec le sien provoquait invariablement chez elle une réaction troublante. Elle avait toujours eu du mal à garder la tête froide en sa présence. Ces mois loin de lui n'avaient pas changé cela. Elle fit donc diversion en proposant d'aller faire le petit-déjeuner. Greg jugea plus prudent de ne pas s'entêter. L'expérience de leur rencontre lui avait appris qu'être trop sûr de soi n'était pas nécessairement un gage de réussite quand il s'agissait de sa femme.

Dans la matinée, Else ouvrit son carton à dessin sur la table de salle à manger. Elle devait préparer son rendez-vous de la semaine suivante avec son éditrice en peaufinant son texte et certains dessins. Elle avait profité de son séjour en France pour ajouter un nouvel épisode à sa série de livres. Cette histoire-là lui tenait particulièrement à cœur.

Lorsqu'elle avait créé son petit Gus, cinq ans auparavant, elle avait souhaité qu'il interpelle l'imaginaire des enfants, tout en étant un outil de dialogue avec eux sur des thèmes ou des émotions qu'ils pourraient avoir du mal à appréhender. Les parents pouvaient également s'en servir de support afin d'aborder des sujets parfois sensibles quand les mots leur manquaient.

Greg se montra curieux de découvrir ses dernières planches. Elle doutait néanmoins qu'il soit prêt à voir ce qu'elle avait cette fois imaginé. Elle justifia son refus en prétextant qu'elle n'était pas certaine que cette version soit définitive. Il en fut étonné puisqu'Else avait toujours été très sûre de ses choix, de ses idées. Elle ne supportait pas l'à-peu-près. Avant de se lancer dans l'écriture et dans les illustrations, tout était déjà entièrement conçu dans son imagination. Bien que de légères modifications soient nécessaires, son premier jet était, la plupart du temps, très abouti. Il mit cela sur le compte d'un doute momentané quant à ses capacités, n'ayant pas écrit depuis longtemps. Il la laissa se mettre au travail. Lui-même devait terminer un article pour une revue culturelle francophone.

En fin de journée, il demanda à Else de relire son travail. Même s'il maîtrisait parfaitement le français, il avait toujours apprécié qu'elle vérifie qu'il n'ait pas commis d'erreurs ni de maladresses. La subtilité de la langue lui manquait quelquefois. En réalité, il aimait surtout connaître son opinion, qu'il trouvait souvent très constructive. Comme lui, elle avait suivi des études de lettres lorsqu'elle vivait encore en France.

Cette aide était réciproque puisqu'Else l'avait parfois sollicité pour ses textes en anglais, qui n'étaient pourtant pas très élaborés. Ses ouvrages s'adressant à des enfants, elle désirait être sûre d'employer les mots à bon escient. Il arrivait aussi que certaines expressions enfantines lui fassent défaut. Contrairement à Greg, qui avait fait toute sa scolarité au lycée français[1] de Chicago, elle n'avait appris l'anglais qu'à l'école publique française ou lors de courts séjours linguistiques en Angleterre. Vivre aux États-Unis pendant plusieurs années lui avait permis, bien sûr, de s'améliorer, toutefois sa connaissance de cette langue n'équivalait pas celle d'un natif. C'était d'ailleurs pour cette raison que, lorsqu'ils n'étaient que tous les deux, ils ne parlaient qu'en français.

Ils travaillèrent ensemble sur l'article de Greg en finissant les restes de pizza. Avant d'aller se coucher, ils mirent un peu d'ordre dans la cuisine. Il s'installa devant l'évier. Elle le suivit d'abord des yeux, puis s'approcha de lui doucement. Sans un mot, elle posa ses béquilles afin de libérer ses mains. Elle passa ses bras autour du torse de Greg, plaçant son corps contre son dos. Il sentit son souffle dans sa nuque, qu'elle embrassa délicatement. Elle chuchota ensuite à son oreille :

— Bonne nuit, Greg !

Il lui répondit sur le même ton, sans pour autant se retourner :

— Bonne nuit, mon Autre !

---

[1] Établissement scolaire français à l'étranger qui accueille les élèves de la maternelle au baccalauréat.

Elle sourit en le libérant de son étreinte. Ses deux derniers mots l'avaient remuée. C'était ainsi qu'il avait pris l'habitude de l'appeler depuis qu'elle était venue vivre avec lui à Chicago, depuis que son entourage à lui l'appelait *else*. Ce qui avait commencé comme un trait d'humour était rapidement devenu, pour eux, un mot d'amour qui suffisait à lui faire comprendre combien il tenait à elle. Elle ne se souvenait même plus de la dernière fois où elle l'avait entendu l'appeler de cette façon. Une sorte de décharge électrique la traversa. Leur couple avait peut-être encore une chance alors.

Elle partit se coucher sans rien ajouter. Elle était subitement perdue. Son mari lui avait manqué, sans aucun doute, et, malgré les difficultés qu'ils avaient rencontrées, elle l'aimait toujours. Pourtant, elle voulait être sûre d'elle avant de reprendre une vie normale avec lui. Ils avaient traversé trop de choses pour agir à la légère et se blesser de nouveau l'un l'autre. Elle n'était pas revenue depuis assez longtemps pour être certaine de pouvoir dépasser le ressentiment qu'elle éprouvait parfois.

4

Le lundi matin, Else prenait son café près de Greg avant qu'il ne parte à l'université. Il profita de ce tête-à-tête pour lui annoncer que Nathan déposerait leur neveu en milieu de matinée. Il resterait avec elle toute la journée.

— James est en vacances. Ses parents ne peuvent pas s'occuper de lui aujourd'hui ni tout le reste de la semaine d'ailleurs. Quand ils m'en ont parlé samedi, je me suis dit que, comme tu es bloquée à la maison à cause de ta cheville, tu pourrais le garder.

Else, suspicieuse, fronça les sourcils.

— Pourquoi tu ne me préviens que maintenant ? Tu me mets devant le fait accompli pour que je ne puisse pas refuser, c'est ça ?

— Pas du tout. J'ai oublié de t'en parler, tout simplement.

— Ça ne te ressemble pas d'oublier ce genre de choses pourtant. En plus, il a dix ans ! Il peut se garder tout seul, non ?

— Avec les petites tensions que connaissent Nate et Em en ce moment, il est un peu difficile. Ils ne veulent donc pas qu'il soit livré à lui-même. Tu te sentiras moins seule aussi !

— Je suis très bien seule ! J'aime… être seule ! Et je ne veux pas d'enfant ici !

— À son âge, ne lui dis surtout pas que c'est un enfant si tu veux que tout se passe bien.

— Enfant, ado, même combat ! Je n'en veux pas ici, Greg ! Qu'est-ce que je vais faire de lui ? Je ne saurai absolument pas m'en occuper.

Greg, toujours très calme, essaya de l'amadouer.

— Else, s'il te plaît ! Essaye au moins aujourd'hui. Nate et Em n'ont pas d'autre solution, je me suis engagé pour la semaine. Laisse-leur le temps de trouver une alternative.

— L'orphelinat, c'est très bien comme alternative !

— Je sais parfaitement que tu n'en penses pas un mot. Tu es d'accord alors ?

— Je n'ai pas le choix de toute façon, conclut-elle vexée. Je me souviendrai que tu m'as piégée.

Greg avait évité de justesse l'esclandre. Else n'avait rien contre ses neveux et sa nièce. Elle aurait juste préféré faire autre chose que de la garderie, surtout avec un enfant aussi austère et introverti que James.

Lorsque Nathan amena son fils juste avant que Greg ne parte, James et Else s'observèrent tels deux chats sauvages qui se seraient retrouvés sur le même territoire. Elle ignorait comment s'y prendre avec un enfant de cet âge. Quant à lui, il ne savait pas de quelle manière se comporter avec cette tante qui était, de son point de vue et de ce qu'il avait entendu de la bouche de sa mère, complètement barje.

Avant de se séparer au pied de l'immeuble, Nathan fit part de ses doutes à Greg.

— Tu es sûr que c'est une bonne idée ? Tu as vu leur regard ? Ça va sûrement faire des étincelles !

— Ne t'inquiète pas ! Ils vont s'apprivoiser. Il faut juste leur accorder un petit temps de rodage.

— Tu risques gros là, mon bonhomme. Si ça se passe mal, Em te tuera !

Greg sourit en tapant amicalement l'épaule de Nathan.

— Si ça se passe mal, Else m'aura tué bien avant Em.

Else et James continuèrent de se jauger quelques instants après le départ des deux frères. Afin de détendre l'atmosphère, elle l'invita à boire un soda dans la cuisine. Elle le regarda s'installer sur l'un des tabourets de bar. Physiquement, il était le portrait craché de son père : grand, efflanqué, les cheveux blonds, la mèche rebelle. Contrairement à Nathan, il était en revanche très renfermé, au point qu'elle avait l'habitude de le surnommer « Forrest Gump » quand elle parlait de lui avec Greg. L'adolescence qui approchait n'avait rien arrangé. Elle sentait néanmoins que ce garçon n'était pas mauvais. La manière dont il s'occupait de sa petite sœur en disait long sur la tendresse qui devait exister chez lui. Il avait certainement un bon fond, malheureusement, il était étouffé par la personnalité écrasante de ses parents.

— On fait quoi ?

— Je ne sais pas. Qu'est-ce que tu as amené pour t'occuper ?

— J'ai pris ma console de jeux.

— Pas de jeux vidéo ! Ta mère m'étranglerait si je t'autorisais à jouer pendant des heures.

— Je parie que tu serais pourtant ravie de faire hurler ma mère.

— Je sais parfaitement où tu veux en venir. Tu n'obtiendras pas ce que tu veux en m'appâtant avec une occasion de faire enrager Em.

— J'aurai essayé…

Else fut saisie par la clairvoyance de James. Elle avait toujours considéré qu'il était à la limite du trouble mental. Elle constata finalement qu'il était plus perspicace qu'elle ne pensait. Par ailleurs, la façon qu'il eut de lui tenir tête et de lire en elle aussi facilement lui rappela Greg.

Afin de passer le temps, elle suggéra qu'ils s'occupent du déjeuner, puis qu'ils regardent un film. James choisit un film d'action avec des super héros en collants, équipés d'armes tout aussi improbables que leurs costumes. Else était consternée devant un tel ramassis de clichés et d'intrigues insipides.

— Récapitulons ! Si je comprends bien, on place le sort du monde dans les mains d'un mec vert aux muscles hypertrophiés qui gère très mal la frustration, d'un gars avec un super marteau qui devrait songer à aller voir un coiffeur, d'un autre qui a piqué le drapeau américain pour se faire un bouclier ! Tu es conscient qu'ils sont ridicules, James ?

— Ils sont surtout invincibles ! C'est trop subtil pour toi, en fait. Le deuxième épisode sera peut-être plus à ta portée...

— Y en a d'autres ? Je refuse de me faire toute la série, je te préviens. Pour chaque film de ce type qu'on regarde, j'en choisis un aussi.

— Ah non ! Tu vas nous mettre un film français avec des sous-titres ! Si je veux lire, je prends un livre, moi ! Je mélange pas les genres !

— Il existe beaucoup d'autres films plus intéressants que ça, sans pour autant qu'ils soient français. De toute façon, on a suffisamment regardé la télé pour aujourd'hui. T'as faim ? Qu'est-ce que ça mange pour le goûter un gamin de dix ans ?

— Un cheeseburger !

— Et une bière pour pousser le tout aussi ? J'ai des pommes dans la cuisine. Ce sera très bien.

— Quand j'aurai mangé ma pomme, je pourrai sortir ma console ?

Else leva les yeux au ciel avec un soupir exagéré, en se demandant ce qu'elle allait faire de lui pendant encore une heure et demie.

Après sa pomme, il tenta de nouveau sa chance en disant à Else qu'ils pouvaient jouer à deux avec sa console en la branchant sur la télé. Il utilisa l'argument infaillible qui la persuada de jouer avec lui : il prétendit qu'elle était sûrement trop vieille pour savoir se servir d'une de ces machines. Décidément, il savait exactement sur quelles touches appuyer pour parvenir à ses fins. Il serait probablement un adolescent redoutable, se réconforta Else en pensant aux douces années de conflits et de manipulations qui attendaient sa belle-sœur.

Trop absorbés par leur écran, aucun des deux n'entendit Greg entrer dans l'appartement. Devant ce spectacle très distrayant, il attendit un peu avant de se manifester. Les voir concentrés sur leur jeu vidéo était plus que ce qu'il avait espéré pour cette première journée. Ils finirent tout de même par remarquer sa présence. Else se défendit alors en prétextant qu'elle aussi savait « lâcher du lest », et James en admettant qu'il essayait d'ouvrir sa vieille tante aux bienfaits du monde moderne.

Avant qu'il ne file à l'arrivée de Nathan, Else lui rappela que c'était à elle de trouver le film du lendemain. Après le dîner, elle consacra donc une bonne partie de la soirée à chercher quelques idées. Elle s'installa sur son lit, son ordinateur sur les genoux.

Greg s'invita dans la chambre dont la porte était restée ouverte. Il s'assit près d'elle. Elle lui demanda des suggestions, à court d'inspiration. Il refusa en riant, arguant qu'elle mettrait un véto à tout ce qu'il lui citerait. Elle referma l'ordinateur, énervée contre elle-même de s'être tendu ce piège. Il prit soudain un air sérieux.

— Il faudrait qu'on parle, Else. Les choses ne s'arrangeront pas toutes seules. C'est bien que tu sois revenue, mais ça ne suffira pas à régler nos problèmes.

— Je n'ai pas envie qu'on se dispute maintenant. Tu sais qu'à chaque fois qu'on parle de nous, c'est de cette manière que ça se termine.

— Très bien, ne parlons pas de nous alors ! Parlons de toi !

— De moi ? Non ! Pourquoi pas de toi ?

— On parlera de moi demain. Ce soir, c'est toi le sujet principal.

Elle soupira et posa l'ordinateur sur la table de nuit.

— D'accord. Que veux-tu savoir ?

— Tu as l'air d'aller mieux. C'est vraiment le cas ?

— Oui, je crois. Sinon, je ne me serais pas levée depuis vendredi. Ces mois loin d'ici m'ont fait du bien.

— Loin de moi…

— Non, Greg ! J'ai dit loin d'ici. Ce n'est pas pareil.

Sentant la tension monter entre eux, elle utilisa un ton plus léger :

— Et la passion torride que j'ai vécue à Paris avec un ancien copain de fac m'a beaucoup aidée !

Il lui répondit avec le même humour :

— Le pauvre ! Tu as sûrement été odieuse avec lui, comme tu l'as été avec moi. J'imagine que tu lui as brisé le cœur aussi en revenant à Chicago.

Ses mots firent à Else l'effet d'un coup de poignard. Elle redevint plus grave.

— Je t'ai brisé le cœur en partant, Greg ?

— J'avais brisé le tien bien avant.

— Tu n'as aucun mérite, il était déjà très amoché.

— Tout comme le mien…

Troublé, il lui sourit difficilement.

— Tu vois qu'on peut parler sans se disputer ! Bon, je te laisse à tes recherches.

Il se leva tandis qu'Else l'observait se diriger vers la porte. Elle l'interpella juste avant qu'il ne sorte.

— Greg, ça n'est pas vrai pour la passion torride !

Il se retourna vers elle, amusé.

— Tu n'avais pas besoin de le préciser. Je te connais, on est ensemble depuis presque sept ans. Rien que l'emploi du mot « torride » t'avait trahie… Bonne nuit, Else !

◊◊◊◊◊

Greg aida sa femme à refaire son pansement avant que James n'arrive pour sa deuxième journée. Debout en face d'elle, la main gauche délicatement posée sur son front pour retenir ses cheveux, il nettoya sa plaie avec précaution. Afin de combler le silence persistant entre eux, il l'interrogea sur le film qu'elle avait finalement retenu. Elle avait plusieurs pistes, toutefois elle n'était pas certaine de ce qui conviendrait à un enfant de dix ans. Elle craignait également que son choix ne parvienne aux oreilles de sa belle-sœur devenant, une fois de plus, une source de polémique.

Le pansement terminé, Greg embrassa le front d'Else, comme il l'aurait fait après avoir soigné une enfant.

— Voilà, tu es toute belle !

— Menteur ! Dans le fond, ça t'arrange bien que je sois défigurée.

Il lui sourit et quitta la pièce en lui lançant :

— Exactement, je n'ai plus à redouter que tu te fasses draguer !

James n'était pas très en forme ce jour-là. Il était encore plus morose qu'à l'accoutumée. Else chercha à savoir ce qui le tracassait, cependant il ne desserrait pas les dents. Peinant à le faire sortir de sa léthargie, elle suggéra qu'ils reprennent leur partie de jeu vidéo. Il accepta malgré un manque évident d'enthousiasme.

Elle mit à profit cette diversion afin d'en apprendre davantage sur l'ambiance qui régnait chez lui. Il était un peu jeune pour avoir des soucis d'argent, d'addiction ou de cœur. Elle était persuadée que le problème ne pouvait être que familial, surtout après les échanges dont elle avait été témoin le samedi précédent.

Il lui confia à demi-mot que ses parents se disputaient souvent et que, la veille au soir, le conflit avait été plus véhément que d'habitude. Elle voulut le rassurer : même si les querelles étaient fréquentes entre des gens partageant leur vie depuis longtemps, les couples ne se séparaient pas pour autant. Cela ne sembla pas suffire à lui remonter le moral. Else devait déployer une autre stratégie. Elle fit donc ce que toute femme ferait pour distraire un individu de genre masculin, y compris âgé de dix ans. Elle misa tout sur la nourriture. Le burger qu'elle lui commanda parut, temporairement, lui mettre du baume au cœur.

Elle continua sur sa lancée en lui proposant de voir le film qu'elle avait sélectionné. Selon elle, il ne pouvait être apprécié que dans le noir. Ils s'installèrent donc dans la chambre, dont Else ferma les rideaux. Dès le début du film, elle réalisa qu'il n'avait peut-être pas très bien vieilli, il produisait néanmoins l'effet escompté. James, malgré l'angoisse qu'il ressentait lors de certaines scènes, était captivé. Au moment où le générique de fin apparut sur l'écran, son neveu était presque collé à elle tant il avait été impressionné par plusieurs passages. Peut-être avait-elle minimisé sa sensibilité. Elle regretta aussitôt de le lui avoir montré.

Lorsqu'il lui donna ses impressions, Else fut finalement soulagée de découvrir que, même s'il avait frôlé l'attaque cardiaque à deux ou trois reprises, il avait adoré son choix et s'était un peu déridé. Greg fut, quant à lui, nettement plus sceptique en entendant James lui décrire le film. Il avait alors lourdement insisté sur le fait qu'il faudrait qu'elle soit plus vigilante sur la limite d'âge la prochaine fois.

Greg descendit avec James dans la rue, attendre Emily qui venait de les prévenir de son arrivée. À son retour, il fit constater à Else que, malgré son choix de film un peu discutable, la journée avait l'air de s'être bien déroulée. Elle comprit à son air triomphant et sûr de lui que les choses n'étaient pas ce qu'elles semblaient être. Greg la prenait de toute évidence pour une idiote. Elle se promit d'en avoir la confirmation le lendemain. Toute la soirée, elle fit en sorte de ne pas lui montrer qu'elle avait deviné ce qu'il se tramait réellement entre James et lui.

Après le dîner, Else rejoignit Greg dans le bureau. Elle s'assit sur son lit, s'adossa au mur et le fixa avec une mine réjouie. Il leva le nez de son ordinateur.

— Else, qu'est-ce que tu fais ?

— Je m'installe ! Ce soir, on parle de toi. C'est à moi de te soumettre impitoyablement à la question. Tu ne croyais quand même pas que je laisserais filer une chance de te torturer ?

Ne trouvant aucun argument valable à lui opposer, il prit place à côté d'elle. Le chat ne tarda pas à apparaître dans la pièce pour se lover sur les genoux d'Else.

— Ce chat est infernal ! Il n'a pas l'intention de nous laisser seuls. Ta mère le commande très probablement à distance. Bon, vas-y ! Torture-moi !

Elle n'hésita pas longtemps avant de poser sa première question :

— Si je n'étais pas rentrée, tu serais venu me chercher ?

— Pour être accueilli par Marianne à coups de carabine ? Je suis même étonné qu'elle ne m'ait pas encore fait abattre par un tueur à gages. J'avoue que je ne pensais pas que tu tiendrais si longtemps chez tes parents.

— J'appréhendais de me retrouver entre eux deux, c'est vrai. Étonnamment, ils ont changé. Ils se sont vraiment bien occupés de moi.

— Ta mère a dû tout faire pour te dissuader de revenir, non ?

— Elle est toujours furieuse contre toi, je ne vais pas te mentir. En fait, elle a surtout peur pour moi. Tu dois voir de quoi je parle ? J'ai bien remarqué comment tu te comportes depuis que je suis ici. Si tu pouvais me ranger dans une boîte remplie de coton, tu le ferais.

— Je ne veux pas qu'on revive ce qu'on a traversé. C'est pour te protéger que je n'ai pas cherché à venir te voir. Plusieurs fois, je l'ai envisagé mais je faisais partie du problème. Je pensais que, quand tu ne m'en voudrais plus, tu reviendrais.

— Si seulement les choses étaient aussi simples ! J'ai besoin de temps pour savoir où on va, c'est tout. Je ne suis pas encore prête à parler de notre couple.

Il approcha son visage du sien.

— On n'est peut-être pas obligés d'en parler, dit-il avant de l'embrasser.

Quand il plaça la main sur son dos afin de la rapprocher, elle se raidit. De ses doigts, elle frôla sa joue en s'écartant.

— Pour ça non plus, je ne suis pas prête. Je crois qu'il vaut mieux que j'aille dans ma chambre.

Elle prit ses béquilles et s'enfuit du bureau. Si elle restait, elle n'aurait pas la force de mettre un terme à ses avances. Elle ne souhaitait pas que sa réflexion soit polluée par l'attirance physique qu'elle éprouvait pour lui.

◊◊◊◊◊

Le mercredi matin, James arriva plus tôt que la veille puisque, officiellement, ses parents commençaient tous les deux de bonne heure. Else avait très vite compris que l'emploi du temps de Nathan et d'Emily correspondait étrangement à celui de Greg. Elle accueillit donc son neveu quelques minutes avant que son mari ne parte, ne laissant rien paraître de sa découverte. Une fois seule avec James, elle l'interrogea sans ménagement :

— Combien te paye ton oncle pour jouer les baby-sitters avec moi ? Je te donne plus si tu renonces à être son complice.

— Tu ne te débarrasseras pas de moi comme ça. Quoi que tu m'offres, Greg m'a promis qu'il me donnerait le double de ce que tu me proposerais en découvrant la supercherie. Tu es coincée !

James ne sembla absolument pas surpris qu'Else ait vu clair dans leurs manigances. Elle n'eut néanmoins pas le temps de discuter de cela plus longuement avec lui. Le rendez-vous prévu avec son éditrice dans la matinée l'obligea à aller se préparer rapidement.

Elle réapparut dans le salon vingt minutes plus tard, prête à partir. Même si elle en était contrariée, elle n'avait pas le choix : il lui fallait emmener James. À cause de ses béquilles, ils abandonnèrent son moyen de locomotion habituel pour un taxi.

Elle estima en effet que prendre le métro dans son état s'avérerait compliqué. Sur le trajet, elle avertit James qu'il devrait faire un effort pour se tenir tranquille le temps de son entrevue.

Arrivés en bas de l'immeuble où se trouvait la maison d'édition, elle ne regretta finalement pas qu'il l'accompagne. Elle n'aurait pas pu transporter seule son carton à dessin tout en marchant avec ses béquilles.

Dans les bureaux de son éditrice, Else se présenta à l'accueil où se tenait une jeune secrétaire qu'elle n'avait jamais rencontrée. Celle-ci les invita à s'asseoir et à patienter. Else ordonna à nouveau à James de l'attendre là et, surtout, d'avoir un comportement irréprochable. La secrétaire finit par venir la chercher.

Susan Morrison, l'éditrice d'Else, la reçut chaleureusement. Elle se montra satisfaite du projet soumis par son auteure, cependant il faudrait certainement retravailler une ou deux planches. Son entretien terminé, Else retourna à l'accueil récupérer James, dont elle ne trouva que le sac à dos. Elle commença à faire le tour de la pièce du regard, un peu inquiète. Elle interpella la secrétaire :

— Excusez-moi, vous savez où est le jeune garçon qui m'accompagne ?

— Votre fils est allé au distributeur, je crois.

— Non, mais ce n'est pas mon…

Elle s'interrompit en soupirant, consciente que son explication ne servirait à rien, la secrétaire ne l'écoutant déjà plus.

Else se laissa tomber sur un siège, agacée que cette jeune femme, qui devait avoir vingt ans en tout et pour tout, la pense assez âgée pour avoir un fils au seuil de l'adolescence. Empêtrée entre ses béquilles et son carton à dessin, son front qui passait par toutes les couleurs de l'arc-en-ciel, la fatigue constante due aux antidouleurs : Else se sentit brusquement bien usée. James réapparut au même moment.

— Je t'avais dit de ne pas bouger, il me semble. Où étais-tu ?

— Au distributeur. Si tu avais eu la présence d'esprit de me prendre une bouteille d'eau, vu la chaleur étouffante, je n'aurais pas été obligé de te désobéir.

Le sourire en coin de la secrétaire enfonça Else davantage. Elle parvenait à être la mère indigne d'un enfant qui n'était même pas le sien. Il était vraiment temps pour elle de sortir de ces bureaux.

Comme la journée était ensoleillée, Else choisit d'occuper James avec des activités d'extérieur, évitant ainsi lâchement qu'il ne lui inflige la suite de son film. Ils s'installèrent dans un square pour lézarder au soleil. Elle l'envoya leur acheter à manger au stand près du parc, pendant qu'elle remettait au propre les notes qu'elle avait prises durant son rendez-vous.

Méfiante, Else leva le nez de son carnet sentant James, revenu près d'elle, la dévisager en rigolant.

— Qu'est-ce que j'ai ?

— Rien. C'est ton air sérieux quand tu travailles qui m'amuse. J'étais en train de penser que tu n'es pas si frappée que ça en fait. T'es juste une adulte un peu attardée.

— D'accord, je vais le prendre comme quelque chose de positif alors ! Toi aussi tu caches bien ton jeu, mon jeune ami. Je vais devoir te trouver un autre surnom.

— Tu m'as donné un surnom ! C'est quoi ?

— Si je te le dis, tu dois me promettre de ne surtout pas le répéter à ta mère, ni à qui que ce soit d'ailleurs. Je ne l'utilise qu'avec Greg.

— Comme le dit tout le temps papa, ce qui se passe à Vegas, reste à Vegas.

Embarrassée, elle lui confessa que, depuis qu'elle l'avait vu pour la première fois, elle le surnommait Forrest Gump, en référence à un film qu'il ne connaissait absolument pas. Elle lui décrivit le personnage auquel il lui avait tant fait penser, poussant même le souci du détail jusqu'à imiter certaines répliques. Elle provoqua chez James un énorme fou rire qui devint bientôt contagieux.

Cette sortie en centre-ville leur prit une bonne partie de la journée. Ils traînèrent tellement, qu'ils retrouvèrent Greg et Nathan en bas de l'immeuble en fin d'après-midi. Son mari la déchargea de son carton à dessin et de ses béquilles.

— Tu ne les utilises plus ?

— Non, elles me font mal aux mains. Et puis, j'en ai marre, je ne peux rien faire avec. Je préfère boiter.

— Tu as l'air épuisée. C'était peut-être un peu tôt pour une balade en ville. Tu aurais dû rester tranquille à la maison. Tu dois prendre davantage soin de toi. En plus, tu as encore toutes les marches pour monter à l'appartement.

Il lui prit également son sac à main, ajoutant gaiement :

— Attends-moi sur le perron, je reviens !

Lorsqu'il ressortit de l'immeuble, le sourire qu'Else lui adressa se transforma en expression affolée en comprenant ce qu'il s'apprêtait à faire.

— Non, Greg ! N'y pense même pas !

— Si tu évites de gigoter, tout se passera bien.

Il ne lui laissa pas le temps d'ajouter quoi que ce soit. Il la hissa sur son épaule droite comme un vulgaire sac de pommes de terre. Malgré les protestations d'Else sur les trois étages, il ne la reposa au sol qu'une fois devant leur porte. Pendant qu'il ramassait leurs affaires qu'il avait entreposées dans le couloir, elle rajusta ses vêtements. Son humeur oscillait entre amusement et agacement.

— Tu es content de ta petite démonstration de virilité ?

— Très ! Tu devrais me remercier, je viens de te faire gagner une heure.

— T'es gonflé ! C'est très humiliant ce que tu viens de faire !

— Humiliant ?

— Oui ! Humiliant ! Quand tu me traites comme notre nièce de trois ans et demi, c'est humiliant !

Else se souvint alors qu'elle n'en avait pas fini avec cette histoire de baby-sitter. Elle n'avait pas l'intention de laisser passer le comportement de Greg à son égard.

Elle le rejoignit dans sa chambre tandis qu'il sortait des documents de son sac. Elle se planta face à lui, les doigts pianotant sur son bureau.

— Tu sais que faire travailler un enfant à plein temps est illégal ?

Greg réalisa qu'elle avait deviné la véritable raison de la présence de James : il s'inquiétait de la savoir seule chez eux. Il n'avait jamais douté du fait qu'elle le découvre. Il pensait juste avoir davantage de temps devant lui avant cette confrontation. Avec une mauvaise foi éhontée, il lui donna sa version :

— Ce n'est pas un travail. Il rend service à son oncle en passant des moments privilégiés avec sa tante. Pour le remercier, je participe à ses futurs frais de scolarité.

— Tu te fous de moi ? Tu t'es payé un espion. Tu as fait de cet enfant un mercenaire à ta solde. Tu es un enfoiré, Greg !

Il s'exclama en riant, alors qu'elle avait déjà quitté la pièce :

— Ne sois pas vulgaire, Else, ça ne te va pas du tout !

La dernière réplique de sa femme l'avait beaucoup amusé. Il avait toujours adoré le contraste entre son apparente délicatesse et le langage assez coloré qu'elle employait lorsqu'elle était poussée dans ses retranchements. Afin de désamorcer la situation, il changea de sujet quand il la rattrapa dans le salon. Timothy l'avait appelé dans l'après-midi pour les inviter à une fête chez Maggie et lui samedi soir. Il avait accepté, il tenait cependant à s'assurer qu'Else était partante. Elle se montra enchantée de cette initiative. Cela leur éviterait de rester seuls chez eux, tout en lui donnant la possibilité de revoir certains de leurs amis.

Ils se mirent ensemble sur le canapé en début de soirée pour regarder la télé. Sans s'en rendre compte, Else, exténuée par sa journée, s'endormit contre l'épaule de Greg. Il dégagea son bras et la porta jusque dans sa chambre, plus délicatement que dans les escaliers trois heures auparavant. Cette fois-ci, comme elle ne se débattait pas, elle lui parut alors bien légère. Elle n'avait probablement pas encore repris tout le poids qu'elle avait perdu avant son départ en décembre. Il ne doutait pourtant pas des efforts de Marianne pour forcer Else à reprendre une alimentation normale au cours des derniers mois.

Il resta assis près d'elle à la regarder dormir. Il la trouva à cet instant si vulnérable. Toutes les épreuves vécues depuis un an lui revinrent alors à l'esprit. Qu'elle ait réussi à y survivre l'incitait tout de même à penser que sa femme était une coriace. Elle revenait de tellement loin.

Il prit sa main gauche dans la sienne et effleura de son autre main la trace rouge qu'avait laissée sur sa paume la poignée de la béquille. Puis, il remonta le long de son avant-bras, jusqu'à la grande marque fine et boursouflée qui le traversait. Même s'il connaissait l'existence de cette cicatrice, il ne l'avait vue pour la première fois qu'au retour d'Else la semaine précédente.

Il reposa son bras délicatement afin de caresser ensuite le front multicolore de la jeune femme. Elle marmonna à voix basse des paroles incompréhensibles, le sortant brutalement de ses pensées. Il quitta la pièce en refermant doucement la porte derrière lui, prenant garde de ne pas la réveiller.

◊◊◊◊◊

Else devait travailler toute la journée du jeudi afin d'apporter les modifications suggérées par Susan. Elle proposa donc à James, arrivé en début de matinée, de peindre à côté d'elle sur la table de salle à manger. Ne sachant pas dessiner, il refusa mollement dans un premier temps. Consciente qu'il avait répondu sans grande conviction, elle parvint à abattre ses dernières réticences.

— Personne ne te jugera ici et surtout pas moi. Le plus important n'est pas de savoir dessiner. On se fiche complètement que tu fasses un dessin réaliste. Suis tes émotions, tes envies.

Tu peux jouer avec les couleurs ou avec les mouvements. Tu verras, c'est très apaisant. Parfois, ça permet même à des choses que l'on ne soupçonnait pas en nous de s'extérioriser.

— Toi, tu as appris à dessiner, non ?

— Mes parents m'ont fait suivre des cours quand ils ont vu que j'aimais ça et que je n'étais pas trop maladroite avec un crayon ou un pinceau. Mais, même sans apprendre, ça ne m'aurait pas empêchée de le faire. Vas-y ! Lance-toi ! Tu peux utiliser les crayons de couleur si tu te sens plus à l'aise avec. Je ne regarde pas. Tu me montreras ce que tu as fait seulement si tu le veux. Au pire, tu jetteras tout avant de partir. Ça marche ?

Elle n'attendit pas qu'il réponde. Elle se plongea dans son travail, laissant James face à sa feuille. Il hésita un instant, toucha les crayons du doigt, examina comment Else s'y prenait. Il saisit précautionneusement un pinceau, le trempa dans une couleur puis commença à dessiner.

Else l'épiait du coin de l'œil. Elle trouvait amusant de le voir si investi par son dessin. Ils peignirent un long moment dans le silence, prenant juste le temps de manger un morceau en début d'après-midi. Else avait toujours considéré qu'une séance de peinture était bien plus efficace qu'une séance de méditation.

Greg revint dans l'après-midi. Il crut d'abord que personne n'était à la maison, tant celle-ci était silencieuse. Il constata avec étonnement que ces deux personnalités, qui auraient pu s'entretuer en début de semaine, s'acclimataient très rapidement l'une à l'autre. Lui qui ne pensait trouver qu'un garde-malade et un espion en faisant entrer James dans le quotidien de sa femme avait peut-être déclenché un phénomène qui lui échappait totalement.

Lorsque Nathan demanda à son fils de descendre, James abandonna à regret ses œuvres. Else lui suggéra de les laisser sécher à plat sur la cheminée, lui jurant de ne pas les regarder avant qu'il ne revienne le lendemain. Les mains couvertes de peinture, il ramassa ses affaires.

— On recommencera ?

— Bien sûr ! Ça t'a plu alors ?

— Ouais… Mais ne le dis à personne. J'ai une réputation à protéger.

Elle lui répondit avec un sourire complice :

— Ce qui se passe à Vegas…

Malgré le retour de Greg, Else continua de travailler sur ses dessins. En passant derrière elle, il les étudia par-dessus son épaule.

— Ta peinture est bien sombre !

— C'est normal. Cette histoire abordera la perte d'un proche. Le phare de Gus a perdu sa lumière. Il est dans le noir. Je n'allais pas mettre des couleurs vives.

— Je comprends. C'est quand même délicat comme thème !

— Je sais. Je ne voulais pas que tu voies mes illustrations. Je craignais que tu ne cherches justement à me dissuader de traiter ce sujet. Tu m'avais reproché de ne plus rien créer. Quand j'étais en France et que j'ai eu à nouveau envie d'écrire, c'est ça qui m'est venu en tête.

— C'est bien ! Si c'est ce qui t'aide à reprendre tes pinceaux, je n'ai rien à dire. Au contraire, je suis content que tu t'y sois remise.

Lors du dîner, Greg lui fit remarquer qu'elle faisait des miracles avec James. Cet enfant, qui était d'ordinaire si taciturne, paraissait avec elle un peu plus enjoué. Elle lui avoua que le changement de comportement provenait du fait qu'elle le soudoyait avec de la nourriture, comme elle le ferait avec n'importe quel homme. Elle perçut sur le visage de son mari que ce n'était pas ce à quoi il serait le plus sensible. Elle regretta immédiatement d'avoir, par inadvertance, envoyé un message qui pourrait être mal interprété. Malgré tout, elle aurait bien mis ses bonnes résolutions à la poubelle pour l'embrasser, s'il ne s'était pas levé au même moment pour débarrasser leurs assiettes.

Elle l'accompagna dans la cuisine. Afin de soulager sa cheville encore un peu douloureuse, elle s'assit sur le plan de travail, près de l'évier. Elle essuyait les verres à pied que Greg avait lavés.

Après avoir séché ses mains, il s'approcha d'elle, lui retira doucement le torchon et le verre qu'elle tenait. Il l'enlaça par la taille, elle mit ses bras autour de son cou. Ils s'embrassèrent, tendrement d'abord, puis plus intensément. Le cœur d'Else s'emballait. Elle devait mettre un terme à ce qu'il se passait avant que tout n'aille trop vite. Quand la main de Greg se posa sur sa cuisse, elle se dégagea en prétextant que son front la faisait souffrir, qu'elle devait aller prendre un comprimé.

Elle se réfugia dans sa chambre, dont elle ferma la porte. Elle se sentait vraiment ridicule. Une partie d'elle voulait rester avec lui. L'autre souhaitait être sûre de ce qu'elle éprouvait et de ce qu'elle attendait de son retour.

Else savait pertinemment qu'elle ne resterait pas à Chicago. Donner des espoirs à Greg était cruel, elle en avait conscience. S'ils devaient avoir un avenir ensemble, cela ne pourrait plus être ici. Il lui était devenu impossible de vivre à nouveau dans cette ville, dans cet appartement. Comment faisait-il, lui, pour le supporter ?

Elle eut du mal à trouver le sommeil. Dans la chambre en face, Greg n'arrivait pas non plus à dormir. Tous deux pensaient à cette pièce vide, à l'extrémité du couloir, dont la porte était scellée de non-dit, de rancœur et de douleur. Elle représentait comme une ombre pesante sur leur vie et sur leur couple. Un placard sombre d'où n'importe quel enfant aurait été persuadé qu'il allait s'en échapper un monstre terrifiant qui le dévorerait sans pitié.

5

Le lendemain, Greg ne travaillait pas, cependant il était tout de même prévu que James passe la journée avec le couple. Else dormait encore à son arrivée. Lorsqu'elle sortit enfin de sa chambre, ils discutaient au salon. Ils avaient décidé d'aller courir. Pour la première fois en sept jours, elle fut contente de s'être foulé la cheville. Elle avait toujours admiré la détermination de son mari lorsqu'il s'agissait de sport. Ses parents l'avaient forcée à faire de la danse classique pendant dix ans, pourtant les activités physiques demeuraient pour elle difficilement supportables.

Malgré les tentatives de Greg pour l'initier à ses sports préférés, elle était imperméable à sa ferveur. Pratiquant le hockey sur glace depuis son enfance, il avait même essayé de lui apprendre à patiner. Lors de son premier hiver à Chicago, il avait proposé de l'emmener à la patinoire près de chez eux. Elle lui avait dit ne pas aimer cela, il avait néanmoins été persuadé de pouvoir la faire changer d'avis.

Une fois sur place, assis sur le banc, il lui avait pris les jambes avec autorité pour la déchausser, lui mettre et lui lacer ses patins. Elle l'avait laissé faire, préférant observer les gens autour d'elle. Greg l'avait ensuite entraînée sur la glace. Debout face à elle, il lui avait tenu fermement les avant-bras lui expliquant avec force détails comment avancer. Lorsqu'il l'avait prévenue qu'il allait la lâcher, elle avait relevé le visage vers lui en souriant. Elle l'avait alors abandonné stupéfait sur le bord de la patinoire pour en faire le tour avec une aisance qu'il ne lui avait pas soupçonnée. Prenant conscience qu'il s'était fait berner, il l'avait rattrapée.

— Tu t'es moquée de moi ! Tu sais patiner en fait !

— Je n'ai jamais prétendu le contraire. Je t'ai dit que je n'aimais pas ça, pas que je ne savais pas. J'étais tellement touchée de te voir m'apprendre les bases du patinage si consciencieusement. C'était cruel de te détromper. En plus, j'adore saisir chaque opportunité pour jouer avec ta fierté toute masculine.

Si le patinage ne lui avait pas véritablement posé de problème, le plus humiliant pour elle restaient tout de même les traditionnelles parties de football américain de la famille Stanton. Else avait d'ailleurs mal au dos rien qu'en se remémorant cette partie dominicale où Nathan l'avait plaquée violemment au sol, lui coupant net la respiration.

Elle était arrivée à la conclusion qu'à défaut d'entretenir son corps, elle entretiendrait sa mauvaise volonté. Les cours de danse dans lesquels la traînait Maggie à l'heure du déjeuner avaient largement assouvi son besoin d'efforts physiques et surtout son besoin de bavardage.

Else accompagna donc les deux sportifs au parc après avoir été appâtée sournoisement avec un thermos de vrai café. Elle s'installa avec un livre, dans l'herbe, à l'ombre. Greg et James partirent courir. Celui-ci revint rapidement s'écrouler près d'elle pendant que son oncle continuait inlassablement son parcours. Avachi par terre, il tenta de reprendre son souffle.

Amusée et sans compassion, elle lui lança une bouteille d'eau, à laquelle cette fois elle avait pensé. Ensuite, il rampa près d'elle. Le regard camouflé derrière leurs lunettes de soleil, ils occupèrent le reste du temps à se moquer des gens qui s'épuisaient à faire des tours de parc. De leur point de vue, ils profitaient davantage du beau temps en paressant tranquillement sur la pelouse.

Ils devisaient toujours quand Greg termina son jogging. Il les épia subrepticement tandis qu'il faisait quelques étirements. James chuchota à l'oreille d'Else un commentaire qui la fit éclater de rire. Quelle équipe inattendue et singulière que ces deux solitudes mal assorties ! Else semblait avoir finalement trouvé chez son neveu un compagnon de convalescence tout à fait acceptable. L'affection avait l'air réciproque.

Au moment de rentrer, Greg prit les mains d'Else pour l'aider à se relever. Il replaça derrière son oreille une mèche de cheveux qui s'était échappée de sa queue-de-cheval, en lui avouant à mi-voix :

— Ton rire… C'est l'un des sons que je préfère.

Elle glissa timidement sa main dans la sienne, qu'elle ne lâcha qu'une fois dans le hall de leur immeuble.

Le déjeuner à peine achevé, Greg reçut un appel sur son portable. Il s'isola afin de poursuivre la conversation. Quand il raccrocha, il attira discrètement Else dans le bureau.

— Rien qu'à voir ta tête, je devine qu'il y a un problème.

— Nate voudrait qu'on garde James pour la nuit. J'ai accepté, même si j'aurais dû te consulter avant. Il m'a pris au dépourvu. Em va déposer des affaires pour lui tout à l'heure.

— Tu as bien fait de dire oui. Mais qu'est-ce qu'il se passe ?

De ce que Greg avait compris, les désaccords entre Nathan et sa femme avaient atteint leur paroxysme. Ils avaient décidé de profiter de la soirée pour faire le point. Préférant que leurs enfants ne soient pas autour d'eux, ils confiaient l'aîné à Greg et Else, tandis que les deux plus jeunes seraient gardés par les parents d'Emily.

Greg expliqua aussi sereinement que possible à son neveu qu'il resterait chez eux pour la nuit, que Nathan et Emily avaient besoin de temps seul à seul pour discuter. Else devina tout de suite que James était soucieux. Ses parents étaient en train de se déchirer : il avait le sentiment de voir tout son monde s'écrouler. Son inquiétude s'accrut lorsque sa mère arriva. Elle était agitée, à l'inverse de l'image très contrôlée qu'elle affichait d'ordinaire. Elle embrassa James, puis remit un sac à Greg, s'excusant de leur laisser son fils à l'improviste et de devoir partir aussi précipitamment.

Prévoyant de faire dormir James à la place de Greg dans le bureau, Else l'emmena aussitôt préparer son lit. Elle dédramatisa la situation en lui en montrant les avantages :

— C'est super, tu vas pouvoir passer du temps avec Greg ! Et, surtout, tout va s'arranger puisque tes parents ont envie de se retrouver ensemble.

— Tu crois ?

— Évidemment.

Mieux que personne elle avait conscience que, bien sûr, les choses n'étaient pas aussi simples. Peut-être que Nathan et Emily ne pourraient effectivement plus supporter de vivre ensemble, néanmoins, lui dire que c'était une possibilité n'aurait rien apporté. Ce n'était pas ce qu'il avait besoin d'entendre.

Le couple fit donc son possible pour le distraire. Else accepta ainsi de bonne grâce d'être un peu chahutée par Greg et James qui prenaient un malin plaisir à plaisanter gentiment à son sujet.

— Greg, tu vas devoir m'augmenter parce qu'Else est vraiment ingérable.

— Ce n'est pas moi qui vais te dire le contraire. Si je t'avais prévenu, tu n'aurais jamais accepté.

Elle se vengea de lui lorsqu'ils choisirent le film qu'ils iraient voir au cinéma. Elle savait pertinemment que James préfèrerait un film d'action grand public, à l'opposé des goûts de Greg. Celui-ci, convaincu qu'Else ferait pencher la balance de son côté, lui demanda de les départager. Elle le regarda droit dans les yeux en lui souriant. Abrégeant le suspens, elle donna sa voix à James, tout en tapant dans la main qu'il lui tendait.

Arrivés dans la salle de cinéma, les deux complices s'installèrent, hilares devant l'air désabusé de Greg lorsqu'il réalisa que la moyenne d'âge du public approchait des quinze ans. Else enfonça davantage le clou, se moquant de lui explicitement :

— Ne t'inquiète pas, tu vas survivre ! Ça ne dure que deux heures et quart. Prends ça comme une expérience qui ouvrira ton horizon intellectuel. Depuis que James m'a fait découvrir le premier épisode lundi, ma vision de la culture populaire est totalement transformée.

— C'est de ma faute ! J'aurais dû me douter que vous saisiriez le premier prétexte pour vous liguer contre moi. Mais tu vois, je suis bon joueur, je vous ai quand même suivis. Et, il n'y a rien que je puisse te refuser.

— Je saurai m'en souvenir le moment venu.

Les lumières de la salle s'éteignirent, il entremêla ses doigts avec ceux d'Else, qui le laissa faire.

James, épuisé d'avoir exceptionnellement veillé si tard, voulut se coucher dès qu'ils rentrèrent. Greg l'accompagna, puis il retourna dans la cuisine où Else leur prépara un thé.

— Je crois qu'il va avoir du mal à s'endormir. Il est très nerveux. Else, je ne comprends pas ce qui arrive à Em et mon frère. Leur couple a toujours semblé si solide.

— Justement, tu n'es pas dans leur couple. Tu ne peux pas savoir ce qu'il se passe. Je n'étais pas là ces derniers mois. Je n'ai pas vu leur relation se détériorer.

— J'étais là, pour autant, moi non plus, je n'ai rien vu.

— Tu avais d'autres préoccupations, c'est normal que tu n'aies rien remarqué. Tout ce qu'on peut faire dans l'immédiat c'est s'occuper de James. J'avais bien perçu qu'il était perturbé. Je ne pensais pas que les choses étaient si difficiles.

Greg était complètement démuni. Ce qu'il lui restait de famille se désagrégeait sous ses yeux. Else, pour sa part, était moins affectée, étant donné les événements qui avaient traversé sa propre existence. Rien n'était irrémédiable dans le cas de Nathan et Emily.

Préoccupé, Greg vérifia que son neveu s'était endormi avant de se coucher dans la chambre qui était encore la sienne dix jours auparavant. Il s'allongea sur le lit, à côté d'Else qui y était déjà installée. La distance physique qu'ils s'imposèrent entre eux les mit mal à l'aise. Ils n'avaient jamais eu à se comporter de cette façon l'un envers l'autre. Else était consciente que son mari était comme une flamme qui l'embraserait dès qu'il poserait les mains sur elle. Elle ne pouvait pas se le permettre. Ce ne serait pas ainsi qu'ils régleraient leurs problèmes. Même si cette réserve coûta à Greg, il la respecta. Il ne voulait pas qu'elle s'enfuie de nouveau.

Ils n'avaient toujours pas abordé ce qu'il s'était passé entre eux la veille au soir, dans la cuisine. L'humeur générale de la soirée n'étant pas propice à cette discussion, ils décidèrent tacitement de ne pas l'évoquer. Cette situation leur paraissait tellement étrange. Ils faisaient néanmoins comme si tout cela était normal.

Pourtant, depuis combien de temps ne s'étaient-ils pas retrouvés tel un couple ordinaire, se souhaitant une bonne nuit, chacun de son côté du lit ? Dans d'autres circonstances, ils ne se seraient pas retrouvés dans ce lit pour dormir. Dans d'autres circonstances, ils se seraient dit à quel point ils étaient chanceux d'être encore ensemble. Surtout, dans d'autres circonstances, la chambre au bout du couloir ne serait pas vide et fermée à clé.

◊◊◊◊◊

Dans la nuit, Else entendit James renifler dans le bureau. Elle se dirigea silencieusement vers son lit. Elle s'assit près de lui, dans l'obscurité de la pièce.

— Tu pleures ? lui chuchota-t-elle en lui tendant un mouchoir.

— Non, j'ai juste le nez qui coule.

— Tu peux me parler si tu veux.

— Laisse-moi tranquille !

— Tu préfères que j'aille chercher Greg ? Tu serais plus à l'aise avec lui peut-être ?

— Non, pas lui non plus. Laisse-moi tout seul !

Elle lui accorda un instant pour qu'il se mouche avant de poursuivre :

— Ne me repousse pas, James. Je veux juste t'aider.

— Tu ne peux pas.

— Pourquoi tu dis ça ?

— Parce que c'est de ma faute.

— Si tes parents se disputent ? Tu racontes n'importe quoi. Au contraire, ils font ce qu'ils peuvent pour vous protéger les petits et toi. Tu n'es coupable de rien. Les enfants ne sont jamais responsables de la séparation de leurs parents.

— Tu es sûre de ça ?

Cette question ressemblait à une mise en accusation. Else avait parfaitement saisi l'allusion de James. Cependant, elle n'avait ni la force ni l'envie de débattre avec lui sur ce sujet. Il n'était qu'un enfant ! Comment pouvait-il prétendre savoir ce qu'il se passait entre Greg et elle ? Il était très probable qu'il ait entendu ses parents parler d'eux, mais que savait-il précisément des tenants et des aboutissants de leur situation ?

Elle resta tout de même avec lui le temps qu'il se rendorme. Son sommeil semblait léger, néanmoins, James paraissait plus paisible. Elle remonta un peu le drap sur lui, effleura doucement ses fins cheveux blonds, puis elle retourna dans sa chambre sur la pointe des pieds pour ne pas faire craquer le parquet.

Lorsqu'elle se glissa dans leur lit, Greg ne dormait plus. Étendus face à face, elle répondit avant qu'il ne l'interroge :

— C'était James. Même s'il ne l'admettra pas, je crois bien qu'il pleurait.

— Tu penses qu'il faut que j'y aille ?

— Non, tu ne feras rien de plus. Et là, il s'est rendormi de toute façon.

Sentant qu'il n'était pas totalement convaincu, elle ajouta :

— Les choses pourraient être pires, Greg. Quoi qu'il arrive, James et toi ne perdrez pas pour autant les gens que vous aimez. Tu devrais dormir toi aussi, il n'y a rien d'autre à faire pour l'instant.

Comprenant qu'elle voulait couper court à la conversation, il ferma les yeux sans toutefois réussir à s'endormir. Malgré la situation, Else avait une envie folle de se jeter dans ses bras. Était-ce égoïste de penser à l'homme allongé auprès d'elle au lieu de s'apitoyer sur le sort d'une famille qui l'avait toujours considérée comme une étrangère farfelue ? Y pensait-il, lui aussi ? Elle se détesta tout de suite de songer à cela, alors qu'un enfant était dans la chambre d'à côté, désemparé.

Ce ne fut que tard dans la nuit qu'elle parvint à s'assoupir. Elle n'eut pas réellement le sentiment de se reposer. Inconsciemment, son esprit restait sur le qui-vive, à l'écoute du moindre signe qui lui aurait permis de détecter que l'enfant sur lequel elle devait veiller avait besoin d'elle. Else ne dormit donc que d'un œil. Les premiers rayons du soleil qui percèrent au travers des rideaux opaques la réveillèrent, par conséquent, sans grande difficulté.

En passant devant le bureau, elle s'aperçut que James n'était plus dans son lit. Elle le découvrit au salon, en train de jouer avec le chat, moins préoccupé que la veille. Elle lui ébouriffa sauvagement les cheveux lorsqu'elle longea le canapé.

Il la rejoignit dans la cuisine où elle chercha quelque chose à lui préparer. Elle le considéra, perché sur le tabouret, les yeux encore un peu gonflés de sommeil, dans son tee-shirt trop large couvert de dessins criards. Elle éprouva alors une bouffée de tendresse envers lui. Elle n'aurait pas su dire si c'était lui ou ce que sa présence près d'elle représentait qui l'émouvaient tellement.

Le nez plongé dans son bol de lait chaud, James observa son oncle et sa tante circuler dans la cuisine. Un constat le frappa subitement. Cela ne lui était pas apparu clairement depuis lundi, car ils avaient en fait passé peu de temps tous les trois. Dans ses souvenirs, ce couple avait toujours été très proche, accumulant les gestes affectueux, partageant une vraie complicité, partant souvent dans des fous rires qu'eux seuls savaient justifier. Il avait même entendu Emily dire avec dédain qu'ils étaient « du genre démonstratif ». Enfin, c'était ainsi qu'ils étaient jusqu'à l'été dernier, jusqu'à ce que la lumière qui irradiait d'Else vacille, puis s'éteigne.

La veille, James avait bien noté une distance entre eux, qu'il avait attribuée à la gêne créée par sa présence. Pourtant, ce matin-là, le manège entre les deux reprenait, plus évident encore que la journée précédente. Greg et Else ne se regardaient pas dans les yeux, évitaient le moindre contact comme redoutant une décharge électrique, ne dévoraient l'autre du regard qu'en étant sûrs de ne pas être pris en flagrant délit. Il ne les avait jamais vus prendre autant de précautions l'un envers l'autre. Comment ces adultes pouvaient-ils être si hypocrites, à répéter constamment aux enfants la nécessité de communiquer pour vivre paisiblement avec les autres, alors qu'eux-mêmes étaient incapables d'affronter leurs problèmes ?

Il ressentit malgré tout de la peine à leur égard, tant ils prenaient soin de lui depuis le début de la semaine. Si ses parents avaient besoin d'être ensemble pour régler leurs soucis, cette stratégie devrait fonctionner avec eux également. Investi d'une nouvelle mission, il allait falloir qu'il s'en mêle pour que ces deux-là cessent de se fuir en permanence.

Au cours de la matinée, James fouina dans la bibliothèque du bureau. Il y dénicha un livre de photos sur Paris. Il demanda à Else de lui traduire les textes qui étaient tous en français. Ils s'assirent côte à côte sur le lit. Ils avaient à peine entamé leur lecture que Greg entra dans la pièce.

— Je ne savais pas que vous étiez là. Je ne vous dérange pas longtemps. Je prends mon ordi et je vais travailler ailleurs.

— Reste avec nous Greg, ce sera plus sympa. Comme Else, tu as vécu à Paris. J'aimerais bien que tu m'en parles aussi.

— Elle est plus calée que moi sur le sujet, c'est elle la Parisienne. Je ne vous serai d'aucune utilité.

James soupira intérieurement : rien ne se passait comme prévu. Greg allait devoir être plus coopératif sinon l'échec était garanti.

— Justement elle est française. Je voudrais ton opinion d'Américain.

Else, admirative, secoua la tête afin de faire comprendre à son mari que cet enfant avait décidément de la ressource. À court d'arguments, il les rejoignit. Les questions ne tardèrent pas à s'enchaîner. James se montrait très curieux, y compris de la manière dont ils percevaient cette ville.

— Greg, qu'est-ce que tu préfères à Paris ? La tour Eiffel ?

— Non, je crois que, ce que j'aime le plus, c'est les bus.

Else se mit à pouffer.

— Les bus ?! T'es... bizarre ! Et toi, Else ?

— C'est difficile de choisir. J'aime tellement de choses. Les promenades d'abord. J'adore marcher dans les rues, sans avoir forcément de but précis. Et il y a les musées ! Quand j'étais étudiante, j'y allais régulièrement pour voir des expositions. Je te déconseille d'ailleurs d'y emmener ton oncle. Il est intenable dans les expos ! dit-elle en riant.

Sa voix se fit plus nostalgique :

— Cela dit, j'aime bien les bus aussi.

— C'est quand même drôle, Greg, que tu aies dû aller jusqu'en France pour rencontrer Else ! L'univers a une étonnante façon de faire !

— C'est vrai ! C'est étrange quand on y réfléchit. En plus, Else m'a carrément donné du fil à retordre.

— Tu exagères ! Ça ne s'est pas passé comme ça, contesta-t-elle.

James imagina fièrement que sa mission était en bonne voie lorsqu'ils baissèrent les yeux vers le livre en souriant. Sûrement se remémoraient-ils leur rencontre ! Bien sûr qu'ils y songeaient. Ils pensaient à cette rencontre inattendue, détonante. Une rencontre telle une explosion dont la déflagration n'avait pas atteint Else immédiatement. Elle n'avait été victime de l'effet de souffle que plus tard, progressivement, insidieusement, à son corps défendant, alors qu'elle avait cru le calme revenu.

Ils songeaient également aux sept années qui avaient suivi. Malgré les difficultés, les doutes, les sauts dans le vide, ils n'auraient rien changé des six premières. Pas un mot, pas un geste, pas un frémissement, rien. Ils n'auraient modifié qu'un seul détail qui, sur le moment, leur avait paru insignifiant, mais qui les avait projetés tous les deux dans une barque fragile sur une mer démontée. Ils n'avaient alors même pas tenté de se raccrocher l'un à l'autre, laissant les éléments déchaînés les éloigner. Else avait tout de même retraversé l'Atlantique pour rejoindre Greg.

Nathan récupéra son fils en début d'après-midi. Emily et lui avaient discuté toute la soirée. Ayant besoin de réfléchir seule, elle avait décidé de le laisser s'occuper de James, tandis qu'elle partait pour le week-end chez ses parents, avec leurs deux plus jeunes enfants. James eut l'impression d'être exclu. Son père le réconforta. Ce tête-à-tête leur permettrait de profiter d'un week-end privilégié entre hommes. Ils pourraient prévoir des activités que la présence des plus petits leur interdisait le plus souvent.

Avant qu'il ne parte, Else lui tendit les peintures qu'il avait oublié de reprendre. Elle y avait accroché un papier avec son numéro de téléphone. Elle lui murmura :

— Tu peux m'appeler n'importe quand. Tu m'entends, James ? N'importe quand.

Il lui adressa un discret hochement de tête. Elle ajouta plus fort pour que, cette fois, son beau-frère l'entende distinctement :

— À lundi ! C'est à toi de choisir le film !

Else venait de reconduire tacitement leur contrat. James sourit en dissimulant son regard embué derrière sa grande mèche blonde.

Le couple devait se rendre chez Timothy et Maggie pour la soirée. Else décida donc de se préparer, espérant que le maquillage camouflerait les restes de son hématome. Heureusement, l'absence de pansement rendait la blessure moins visible. Elle n'avait pas souhaité l'examiner depuis que Greg se chargeait de ses soins. Lorsqu'il lui avait ôté le pansement définitivement la veille, elle avait été inquiète de ce qu'il recouvrait. Elle avait alors constaté avec soulagement que la plaie n'était pas aussi vilaine qu'elle l'avait imaginée.

Enfin maquillée, elle chercha une tenue dans son armoire. Elle choisit une robe courte qui dévoilait ses jambes. Fluide, suffisamment cintrée pour mettre sa silhouette svelte en valeur, la robe avait un décolleté qui ne lui permettait absolument pas de porter son collier sans que son mari n'aperçoive les bagues qui y pendaient. Elle retira donc la chaîne qu'elle déposa sur sa table de nuit.

Elle rejoignit Greg au salon qui la contempla avec étonnement. Il avait toujours dû lutter pour la convaincre de porter plus souvent autre chose que des pantalons ou des jupes longues. Il trouvait dommage qu'elle cache ses jolies jambes.

— Je ne connais pas cette robe ! Elle te va très bien !

— Mamie m'a poussée à l'acheter avant mon départ de Paris. Je pensais ne jamais avoir l'occasion de la mettre. Pourquoi tu me fixes comme ça ? C'est les sandales ?! Je sais que ça ne va pas ensemble mais, avec ma cheville, je ne pouvais porter que des chaussures plates.

— Encore heureux, sinon tu aurais presque été plus grande que moi. De toute façon, ne t'inquiète pas, avec ce que tu as sur le front, personne ne fera attention à tes chaussures.

Elle se dirigea vers l'entrée pour prendre son sac à main. Au moment de quitter l'appartement, Greg lui chuchota à l'oreille en passant derrière elle :

— Et ce n'était pas tes sandales que je fixais. Ne fais pas l'innocente. Tu sais pertinemment l'effet que tes jambes ont sur moi.

Elle sentit le rouge lui monter aux joues. Effectivement, elle le savait. Elle avait enfilé cette robe en toute connaissance de cause. Elle n'avait cependant pas prévu que Greg fasse montre d'aussi peu de réserve.

La fête était déjà bien animée à leur arrivée chez Timothy. Else abandonna rapidement Greg pour saluer des amies dont elle avait fait la connaissance par l'intermédiaire de Maggie, quelques années auparavant.

Dès le début de la soirée, elle fut accostée par un des convives. Elle ne se fit guère d'illusion sur ce qui incitait cet inconnu à venir lui parler. Ses premiers mots lui donnèrent aussitôt raison, puisqu'il engagea la conversation au prétexte de confirmer qu'elle était française. Depuis qu'elle vivait aux États-Unis, la plupart des hommes qui l'abordaient, se croyant chanceux comme un résident de maison de retraite remportant son premier bingo, agissaient selon la même méthode. Elle avait développé à son tour sa propre technique de riposte.

Une fois sa nationalité confirmée, elle écoutait placidement l'individu exposer sa litanie de clichés sur son pays, qu'elle ne prenait même plus la peine de rectifier. S'il était observateur, son alliance à elle seule le décourageait. Dans le cas contraire, son interlocuteur finissait par comprendre qu'il ne la ramènerait pas chez lui après la soirée ni, à défaut, ne s'isolerait cinq minutes avec elle dans un coin sombre. Il inventait alors une excuse plus ou moins élégante, souvent moins d'ailleurs, pour abréger la discussion. Cette fois encore, avalant une gorgée de vin afin de s'encourager, elle s'apprêta à entendre les poncifs du jeune homme sur la France.

Se promenant parmi les invités, Timothy vit Greg, assis dans un coin de la pièce, qui ne quittait pas Else des yeux. S'asseyant près de lui, il n'eut pas le temps d'ouvrir la bouche que Greg déclara :

— C'est le troisième gars que je vois l'accoster !

— Greg, ta femme est française ! Rien qu'avec ça, ils sont attirés comme des mouches. Et puis, il t'arrive de la regarder parfois ? Je veux dire de vraiment la regarder ? Je crois que tu es le seul ici à ne pas remarquer à quel point elle est attirante.

Il devait bien reconnaître que son ami avait raison. Depuis combien de temps ne l'avait-il pas considérée autrement que comme une petite chose fragile ? Il réalisa qu'elle n'était plus la jeune étudiante mal fagotée qu'il avait rencontrée à Paris. Elle était là, séduisante et féminine, au milieu d'une discussion animée avec un homme qui avait, visiblement, l'air d'un dragueur. Il ne lui en fallut pas davantage pour qu'il se sente obligé d'intervenir. Il se dirigea vers eux et passa un bras possessif autour de la taille de sa femme.

— Salut ! Greg, le mari d'Else.

— Enchanté ! Else ne m'avait pas dit qu'elle était accompagnée. Excusez-moi, je vais remplir mon verre…

Greg prit un air faussement surpris :

— Tu crois que c'est moi qui l'ai fait fuir ?

— Tu comptes aussi uriner autour de moi pour marquer ton territoire ? Tu es resté bien trop longtemps en tête à tête avec notre chat !

— J'avais l'impression que tu ne savais pas comment t'en dépêtrer. Je suis juste venu t'aider.

— C'est vrai que tu t'y connais en drague lourdingue. Je me souviens de ta finesse quand tu cherchais à coucher avec moi lors de notre première rencontre.

— J'ai été franc ce jour-là, c'est tout. Aie au moins l'honnêteté de me concéder ça ! Et ce gars-là n'avait pas besoin de parler pour te montrer ses intentions. Il avait la bave aux lèvres et quasiment ses mains sur toi.

Else resta bouche bée, et tout de même amusée, devant son culot.

— Cette fois-ci, au moins, tu n'as cassé la figure de personne. Tu progresses !

Greg eut un rire amer. Elle l'avait ramené soudain à un épisode peu glorieux de leur histoire, sous couvert de faire un trait d'humour. Elle venait aussi d'en prendre conscience, mais, après tout, c'était de bonne guerre.

À cause de la nuit agitée qu'ils avaient eue, à s'inquiéter pour James, ils quittèrent la fête parmi les premiers. Dans la voiture, Greg regarda les jambes d'Else à la dérobée, comme il l'avait déjà fait à l'aller. Au bout de quelques minutes, il posa sa main sur le genou gauche de sa femme, et, doucement, remonta un peu le long de sa cuisse. Else, accoudée à la portière, observait les rues défiler, feignant d'ignorer son geste.

— Le coup de l'indifférence ne marche plus avec moi depuis longtemps, Else !

Elle tourna son visage vers lui et lui mentit de façon éhontée :

— Quelle indifférence ? Je ne vois vraiment pas de quoi tu parles !

— Vraiment ? Tu ne vois pas ?

— Pas du tout ! Mais tu peux laisser ta main où elle est. Elle ne me dérange absolument pas.

— J'hésite quand même. Est-ce que je ne risque pas de me faire encore traiter de petit con présomptueux ?

— C'est un risque à prendre !

Elle détourna à nouveau le visage qu'elle reposa sur sa main droite, tentant de camoufler le sourire de satisfaction et de malice qu'elle avait accroché à ses lèvres.

Dès qu'elle franchit le seuil de leur appartement, Else s'empressa de retirer ses chaussures afin de soulager sa cheville douloureuse, tandis que Greg vidait ses poches sur le meuble de l'entrée. Quand elle se redressa, il l'attira vers lui en mettant sa main sur son cou et l'embrassa. Elle l'enlaça à son tour. Tout en se dirigeant vers le canapé, il déboutonna sa robe qu'il fit glisser au sol. Elle fit de même avec sa chemise.

Else retrouvait la sensation des cheveux de Greg sous ses doigts, sa peau chaude contre la sienne, la courbure familière de ses épaules. Cette fois-ci, elle n'avait pas envie de chercher des excuses pour le repousser.

◊◊◊◊◊

Les rayons de soleil qui, depuis un moment, inondaient sa chambre réveillèrent Else. Elle n'avait pas pris la peine de fermer les rideaux à leur retour en pleine nuit. Greg dormait, allongé sur le ventre, le bras droit en travers du corps de sa femme, le visage tourné vers elle. Son air si tranquille donna à Else envie de l'embrasser. Elle eut cependant trop peur de le réveiller, ce qui aurait immanquablement entraîné une discussion à laquelle elle n'était pas prête. Elle se dégagea alors délicatement, puis sortit du lit sans faire de bruit. Elle se rendit dans la cuisine tout en enfilant rapidement son peignoir.

Elle s'y servait un verre d'eau, quand elle reconnut soudain la douceur de son chat contre ses mollets. Elle le prit affectueusement dans les bras. L'animal frotta son museau dans son cou. Elle profita de cette sensation réconfortante, comme une trêve avant de devoir affronter la suite. Elle hésitait à retourner dans la chambre. Elle n'était pas certaine de ce que représentait cette nuit pour eux. Elle regrettait de ne pas avoir le temps d'éclaircir davantage ses idées.

Alors qu'elle restait à réfléchir dans la cuisine, Greg se réveilla, remarquant que la place à côté de lui était vide. Il chercha la montre d'Else sur la table de chevet. En tâtonnant, ses doigts découvrirent la chaîne qu'elle avait laissée dessus la veille au soir. La nuit où James avait dormi chez eux, elle l'avait placée dans le tiroir. Là, elle avait été moins prudente, ne pensant pas que Greg reviendrait dans sa chambre. Il saisit le bijou sur lequel sa bague de fiançailles et son alliance étaient accrochées. Contrairement à ce qu'elle avait affirmé, elle aussi la portait toujours alors. Il les lâcha brusquement en entendant les pas d'Else se rapprocher dans le couloir.

Elle lui tendit une tasse fumante, puis elle prit place sur le fauteuil près de la fenêtre en évitant de croiser son regard. Comme elle s'y attendait, Greg entama le dialogue immédiatement :

— Tu es consciente qu'il faudra qu'on parle de nous à un moment ou à un autre ?

— Oui, mais pas maintenant.

Greg l'interrogea sur un ton plus sec qu'il n'en avait l'intention :

— Quand alors ?

— Je ne sais pas. Ne me bouscule pas, s'il te plaît.

— Moi, j'ai besoin de savoir où on en est. Tu es revenue pour quoi au juste ?

Elle se leva, fuyant la confrontation. Il la rattrapa avant qu'elle ne quitte la pièce, lui barrant le passage de son bras pour la forcer à lui faire face. Sa voix se fit plus cassante, masquant difficilement sa frustration :

— J'en ai marre que tu évites le sujet constamment ! Si tu veux qu'on se sépare, il ne fallait pas revenir. Tu ne peux pas continuer à souffler le chaud et le froid en permanence. Si c'est pour me faire payer ce qu'il s'est passé avant ton départ, tu aurais pu t'épargner un voyage.

— Je ne sais plus où j'en suis ! Tu es content ? Je suis revenue parce que je devais d'abord savoir si je n'étais plus en colère contre toi. Je voulais surtout être sûre que te regarder ne me ferait plus autant souffrir. J'étais incapable de prendre une décision définitive avant de te revoir.

— Si tu n'étais pas certaine que notre mariage représentait encore quelque chose pour toi, alors pourquoi tu as gardé sur toi ton alliance ?

Elle jeta un œil à la table de chevet, puis fixa Greg dans les yeux. Elle repoussa son bras et s'enferma dans la salle de bains.

Else était tiraillée. Elle aurait souhaité que tout soit plus facile, revenir comme si de rien n'était. Néanmoins, une partie d'elle ne voulait pas céder. Elle avait soutenu Greg pendant des semaines. Lorsqu'elle avait eu à son tour besoin de lui, il l'avait trahie. Elle ne pourrait pas avancer tant que cette rancœur serait là, telle une chanson lancinante qui lui soufflerait à l'oreille qu'elle souffrirait encore si elle se montrait faible. Elle refusait pourtant de vivre dans le ressentiment permanent. Bien sûr que, si elle était revenue, c'était avec l'espoir de reconstruire leur couple. Pourquoi la forçait-il à l'admettre de cette façon ?

Elle cessa de faire les cent pas dès que ses yeux croisèrent son image dans le miroir. La femme devant elle avait la suite de sa vie entre les mains. Les raisons de sa présence dans cet appartement lui revinrent à l'esprit. Elle décida alors de se comporter enfin comme une adulte. Elle sortit de la salle de bains. Greg l'attendait adossé au mur en face de la porte.

En silence, elle entra dans le bureau, avec son mari sur ses talons. Elle ramassa méthodiquement toutes les affaires qu'il avait placées sur la table de nuit. Les bras chargés, elle retourna dans sa chambre pour les disposer sur la table de chevet vide de l'autre côté de son lit.

Par ce geste symbolique, elle lui signifiait qu'il pouvait réintégrer son lit, sa chambre, sa vie. Sous le regard interrogateur de Greg, elle marcha ensuite calmement vers sa propre table de nuit. Elle ôta de sa chaîne son alliance et sa bague de fiançailles, qu'elle replaça à son annulaire gauche. Else ne pouvait pas être plus explicite.

— Je te promets qu'on parlera, c'est inévitable. Mais pas maintenant. Je veux vraiment qu'on se redonne une chance.

Il s'approcha d'elle, saisit la main sur laquelle elle venait de remettre ses bagues.

— Je suis d'accord. Ça fait des mois que j'attends de te l'entendre dire. Plus de reproche alors ?

— Plus de reproche… Pour ça, il faut aussi qu'on se fasse confiance. Tu ne peux plus me considérer comme une bombe à retardement, prête à exploser à la moindre secousse. Je me suis endurcie ces derniers mois. Alors, je vais continuer à m'occuper de James compte tenu de la période délicate qu'il traverse, cependant, de ton côté, tu dois me laisser vivre sans surveillance constante.

— Tu ne m'empêcheras pas de me faire du souci pour toi. Pour autant, je te fais confiance, *unconditionally*[2].

---

[2] Inconditionnellement.

Par ce simple mot, elle sut que tout pourrait s'arranger entre eux. En revanche, elle ignorait encore que faire entrer James dans son existence les obligerait à regarder en face une histoire qui les hantait et dont ils ne parviendraient pas à se défaire sans l'affronter enfin. Tant que cette plaie béante ne serait pas cicatrisée, la douleur les paralyserait, les empêchant d'aller de l'avant. D'aller vers un futur qui serait, naturellement, différent de celui qu'ils avaient imaginé, mais qui valait sûrement la peine qu'ils se battent également.

6

Le lendemain, Greg partit avant l'arrivée de James afin de prouver à Else qu'il lui faisait confiance. Il l'appela tout de même deux fois. Elle trouva cela plutôt attendrissant. La savoir seule lui coûtait, elle ne devait pas être trop exigeante avec lui. Elle traîna donc dans l'appartement, profitant pleinement de sa solitude. Elle ne put le faire très longtemps, James sonnait déjà.

Elle l'invita à prendre un soda dans la cuisine, le laissant de lui-même raconter son week-end avec Nathan. Père et fils avaient manifestement passé de bons moments ensemble. Ils avaient même abordé le sujet sensible de la crise qu'Emily et lui traversaient. Nathan avait tâché d'être rassurant, il n'avait néanmoins pas caché à James que les prochaines semaines seraient un peu tendues. Ils iraient voir un conseiller qui les aiderait à communiquer. Il était cependant incapable de promettre à son fils que leur mariage résisterait car ils avaient oublié depuis trop longtemps que l'amour n'était jamais acquis.

Else était embarrassée d'entrer ainsi dans l'intimité de ce couple. Elle écouta toutefois James avec attention. Il cherchait probablement auprès d'elle l'assurance qu'il pouvait croire son père et espérer que tout s'arrange. Elle se contenta de lui dire que le dialogue amorcé par tous ne serait que bénéfique, consciente que cette histoire percutait ironiquement le déroulement de la sienne.

Afin de changer les idées de James, elle lui rappela qu'il devait leur trouver un film. À la grande surprise de sa tante, il lui proposa plutôt de dessiner, comme la semaine précédente. Else accueillit son choix avec plaisir. James s'ouvrait enfin à autre chose qu'à cette culture en boîte de piètre qualité qu'il avalait à longueur de temps par le biais de ses écrans. Elle fut un peu fière, aussi, d'avoir fait germer dans l'esprit de cet enfant taciturne une graine de créativité. Elle espérait que cela l'aiderait à sortir de sa coquille, à voir dorénavant le monde avec plus d'imagination et d'attrait qu'il ne le faisait jusqu'alors.

Ils s'installèrent sur la table de salle à manger où chacun commença à dessiner, en silence. Peu à peu, cette activité apaisante délia les langues. Ce fut James qui amorça le dialogue. Else le laissa faire, attentive à ses doutes, à ses questionnements, sans le juger ni le brusquer.

— Tu crois que mes parents vont se souvenir qu'ils s'aiment ?

— C'est difficile comme question. Ton frère, ta sœur et toi êtes les preuves vivantes qu'à défaut de s'aimer encore, ils se sont aimés un jour. Je pense que c'est pour ça qu'ils essaient de résoudre leurs problèmes.

— Tes parents à toi, ils sont mariés depuis longtemps. Ils s'aiment encore ?

— Comme les tiens, mes parents s'étaient éloignés au fil des années. Quand je suis retournée vivre chez eux, il y a six mois, la peur de me perdre les avait rapprochés. Ils faisaient bloc autour de moi. J'ai bien perçu qu'ils s'étaient recentrés sur l'essentiel. Ils ont compris qu'il n'y avait qu'ensemble qu'ils pouvaient surmonter certaines épreuves. J'ai juste été là comme une piqûre de rappel, lui avoua-t-elle en souriant. Tu vois, un enfant peut aussi réunir ses parents quand ils s'inquiètent pour lui.

Ils continuèrent leur dessin. Après un silence, James poursuivit :

— Je pense à Lucie parfois.

Else suspendit sa main qui s'apprêtait à saisir un crayon. Elle s'enquit d'une voix à peine audible :

— C'est vrai ? Pourquoi ?

— Je me dis qu'elle doit être aussi malheureuse que moi devant les problèmes de nos parents.

— Tu crois qu'elle comprend ce qu'il se passe ?

— J'en suis certain. Et elle se sent probablement aussi coupable que moi.

— Non, pas à son âge !

— Maman dit que les petits, y compris les bébés, ressentent beaucoup de choses, même s'ils ne savent pas le montrer.

Cette conversation prenait une tournure qui décontenançait Else. Quel message James souhaitait-il lui envoyer ? Elle se sentait comme au bord d'un ravin, prête à tomber à la prochaine question de son neveu. Celle-ci ne tarda pas, abrupte.

— Tu crois que ça fait mal d'être mort ?

— Pas d'être mort, James. C'est de mourir et de laisser les autres qui fait souffrir. C'est surtout pour ceux qui restent que c'est très douloureux.

Voyant les yeux de sa tante se voiler, il changea complètement de sujet.

— C'est difficile de faire un livre ?

Else ravala ses larmes, espérant que sa voix ne la trahirait pas.

— Ça dépend de différentes choses : du type de livre, de l'inspiration...

— Pour toi, par exemple, c'est dur ?

— Je m'inspire beaucoup de ma vie et de mes émotions pour les intrigues, donc de ce point de vue, je n'ai pas de problème. Je dois réfléchir davantage à la façon d'aborder le thème que je choisis. Ça doit être subtil pour que l'histoire reste agréable. La lecture doit toujours être un plaisir, que le sujet soit grave ou léger.

— Tu sais, maman nous lit tes livres parfois.

— Tu m'apprends quelque chose là !

En effet, l'air parfois condescendant que prenait Emily pour parler de ses livres avait toujours amené Else à penser que, pour sa belle-sœur, ce n'était rien d'autre qu'un passe-temps absurde ne servant qu'à occuper ses journées. Même le ton qu'elle employait pour la qualifier d'« artiste » pouvait se révéler méprisant.

Emily, pédiatre, ne manquait jamais une occasion de lui rappeler, subtilement, que médecin était un vrai métier, nécessitant de longues études. Ce n'était pas une activité aussi précaire qu'aléatoire reposant sur un trop-plein d'imagination. L'emploi à temps partiel d'Else à la librairie n'entrait pas vraiment en compte à ses yeux. Malgré tout, cette dernière s'obstinait à offrir un exemplaire à chacun de ses neveux et nièce à la sortie d'un nouvel ouvrage. Savoir qu'Emily avait donné une chance à Gus lui procurait un drôle de sentiment : contrairement à l'image qu'elle s'acharnait à donner, Emily ne lui était peut-être pas si hostile finalement.

Quand ils se séparèrent en fin de journée, James avertit Else qu'il ne viendrait pas le lendemain. Il passerait la journée chez sa grand-mère, la mère de Nathan et Greg. La déception de ne pas le voir céda rapidement la place à une réelle impression de liberté. Pour la première fois depuis sa chute, elle aurait enfin une journée juste pour elle. Elle n'aurait rien à prévoir, rien à anticiper. Elle pourrait profiter de son temps ainsi que de sa mobilité nouvellement recouvrée.

Ce soir-là, Greg emmena Else dîner dans le restaurant qu'ils fréquentaient régulièrement depuis qu'ils avaient emménagé dans le quartier, presque trois ans auparavant. Ils verraient ainsi autre chose que la cuisine de leur appartement, tout en prenant le temps de discuter sereinement de leur couple.

Si Else n'y avait pas remis les pieds depuis presque un an, Greg y était retourné plusieurs fois avec Timothy après son départ. Elle fut d'emblée mal à l'aise en arrivant. Bien que les serveurs les aient accueillis chaleureusement, elle lut dans leur regard ce qu'elle redoutait tant de voir. Ils savaient. Leurs yeux lui renvoyaient de la pitié. Pour elle, ce fut insoutenable.

Dans cette ville, il y aurait constamment des gens pour la regarder ainsi. Il y aurait toujours quelqu'un qui avait connu la Else d'avant. Elle avait envie de leur hurler que cette Else, cette autre Else, était morte un jour d'août ensoleillé, quand sa lumière s'était éteinte la laissant à tout jamais dans le noir. Elle ne voulait pas qu'on le lui rappelle. En France, elle parvenait encore à le cacher. Pas ici.

Son souffle devint court. Elle avait la sensation que ses poumons rétrécissaient à chaque inspiration. Elle avait des frissons alors que des gouttes de sueur perlaient sur son front et le long de son dos. Sa main se crispa autour de celle de Greg qui s'aperçut de son malaise.

— Else, ça ne va pas ? Tu es livide ! Qu'est-ce que tu as ?

— Je ne peux pas… Je ne peux pas rester. Tu vois bien comment ils me dévisagent ?

— Ils sont simplement émus de te revoir. Je t'assure. À chaque fois que je suis venu, ils prenaient le temps de me demander de tes nouvelles. Viens ! On sort quelques minutes !

Une fois sur le trottoir, il lui conseilla de calquer sa respiration sur la sienne, leurs fronts l'un contre l'autre.

— *It's gonna be okay, my love, I swear! Breathe slowly!*[3]

L'anglais était ce qui venait à Greg le plus naturellement. Il se mettait toujours à parler dans cette langue dès qu'il souhaitait se montrer réconfortant ou le plus sincère possible. Le français lui semblait parfois créer une distance entre ce qu'il ressentait et ce qu'il disait. Sa langue maternelle lui donnait, au contraire, le sentiment d'être plus authentique. Il l'employait de temps en temps avec Else quand il voulait la toucher et être réellement lui-même.

---

[3] Ça va aller, mon amour, je te jure ! Respire lentement !

Else s'apaisa au son de la voix douce et grave de son mari. Ils entrèrent de nouveau dans le restaurant. Le visage des serveurs avait changé. Ils avaient compris. Ils sourirent à Greg d'un air compatissant, tandis que l'un d'eux les plaçait à une table où le couple serait au calme.

La tension redescendit peu à peu. Troublée par son malaise, elle préféra toutefois que leur discussion se cantonne à des sujets sans importance, repoussant encore le moment où leurs problèmes seraient abordés sérieusement. Il faudrait pourtant bien, un jour, qu'elle lui dise qu'elle ne pourrait pas rester. Cette soirée lui en avait apporté la preuve.

Else se réveilla au cours de la nuit. Les lumières de la rue la gênaient parfois pour dormir quand elle oubliait de fermer les rideaux. Greg était assoupi, collé à elle. Elle passa la main dans ses cheveux blonds qui lui remettaient tant de choses en mémoire : des joies intenses comme des peines inoubliables que le temps n'avait pas encore altérées. Lui serait-il un jour possible de les caresser sans éprouver autant d'amertume ?

Sa main descendit vers le bas de son visage, sur sa barbe naissante. Il n'avait pas dû se raser depuis au moins samedi, préférant rester quelques minutes de plus au lit avec elle, plutôt que dans la salle de bains. Elle regrettait l'époque où, le week-end, quand ils habitaient à Paris, il laissait son visage se recouvrir d'un duvet blond qui lui donnait un côté mauvais garçon. Il avait perdu cette habitude en revenant vivre ici.

Elle sourit alors en songeant que si elle avait eu un professeur de littérature comme lui, elle aurait sûrement été plus appliquée. D'ailleurs, combien d'étudiantes ou de collègues avaient succombé cette année encore à son charme ? Une au moins avait clairement profité de ses faveurs. La jalousie et la colère refirent surface, juste le temps qu'elle réalise que c'était près d'elle qu'il était allongé, que c'était elle qu'il avait choisie, que c'était elle qu'il aimait.

La matinée du lendemain fut très tranquille. Jeanne appela sa petite-fille aux aurores, curieuse et impatiente de savoir comment se passaient les retrouvailles. Entre sa chute et ses journées avec son neveu, Else ne lui avait pas encore téléphoné. Chaque fois qu'elle y avait pensé, le décalage horaire l'en avait dissuadée. Elle lui confia davantage de choses qu'à sa propre mère : Tania, le métro, James, le restaurant, leur réconciliation…

À elle, Else pouvait tout dire. Jeanne était un soutien indéfectible qui ne la jugeait pas. Elle avait été le témoin privilégié de leur histoire. Elle avait, par conséquent, beaucoup d'affection pour Greg. Elle n'avait jamais pris parti ni pour l'un ni pour l'autre. C'était elle aussi qui avait encouragé Else à repartir pour Chicago. Elle sut une fois de plus trouver les mots pour la réconforter :

— Tu ne vas pas baisser les bras maintenant, ma chérie ! Tu as fait le plus dur en revenant et en autorisant Greg à faire à nouveau partie de ta vie. La suite sera forcément plus facile.

— Mamie, tout ça n'était peut-être pas une bonne idée.

— Je ne pensais pas te le dire un jour, crois-moi ça me coûte, mais prends un peu exemple sur ta mère. C'est un vrai pitbull !

— Comment tu peux parler comme ça de ta propre fille ? pouffa Else.

— Voyons, ma chérie, ma fille est une chieuse, ce n'est un secret pour personne ! Si elle n'était pas aussi furax contre ton mari, elle te donnerait le même conseil que moi.

— Tout paraît toujours si simple quand c'est toi qui le dis. Dans la réalité…

— C'est surtout toi qui réfléchis trop ! D'ordinaire, tu fais les choses à l'instinct. Dès que Greg entre dans l'équation, tout part en sucette !

Le franc-parler de sa grand-mère produisit son effet habituel. Ses doutes se dissipèrent.

Else en profita également pour donner des nouvelles à sa mère qui avait déjà laissé trois messages depuis leur dernier échange. Si Jeanne faisait confiance à Greg pour prendre soin d'Else, Marianne était très inquiète, surtout en la sachant si loin d'elle, sans famille proche pour être là en cas de besoin. Else, en revanche, appréciait de ne plus être couvée en permanence. Elle n'avait pas réalisé combien elle était maternée avant de revenir aux États-Unis.

Elle prit ensuite le temps d'aller acheter des pinceaux et de la peinture. Elle se promena un peu dans les rues, comme elle aurait adoré le faire dès son retour, si sa cheville ne l'en avait pas empêchée. Elle trouvait leur quartier tellement agréable, elle en refit le tour avec autant de plaisir que de nostalgie.

Si le paysage n'avait pas changé, l'atmosphère qu'il dégageait n'était cependant, pour elle, plus la même. Elle ne pourrait plus l'être. Tandis qu'elle s'apprêtait à rentrer, elle reçut un dixième message de Greg. Elle ne put retenir un éclat de rire. Il lui était réellement difficile de ne pas se faire de souci pour elle. Elle le félicita tout de même de ne pas avoir encore appelé.

L'après-midi était déjà bien avancé lorsqu'il rentra. Elle était en train de lire, allongée sur le canapé, le chat sur son estomac. Il souleva légèrement ses jambes afin de se faire une place près d'elle. Il massa sa cheville tout en lui demandant ce qu'elle avait fait de cette première journée de liberté.

Ils furent interrompus par le téléphone de Greg. Le son de sa voix lorsqu'il répondit trahit une soudaine anxiété. Inquiète, elle l'interrogea du regard tout en se redressant. Il éloigna le téléphone de son oreille.

— James n'était pas là aujourd'hui, n'est-ce pas ?

— Non, je te l'ai dit, il allait chez ta mère. Pourquoi ?

— C'est Emily. Elle me demande de lui descendre son fils dans dix minutes. Elle l'a déposé en bas ce matin, comme les autres jours. Il n'était pas du tout prévu qu'il aille chez sa grand-mère.

— Il n'est jamais venu ici aujourd'hui ! s'exclama Else affolée.

Espérant que James était peut-être chez elle, Emily rentra directement après avoir parlé à Greg. Elle n'y découvrit qu'une lettre dans laquelle il lui confiait ne plus supporter de les voir, Nathan et elle, se déchirer. Il préférait donc quitter la maison. Elle comprit que son fils lui avait fait croire qu'il passait la journée avec Else, profitant d'être laissé seul en bas de l'immeuble pour fuguer.

Else et Greg se rendirent immédiatement chez Nathan et Emily, que ses parents n'avaient pas tardé à rejoindre également. Ils firent le tour du quartier plusieurs fois. Emily contacta les amis de James, tandis que Nathan se renseignait auprès des voisins. Ils finirent par appeler la police. La nuit tombait, l'attente devenait intolérable.

Else tendit une tasse de thé à sa belle-sœur, puis elle s'assit près d'elle.

— Ne t'inquiète pas, Em ! La police va le retrouver. Il ne lui arrivera rien.

— Tu n'en sais rien ! s'écria-t-elle à bout de nerfs. Mon fils de dix ans est quelque part dans la nature, en pleine nuit, et je n'ai aucun moyen de savoir s'il va bien ! Tu ne peux pas comprendre mon angoisse, Else !

Tous la regardèrent, sidérés. La mère d'Emily, horrifiée, reprit sa fille :

— Voyons Em, non ! Je ne peux pas te laisser lui dire des choses pareilles.

Emily se ressaisit aussitôt en réalisant l'impair qu'elle venait de commettre.

— Pardon, Else ! Pardon ! Je ne voulais pas dire ça !

Tout en se levant, Else s'adressa à elle avec un calme glaçant :

— Tu as raison, Emily. Je ne peux pas comprendre ce que tu ressens. J'ai eu la chance de savoir tout de suite que ma fille était morte !

Personne n'osait parler. Else les dévisagea alors un à un. Elle avait l'impression d'être de trop dans cette pièce et, surtout, elle ne voulait pas s'effondrer devant eux.

— Je vais vous laisser en famille. Ce sera mieux pour tout le monde.

— Reste avec nous ! Em ne pensait pas ce qu'elle disait. Elle est terrorisée, intervint Nathan en tentant de la ramener au salon.

Else lui pressa la main. Elle comprenait, néanmoins cette situation était trop éprouvante pour elle. Elle quitta l'appartement sans attendre Greg qui, hors de lui, se tourna vers sa belle-sœur.

— Tu n'es vraiment qu'une conne, Emily !

Else monta dans le premier taxi qu'elle trouva afin de rentrer chez elle. Elle arriva dans leur appartement silencieux, éclairé seulement par les lumières de la ville et les phares des voitures. Elle n'alluma aucune lampe. Elle se sentait comme protégée par la pénombre, imaginant naïvement que celle-ci atténuerait la douleur. Puisqu'elle rendait déjà les couleurs moins vives et les formes plus floues, elle ferait peut-être de même avec le cri que la gorge et les tripes d'Else auraient voulu émettre.

Calmement, elle ouvrit un des tiroirs du meuble de l'entrée. Greg ne pouvait l'avoir rangée que là. Effectivement, la petite clé argentée y était posée entre un plan de métro et des stylos. Elle la saisit délicatement, comme un objet mystérieux dont elle aurait douté de l'existence. Elle se retourna pour affronter le couloir sombre, dans lequel elle s'engagea à pas feutrés.

Elle se plaça face à la première porte de gauche, appuyant ses deux mains et son front contre le bois. Distinguant à peine la serrure, elle y introduisit la clé qu'elle tourna jusqu'à entendre le verrou se débloquer. De sa main gauche, elle serra la poignée. Toutefois, la force lui manquait pour l'abaisser. Elle inspira profondément et, pendant qu'elle expirait, l'actionna.

La porte s'ouvrit lentement. Elle avança timidement dans l'encadrement. Une douleur vive, fulgurante, réapparut dans sa poitrine, l'empêchant presque de respirer. Elle observa la pièce désormais complètement vide. Seuls restaient les voilages sur les deux fenêtres, ornés de papillons et de libellules rose pâle. Elle chercha des yeux ceux qu'elle avait peints sur un des murs, mais ils avaient disparu : Greg avait dû les recouvrir après son départ. Le parquet clair était nu et propre. Cependant, près de la fenêtre de droite, les interstices des lattes étaient plus sombres que dans le reste de la chambre. Elle effleura la longue cicatrice sur son bras.

Ensuite, elle se dirigea vers le placard, sur le mur de gauche. C'était là qu'elle trouverait le carton, Greg le lui avait promis. Elle ouvrit la porte de l'armoire et, en baissant les yeux, elle le vit. Elle le déposa délicatement au milieu de la chambre, là où la lumière de la rue se reflétait le plus sur le sol. Elle s'assit devant et en ôta le couvercle. La première chose qu'elle y découvrit fut un album de photos. Elle caressa de la main la couverture sur laquelle des lettres multicolores formaient un prénom, « Lucie ».

Une silhouette, qui venait d'allumer la lumière douce du couloir, se dessina dans l'encadrement de la porte. Else n'avait pas besoin de tourner la tête pour savoir que c'était Greg. Il s'assit contre le mur, entre les deux fenêtres. Les joues d'Else étaient inondées de larmes. Elle pensait pourtant ne plus en avoir. Greg avait les yeux rougis. Il avait probablement pleuré aussi en revenant à la maison. Il tenta de parler sans que sa voix ne tremble :

— Tu aurais dû m'attendre. On serait rentrés ensemble.

— Je pensais que tu voulais rester avec eux.

— Ma présence là-bas ne changera rien. Je préfère être avec toi. Else, quand vas-tu enfin le comprendre ? Et puis, je savais que tu irais directement dans la chambre de Lucie. Je ne voulais pas que tu le fasses toute seule.

— Cette pièce a bien changé depuis la dernière fois où je m'y suis trouvée. Tu as repeint le mur ?

— Je ne supportais plus de voir tes dessins. Pour le parquet, en revanche, je n'ai pas pu faire mieux.

— Que diras-tu à ceux qui viendront visiter l'appartement si un jour tu le mets en vente ? Il faudra bien que tu justifies son état.

— Je le ferai changer ou je leur dirai la vérité… Que j'ai tué ma femme…

Sur un ton qu'elle souhaita le plus réconfortant et convaincant possible, elle lui souffla :

— Ne dis pas ça. Tu ne m'as pas tuée, Greg.

— Peut-être, mais je n'ai pas été capable de te protéger non plus. Je n'ai rien vu, je m'en veux.

— J'ai tout fait pour que tu ne voies rien, pour que personne ne voie rien.

Elle se mit à genoux et parcourut la courte distance qui la séparait de Greg. Elle se blottit contre lui, la tête sur son épaule. Il passa ses bras autour d'elle, penchant le visage pour que sa joue repose sur les cheveux d'Else. Elle l'étreignit à son tour.

— Comment peux-tu rester dans cet appartement ?

— Il est le seul endroit où a vécu notre fille. C'est toi aussi qu'il me rappelle. On a été si heureux ici.

— Et si malheureux… Pourquoi t'infliges-tu tout ça ? Comme cette photo de nous trois que tu gardes dans ton livre de chevet !

— C'est tout ce qu'il me reste de notre vie.

— Quel gâchis ! Ça n'est pas juste, Greg ! On n'a pas eu assez de temps avec elle !

— Je sais, mon amour. Lucie me manque à moi aussi…

Comment ce qui s'était toujours présenté comme un conte de fées s'était-il transformé en cauchemar ? Qu'avaient-ils raté ? Quelle erreur odieuse payaient-ils ? À quel moment les choses leur avaient-elles échappé ? Toutes ces questions, Else et Greg se les étaient posées des centaines de fois. Personne ne leur avait apporté de réponses. Y en avait-il d'ailleurs ? Qu'est-ce qui justifiait la perte d'un enfant ? Quelle injonction divine légitimait qu'on les mette à terre de cette façon ?

7

Sept ans auparavant

Else sortit de la bouche de métro, posa sa valise sur le trottoir et respira l'air ambiant parisien. Elle adorait la capitale au mois d'août. Bien sûr, il fallait être patient pour trouver une boulangerie ouverte, mais la ville était déserte, tout entière offerte à ceux qui refusaient de se retrouver sur les mêmes plages normandes ou bretonnes que leurs voisins.

Elle venait de passer un mois dans la maison de ses parents en lointaine banlieue et avait hâte de reprendre ses habitudes chez sa grand-mère. Jeanne, les cheveux gris, coiffés en carré flou, grande et très élégante, était une authentique Parisienne. Elle n'avait jamais envisagé de quitter le quartier où elle vivait depuis son enfance.

Else était étudiante en lettres modernes depuis quatre ans. Elle entamait à la rentrée suivante sa dernière année d'études. Après son bac, sa grand-mère, alors récemment veuve, lui avait proposé de s'installer chez elle afin de lui éviter des allers et retours quotidiens interminables en train. Cela lui permettait également de combler sa solitude tout en partageant des moments de complicité avec sa petite-fille, dont elle avait toujours été très proche.

Dès qu'Else mit un pied dans l'appartement, Jeanne vint à sa rencontre.

— Ma chérie, alors, ce séjour chez tes parents ?

— J'étais impatiente de rentrer, mamie ! Paris m'a vraiment trop manqué.

— Le temps a quand même dû passer très vite entre ton job d'été à la bibliothèque et les soirées avec tes copines d'enfance ?

— Évidemment, mais ça n'a rien à voir avec ici.

— C'est vrai que tu n'as jamais grand-chose de croustillant à me raconter en revenant de là-bas. Donc rien de neuf, j'imagine ?

— Non, désolée de te décevoir encore, rien de palpitant. Et de ton côté, quelles sont les nouvelles ?

— Rien d'extraordinaire non plus, tu sais ! Au mois d'août, il n'y a bien que la rubrique nécrologique pour fournir des nouvelles fraîches. Le seul événement notable de l'immeuble est l'arrivée d'un nouveau voisin ! lui annonça Jeanne soudain espiègle.

Else l'interrogea d'un ton moqueur :

— Ah ! À qui le destines-tu cette fois, mamie ? Toi ou moi ?

— Celui-là est pour toi, ma chérie ! C'est un étudiant d'après mes sources ! s'esclaffa-t-elle. Il est beau comme un dieu…

— Je me méfie ! La dernière fois, ton dieu tenait plus d'Héphaïstos que d'Apollon.

— Là, vraiment, c'est du premier choix ! J'aurais ta jeunesse, je serais déjà sur les rangs.

Elle répliqua presque gênée :

— Mamie, tu t'entends parler ?

Jeanne attrapa le menton d'Else d'un geste maternel.

— Tu ne profites pas assez de la vie, ma chérie ! À ton âge, si j'avais eu ton charme et ta pilule, je me serais posé moins de questions !

À entendre les deux femmes bavarder, on aurait pu croire que les rôles étaient inversés. Else avait parfois l'impression d'être la seule adulte de la maison. Jeanne avait toujours été très spontanée et très ouverte. Elle encourageait sa petite-fille à être davantage comme elle : libre et audacieuse.

Accompagnée de sa grand-mère, Else se rendit dans sa chambre afin de défaire ses bagages. Elle lui raconta combien il lui avait été difficile de vivre un mois entre son père et sa mère qui passaient leurs journées à s'envoyer des piques. Jeanne connaissait très bien le caractère de sa fille. Par conséquent, elle ne doutait pas un instant que la faute ne tenait pas qu'à la personnalité un peu effacée de son gendre, Bertrand. Ce dernier avait, de fait, toute sa sympathie pour supporter depuis aussi longtemps de vivre avec Marianne.

Celle-ci avait toujours été un peu jalouse de la relation privilégiée que sa fille et sa mère entretenaient. Elle leur reprochait souvent de se comporter comme deux adolescentes. Si physiquement Marianne et sa mère se ressemblaient beaucoup, leurs caractères étaient très différents. Jeanne se moquait éperdument de ce que pensait sa fille de sa façon d'être. À son âge, elle ne souhaitait plus accorder une quelconque importance aux jugements à son encontre. Else se demandait d'ailleurs si elle s'en était véritablement préoccupée un jour.

Depuis le décès de Pierre, son mari, Jeanne vivait une seconde jeunesse. Elle n'avait jamais été quelqu'un de morne, bien au contraire. Cependant, elle avait veillé Pierre amoureusement et l'avait vu souffrir si longtemps que désormais elle voulait profiter pleinement de son existence. Très au fait de la liberté de ton et de la joie de vivre de sa femme, il lui avait fait promettre de ne pas renoncer à ce qui avait toujours constitué son charme à ses yeux. Depuis toute petite, Else avait regardé ce couple avec envie et admiration. Leur amour et leur entente la faisaient rêver. Elle espérait, à son tour, trouver un jour un homme avec lequel partager une relation aussi intense.

Le lendemain matin, Jeanne demanda à Else d'aller faire des courses. Avec la chaleur qui régnait dans Paris, elle préférait rester au frais. La jeune femme accepta immédiatement. Elle aurait ainsi la chance de profiter du calme des rues parisiennes. N'habitant pas un secteur très touristique, leur quartier n'était pas très animé en ce début de mois d'août.

Prête à partir, elle passa au salon sous le regard inquisiteur de sa grand-mère.

— Tu ne vas pas mettre ces guenilles pour sortir tout de même, ma chérie ?

— Avec la chaleur qu'il fait, je t'assure que c'est ce qu'il y a de plus confortable.

— Ce vieux short en jean élimé et ce débardeur avec deux tailles de trop ? Non, non, non ! On ne sait jamais qui tu pourrais rencontrer. Va enfiler une jolie robe !

À contrecœur, Else s'exécuta en levant les yeux au ciel. Elle ne pouvait rien refuser à Jeanne, qui portait une grande attention à l'élégance. Elle revint au salon, vêtue d'une robe d'été, courte, à fleurs. Elle fit un tour sur elle-même afin d'obtenir la validation de Jeanne, qui l'examina par-dessus ses lunettes.

— C'est bon comme ça ? J'ai l'autorisation de me montrer en public ?

— Parfait ! Tu vois quand tu veux ! File avant qu'il ne fasse trop chaud dans les rues, lui enjoignit-elle avec un petit geste nonchalant de la main pour l'inciter à partir tout en replongeant dans sa lecture.

Else prit son temps, flâna entre les étals qui regorgeaient de fruits d'été au parfum sucré. Elle acheta même un bouquet de fleurs pour mettre un peu de gaieté dans le salon.

Lorsqu'elle pénétra dans l'appartement, elle ôta ses chaussures en criant à tue-tête :

— J'aurais pu sortir habillée en sac poubelle, voire carrément à poil, mamie ! Je n'ai croisé personne !

En entrant dans le salon, elle tomba nez à nez avec un jeune homme qui lui était complètement inconnu. Perplexe, elle regarda Jeanne qui se tenait derrière lui et qui lui déclara fièrement, avec un petit clin d'œil :

— Ma chérie, je te présente Gregory, notre nouveau voisin. Je me suis permis de sonner chez lui, j'ai besoin de son aide pour déplacer quelque chose.

Jeanne ajouta à voix basse pour elle-même, en cherchant autour d'elle :

— Je ne sais pas encore quoi mais on va bien trouver…

Else clama, tant à l'intention du voisin qu'à celle de sa grand-mère :

— Je suis désolée, je crois que vous êtes tombé dans un traquenard. Si mamie avait eu mon âge, elle vous aurait déjà sauté dessus.

— Si elle avait été aussi jolie que vous, ça ne m'aurait pas posé de problème.

Il avait dit cela sans ciller, en la fixant droit dans les yeux. Else eut un rire nerveux.

— D'accord ! Vous êtes comme ça ! Il faudrait penser à installer un filtre entre votre cerveau et votre bouche.

Il lui sourit. Cette jeune femme lui parut si drôle et si rafraîchissante. Il ne la quitta pas des yeux pendant qu'elle s'éloignait pour déposer les courses dans la cuisine.

Else pensa aussitôt que cette idée avait dû naître dans la tête de Jeanne depuis le départ. Cette dernière avait, en effet, une fâcheuse tendance à vouloir influer sur la vie de sa petite-fille. Elle le faisait toujours avec les meilleures intentions du monde, pourtant cela avait parfois placé Else dans des situations délicates. Visiblement, sa grand-mère avait encore mis sur pied un guet-apens dont elle avait le secret. Elle allait une fois de plus jouer les entremetteuses avec toute la délicatesse d'un pachyderme.

Else retourna au salon où Jeanne, restée à bavarder avec leur voisin, proposa qu'il prolonge sa visite.

— Maintenant que vous êtes là, vous allez déjeuner avec nous, Gregory ! Je n'arrive plus à me souvenir pour quelle raison je suis allée vous demander de l'aide. Il vaut mieux que je vous garde sous le coude au cas où ça me revienne plus tard.

— Personne ne m'appelle jamais Gregory. Vous pouvez m'appeler Greg, madame.

— Ah non ! Pas de « madame », mon garçon ! Ça me donne toujours l'impression que l'on s'adresse à ma mère. Jeanne, ce sera très bien. À propos, elle, c'est Else, ma petite-fille. C'est une artiste ! Elle est très intelligente… et très célibataire ! précisa-t-elle en lui donnant un léger coup de coude.

Else soupira d'agacement, se disant que sa grand-mère en faisait trop. La subtilité était incontestablement une qualité qui lui faisait grandement défaut. Ils passèrent à table, tandis que Jeanne menait la conversation afin que les jeunes gens brisent la glace, nettement plus épaisse du côté de sa petite-fille.

— Else, Greg est américain.

— C'est vrai ? Vous n'avez quasiment pas d'accent ! Mamie ne m'aurait rien dit, je n'aurais pas deviné.

— J'ai fait toute ma scolarité au lycée français de Chicago.

— Moi, au lycée Jean Moulin. Ça en jette bien moins, c'est sûr, répliqua-t-elle en riant.

Greg était amusé par ces deux personnalités très complices, l'une joyeuse et sûre d'elle, l'autre plus discrète mais tout de même piquante. Il était surtout séduit par Else et sa fraîcheur. Elle ne semblait absolument pas préoccupée de l'image qu'elle lui renvoyait : elle déambulait pieds nus dans l'appartement, s'asseyait en tailleur sur sa chaise et ses longs cheveux châtains étaient rassemblés négligemment dans un élastique. Cela faisait longtemps qu'il n'avait pas croisé une jeune femme aussi naturelle qui possédait, en plus, un sacré répondant.

Au cours du repas, Greg tenta de répondre à la curiosité plus qu'évidente de Jeanne. Il leur expliqua qu'il était à Paris dans le cadre d'un échange universitaire d'un an. Aux États-Unis, il venait d'obtenir son *master's degree* en lettres et civilisation françaises, après six ans d'études à l'université de Chicago. Son intérêt pour la France remontait à son enfance. L'étudiante chargée de le garder lorsqu'il était petit était une Canadienne francophone. Durant les années où elle avait travaillé pour ses parents, elle ne lui avait parlé qu'en français, dont il avait immédiatement adoré la sonorité. Si son frère aîné, bien plus âgé que lui, était resté de marbre face à cette langue, lui en revanche avait eu une véritable révélation. Il s'était alors pris de passion pour la France et tout ce qui y avait trait. Ses parents, toujours soucieux de cultiver les prédispositions de leurs enfants, l'avaient inscrit au lycée français dès la maternelle. Il avait également fait de courts séjours en France et avait choisi, pour achever son parcours universitaire, d'étudier à Paris.

Jeanne avait tout de suite relevé la manière avec laquelle il observait sa petite-fille. Le fait qu'il ne soit là que pour une année la tracassait néanmoins. Si Else venait à s'attacher à lui, elle risquerait une grosse désillusion le jour où il repartirait. Cela ne contrecarra pas pour autant son plan : pour l'instant, il était là, et elle avait décidé de lui ouvrir les yeux sur le charme de cet étudiant américain à l'allure sportive. À défaut de faire sa vie avec elle, il pourrait au moins la distraire pendant quelques mois. Else n'était, par ailleurs, pas du genre romantique à tomber amoureuse au premier regard.

Greg s'étonna ensuite du prénom de la jeune femme qui lui parut plutôt inhabituel pour une Française. Elle lui confirma que c'était en fait un prénom germanique auquel sa mère tenait beaucoup. Celle-ci avait toujours su que le jour où elle aurait une fille, ce serait ainsi qu'elle l'appellerait. Adolescente, Marianne avait lu une nouvelle dont l'héroïne au caractère fier et entier l'avait complètement fascinée. Dans cette œuvre, mademoiselle Else, jeune bourgeoise viennoise contrainte de se dénuder devant un vieil ami de son père pour sauver ce dernier de la ruine, sombrait peu à peu dans une sorte de folie qui la menait vraisemblablement au suicide.

Else savait que, chaque fois qu'elle donnait l'origine de son prénom, elle créait un malaise. Se voulant rassurante, elle ajouta qu'il n'y avait pas de fatalité attachée à un prénom spécifique : tous les John ne finissaient pas avec une balle dans la tête à l'arrière d'une voiture décapotable dans une avenue texane.

À la fin du déjeuner, Else essaya de s'extirper du piège dans lequel Jeanne l'avait placée en prétextant une visite d'exposition. Sa grand-mère ne put que saisir une telle opportunité. Elle lui suggéra d'emmener leur nouveau voisin, et ce en dépit du regard suppliant que lui envoya sa petite-fille. Lorsque Greg accepta la proposition, Else lut un air de défi dans ses yeux. Il était tout à fait conscient qu'elle n'avait aucune envie de s'encombrer de lui. Malgré tout, elle n'eut pas d'autre choix que de partir avec Greg pour le musée.

Une fois dans le bus, elle ne se laissa pas impressionner.

— On se dit « tu », ce sera plus simple ! Et mettons les choses au clair tout de suite. Pourquoi tu t'embêtes à m'accompagner ? On sait tous les deux que tu n'en as rien à faire de l'exposition, en fait.

— Je m'en fiche royalement, c'est vrai. Je suis venu pour toi… et tes jambes, lui chuchota-t-il en approchant les lèvres de son oreille.

— Le filtre, Greg ! Le filtre ! ajouta-t-elle en dissimulant son amusement.

Comment faisait-il cela ? Il parvenait à l'agacer et à la troubler en même temps. Il était si direct avec elle qu'il en devenait presque drôle. Greg était lui-même surpris de son comportement. Il n'avait jamais eu besoin de faire des efforts pour séduire qui que ce soit jusqu'alors. Toutefois, le manque évident d'intérêt d'Else à son égard l'avait comme défié dès qu'il avait posé les yeux sur elle. En outre, cette joute verbale entre eux n'était pas sans lui déplaire. Ce fut elle qui relança les hostilités.

— Tu sais que les femmes apprécient qu'un homme fasse preuve d'un peu de finesse ?

— Je n'avais pas le sentiment que tu étais comme toutes les femmes justement. J'essaie uniquement de ne pas perdre de temps inutilement. Tu préférerais que je te tourne autour pendant des mois, pour réussir en fin de compte à décrocher un rendez-vous la veille de mon départ ?

— Non ! Enfin, je veux dire… Je ne préfère rien du tout… Tu arrives à me faire dire n'importe quoi !

Quelqu'un passa derrière Greg l'obligeant à se coller à elle. Leurs visages se touchèrent presque. Il riva ses yeux à ceux au bleu intense d'Else. Elle crut qu'il allait l'embrasser, mais il leva ostensiblement le regard vers l'itinéraire de bus en lui demandant combien il restait de stations. Elle lui répondit sans sourciller ni montrer sa déception, qu'elle ne s'expliqua d'ailleurs même pas. Ils descendirent trois arrêts plus loin.

Ils se promenèrent dans l'exposition, elle très concentrée, lui bien moins. Il cachait mal son ennui. Il n'était pas là pour les peintures. Lorsqu'elle s'arrêta devant l'un des tableaux, il se plaça derrière elle, légèrement sur sa gauche. Discrètement, il fit lentement glisser sa main droite le long du bras gauche d'Else. Sa main termina sa course dans celle de la jeune femme. Leurs doigts s'entremêlèrent. Elle ne fit aucun mouvement, comme si de rien n'était, comme si elle n'avait rien remarqué, pourtant la pression de ses doigts et sa respiration la trahirent. Elle lui lâcha la main afin qu'il ne s'aperçoive pas des frissons que ce contact lui procurait : elle ne lui ferait pas ce plaisir. Puis, elle se dirigea vers l'œuvre suivante. Ils s'évitèrent jusqu'à la fin de l'exposition, s'adressant de temps en temps des œillades à la dérobée.

Ils reprirent le bus en sens inverse immédiatement après la visite. Près de leur station, elle se rapprocha de lui, au point que Greg sentait le parfum aux notes de muguet et de pamplemousse qu'elle avait mis dans le creux de son cou. Le regard d'Else descendit vers sa bouche, elle entrouvrit légèrement les lèvres tandis qu'elle fixa de nouveau les prunelles grises de Greg. Il pensa à son tour qu'elle allait l'embrasser.

Finalement, elle appuya sur le bouton d'arrêt du bus situé derrière lui et recula aussitôt. S'il pouvait jouer à cela, alors elle aussi. Elle vit dans son expression qu'il avait compris sa provocation. Il ne releva pas : cette jeune femme promettait d'être une adversaire redoutable.

Ils se séparèrent devant la porte d'Else qui lui dit au revoir, très détachée. Il la plaqua alors contre le mur et l'embrassa. Puis, il plongea ses yeux dans les siens en lui disant :

— Tu sais où me trouver !

Son assurance la stupéfia. Comment pouvait-il être si présomptueux ? Croyait-il véritablement qu'elle lui tomberait aussi facilement dans les bras ? Pour qui se prenait-il ? Toutes ces questions lui tournaient dans la tête quand elle franchit la porte de l'appartement. Impatiente, Jeanne vint aux nouvelles.

— Alors, comment ça s'est passé ?

— Ce mec est insupportable !

Else passa devant elle pour partir s'enfermer dans sa chambre, dont elle claqua la porte.

C'était ainsi qu'avait commencé leur histoire. Comme un défi lancé à l'autre. Else se garda bien d'aller le voir. Elle avait plus de fierté que cela, du moins le pensait-elle.

8

Else ne répondit pas à la bravade de Greg. Plusieurs jours s'écoulèrent sans qu'ils se recroisent, jusqu'à cet après-midi d'août. La chaleur était accablante sur Paris. L'appartement de Jeanne était plongé dans une demi-pénombre afin de conserver un peu de fraîcheur. Évitant de sortir par une telle température, elle essaya d'occuper son temps en proposant à Else, qui dessinait dans sa chambre, une partie de Scrabble.

Elles étaient en train d'installer le plateau de jeu, lorsque la sonnette retentit. En ouvrant, Else se retrouva face à Greg, qui se montra tout de suite très sûr de lui.

— Je voulais savoir si tu étais morte ou si tu n'avais juste aucun sens de l'orientation. Manifestement, tu es vivante, ça ne peut donc être qu'un problème de repère dans l'espace. Alors pour ton info, mon appartement correspond à cette porte, mais deux étages au-dessus, lui expliqua-t-il en désignant du doigt l'autre côté du palier.

— Je sais parfaitement où est ton appartement. Je n'ai simplement aucune envie de t'y rejoindre. Tu crois sincèrement que toutes les filles vont te tomber dans les bras uniquement parce que tu claques des doigts ?

— Pas toutes les filles, juste toi. En plus, on ne peut pas dire que tu étais vraiment passive quand je t'embrassais l'autre jour.

Piquée au vif, elle se défendit sans parvenir à dissimuler entièrement sa mauvaise foi :

— Ça ne se reproduira plus ! C'était une erreur de ma part due à l'effet de surprise.

— Bien sûr, le fameux « effet de surprise ».

Jeanne apparut furtivement dans l'entrée.

— Ah ! Greg ! Venez faire une partie de Scrabble avec nous !

Else répondit à sa place tout en le dévisageant :

— C'est dommage, mamie, il est très occupé. Il ne va pas pouvoir rester.

— Merci Jeanne, je n'ai rien de prévu. J'accepte volontiers.

La jeune femme, irritée, debout dans l'encadrement de la porte, lui bloqua le passage avec le bras.

— Je te préviens, si tu entres dans cet appartement, tu arrêtes de faire ton petit con avec moi !

— Ne sois pas vulgaire, Else, ça ne te va pas du tout ! Si mon attitude te dérange tant que ça, j'arrête. Tu n'es pas intéressée, j'ai saisi le message. Je ne t'importunerai plus.

Elle se décala pour qu'il entre, et ils s'installèrent tous les trois au salon.

Ils passaient un bon moment, néanmoins Else s'aperçut que, le plus souvent, Greg l'ignorait. Dans un premier temps, elle fut soulagée de constater qu'il avait renoncé à ses approches dénuées de toute délicatesse.

En fin d'après-midi, il prit congé des deux femmes, disant à peine au revoir à Else. Cette indifférence affichée n'avait pas non plus échappé à Jeanne qui la lui fit remarquer. Else était elle-même étonnée de se sentir contrariée. Elle retourna à son dessin, pourtant elle était incapable de se concentrer. Pour quelle raison le comportement de Greg la touchait-il autant ? Après tout, c'était elle qui lui avait demandé d'arrêter avec son attitude arrogante.

Le surlendemain, elle ouvrait sa porte en rentrant des courses, quand elle rencontra Greg à son étage qui remontait chez lui après avoir été courir. Il la salua distraitement, sans même s'arrêter ni tourner les yeux vers elle. Elle entra dans l'appartement, rangea les courses en faisant claquer les portes de placard. Son esprit s'agitait : ce garçon ne semblait pas connaître la demi-mesure et cela l'agaçait prodigieusement. Elle reprit ses clés posées sur la console de l'entrée tout en prévenant Jeanne qu'elle s'absentait cinq minutes.

Elle monta directement chez lui. Elle vit immédiatement son air triomphant quand il lui ouvrit, ce qui l'énerva davantage.

— Pourquoi tu m'ignores ?

— C'est toi qui m'as ordonné d'arrêter de te parler !

— À aucun moment je ne t'ai dit d'arrêter de me parler ! Je voulais juste que tu cesses ta drague lourdingue. Tu es si horripilant ! Tu ne sais rien faire à moitié ?

— Pas quand je sais ce que je veux, contrairement à toi. Parce que ça me semble être un sacré foutoir dans cette jolie tête ! Il faut bien que quelqu'un t'aide à y mettre de l'ordre.

Elle perçut à son regard qu'il la manipulait depuis le début. Il savait pertinemment qu'elle serait vexée de son indifférence.

— Tu n'es qu'un petit con présomptueux ! rétorqua-t-elle avant de l'embrasser.

Else sortit du lit tout en attachant ses cheveux avec un élastique. Elle ramassa ses vêtements éparpillés sur le sol, puis se rhabilla. Greg, les cheveux ébouriffés, se redressa sur le coude.

— Tu pars ?

— J'ai dit à ma grand-mère que je sortais cinq minutes, et c'était il y a une heure. Elle a probablement appelé le Raid ou le GIGN.

Elle prit appui avec ses mains sur le lit, s'approcha de lui et l'embrassa. Il la retint délicatement par le poignet.

— Reste !

— Tu sais où me trouver !

— Qui est présomptueuse maintenant ?

Elle lui sourit, sûre d'elle, puis quitta son appartement sans même lui dire au revoir. Elle redescendit chez elle, refermant cette fois la porte bien plus calmement qu'elle ne l'avait fait en partant. Elle posa doucement ses clés sur la console de l'entrée avant de se diriger vers le salon. Sans un mot, elle se recroquevilla près de Jeanne, installée sur le canapé, devant la télé. Elle mit tendrement sa tête sur l'épaule de sa grand-mère qui lui embrassa le front.

— Je commençais à m'inquiéter. Tu étais où ?

— Je n'ai pas envie d'en parler.

— Comme tu veux…

Après une hésitation, Jeanne ajouta :

— Ne t'attache pas trop à lui, ma chérie. Il ne restera pas, tu le sais ?

— Je le sais, mamie… Promis.

Else se cala davantage sur le canapé, recouvrant machinalement ses jambes avec un plaid. Sa grand-mère lui tapota affectueusement le genou, puis elles regardèrent la fin du film ensemble, en silence.

Greg fut le premier à admettre sa défaite en sonnant chez Else dès le lendemain. Il voulait l'avertir qu'elle avait, malencontreusement et probablement involontairement, oublié de lui donner son numéro de portable.

Ils s'installèrent dès lors dans une relation qu'ils vivaient au jour le jour, sans pressions ni projets. Elle le présenta à ses amis. Il faisait dorénavant partie de son quotidien. Aux yeux de tous, ils formaient un couple, pour lequel, néanmoins, ni l'un ni l'autre n'évoquaient d'avenir possible. De leur point de vue, tout cela n'était que temporaire. Malgré l'affection réciproque qu'ils éprouvaient, il n'était pas question d'engagement entre eux.

Les mois défilaient, la période des fêtes de fin d'année approchait. Un matin de décembre, Else interrogea Greg sur la valise qui trônait depuis la veille dans son appartement. Il avait décidé de rentrer dans sa famille pour Noël pendant une quinzaine de jours. Il ne lui en avait pas encore parlé, alors que ce voyage était manifestement prévu de longue date. Elle eut comme un pincement au cœur. Elle avait en effet envisagé, l'espace d'un instant, de passer ses vacances avec lui. Elle considéra qu'il aurait au moins pu la prévenir. Mais, après tout, ils ne se devaient rien, elle ne trouva donc pas nécessaire de créer une polémique à ce propos. Par ailleurs, Greg non plus n'avait jamais cherché à savoir ce qu'elle projetait de faire.

Le jour de son départ, elle accompagna Greg jusqu'à l'entrée du métro. De la rue, elle l'observa descendre les marches. Il se retourna vers elle une dernière fois pour lui sourire, avant de disparaître dans le couloir.

Elle n'était pas inquiète, il n'y avait aucune raison qu'ils se manquent. Greg pensait sûrement la même chose qu'elle puisqu'il avait parfois plaisanté à ce sujet en prétendant qu'elle l'aurait sûrement remplacé avant qu'il ne revienne.

À peine était-il arrivé à Roissy qu'il lui envoya des messages, auxquels elle s'empressa de répondre. Sans s'en rendre compte, durant les deux semaines suivantes, ils s'échangèrent leur quotidien, des anecdotes, des détails qui leur faisaient penser à l'autre. Le matin, au réveil, Else se précipitait sur son téléphone pour voir ce que lui avait envoyé Greg pendant ce qui était chez lui la journée. Il faisait de même de son côté de l'Atlantique. Tous les jours, ils trouvaient un nouveau prétexte pour s'appeler.

La dépendance s'installait peu à peu, insidieusement. À part Jeanne, personne n'avait vu venir ce qui était en train de se produire.

◊◊◊◊◊

Le jour du retour de Greg, Else prit l'initiative d'aller le chercher à l'aéroport sans l'en avertir. Elle n'imaginait pas avoir autant besoin de le retrouver. Elle avait amené une feuille de papier sur laquelle elle avait inscrit son prénom. Greg lui avait envoyé la photo d'un panneau identique, fabriqué par sa mère lorsqu'elle était venue l'attendre à son arrivée à Chicago. Ils s'en étaient moqués gentiment ensemble.

Else était au milieu de la foule, le cherchant du regard. Lorsqu'elle le vit, son rythme cardiaque s'accéléra de manière inattendue tandis que ses joues s'échauffèrent. Il sourit en l'apercevant avec son habituel bonnet au pompon inratable, ses joues rougies qu'il imputa au froid, tenant son panneau de fortune entre les mains. Sans la quitter des yeux, il s'approcha d'elle pour l'enlacer.

— Je ne pensais pas que tu viendrais ! Même si je l'espérais un peu…

— J'avais peur que tu te perdes. Après deux semaines là-bas, tu aurais pu oublier comment prendre le métro. Tu aurais mis des heures à revenir dans notre quartier.

— Je croyais que tu serais trop occupée avec ton nouveau copain pour te soucier de moi, dit-il en riant sans relâcher son étreinte.

— Comment j'aurais eu le temps de rencontrer quelqu'un avec tous les messages que tu m'envoyais à longueur de journée ? Cela dit, je peux peut-être en trouver un ici ! Tu m'aides ? Ce gars là-bas, tu en penses quoi ?

Il lui murmura sans suivre son regard :

— Else, *you're definitely not ordinary!*[4]

— Je ne sais pas trop comment je dois le prendre. C'est un compliment ?

— Possible ! En tout cas, c'est une très bonne surprise que tu sois là. Ces quinze jours ont été interminables, et je ne dis pas seulement ça parce que j'étais coincé avec ma famille.

Lui non plus n'avait pas prévu que sa présence lui deviendrait à ce point indispensable.

---

[4] Else, tu n'es décidément pas ordinaire !

Ils étaient assis côte à côte dans le RER qui les ramenait vers Paris. Else avait posé sa tête sur l'épaule de Greg. Il s'éclaircit la gorge avant de l'interroger, embarrassé :

— Tu n'as vraiment personne d'autre, Else ?

Déconcertée, elle se redressa pour lui faire face.

— Je ne l'avais pas vue venir celle-là ! Je passe tous mes moments libres avec toi, à part bien sûr quand tu décides, sans m'en informer d'ailleurs, de repartir chez tes parents. Mes journées sont comme les tiennes, Greg, elles n'ont que vingt-quatre heures. Donc, explique-moi comment je pourrais trouver le temps de sortir avec un autre !

— D'accord, mais si ça arrivait, tu me le dirais ?

— Ça dépend de toi. Tu voudrais que je te le dise ?

— Je ne sais pas. En fait, je crois que je préfèrerais surtout que tu ne voies personne d'autre.

Else était amusée de le voir presque hésitant, à l'inverse de son assurance coutumière.

— Je n'en avais pas l'intention. De toute façon, je pense que, moi non plus, je n'ai pas envie que tu voies quelqu'un d'autre.

— Bien, au moins, les choses sont claires comme ça !

Elle conclut à voix basse en réalisant soudain ce qu'ils venaient de décider à demi-mot :

— Oui, elles sont claires.

À son étage, Else le laissa monter seul chez lui pour qu'il se repose et récupère du décalage horaire. Il prévoyait de passer la voir le lendemain matin. Dès qu'elle se réveilla le jour suivant, elle lui envoya un message, pressée de savoir quand il comptait descendre. Elle attendit une partie de la journée qu'il lui réponde. Elle tournait en rond dans l'appartement, tant et si bien que Jeanne, épuisée de la voir s'agiter, réussit à la convaincre d'y aller.

Greg fut si long à lui ouvrir qu'elle s'apprêtait à redescendre. Il ne l'avait pas entendue sonner immédiatement car il dormait encore, malgré l'heure tardive. Il était pâle et en nage. Elle toucha son front, il était brûlant. Il avait vraisemblablement attrapé la grippe durant son voyage de retour. Elle le ramena à son lit, puis elle prit soin de lui le reste de la journée.

Dans la soirée, elle se coucha près de Greg qui semblait moins fiévreux. Elle ne l'avait jamais connu aussi vulnérable, sauf peut-être la veille, à leur retour, quand il lui avait fait comprendre que leur couple prenait une nouvelle direction. Il ouvrit à peine les yeux lorsqu'il s'adressa à elle.

— Else, tu dors ici ?

— Je n'ai pas envie de te laisser tout seul cette nuit dans l'état où tu es.

— Tu es folle ! Tu vas attraper ma grippe.

— C'est sûrement déjà fait ! Donc autant être avec toi, on ne sait jamais.

— Méfie-toi, je risque de croire que tu es inquiète, ou pire, que tu ne peux plus te passer de moi.

— C'est un risque, effectivement…

Elle lui confessa en chuchotant :

— Et si c'était le cas ? Si je ne pouvais plus me passer de toi ? Tu m'as vraiment beaucoup manqué pendant ton absence.

— Tu me confies ça uniquement parce que tu sais qu'avec la fièvre que j'ai, je ne me souviendrai de rien demain.

— Je te le redirai demain alors.

— Après-demain aussi ?

— Tous les jours si tu veux.

— Attention, Else, je pourrais te prendre au mot et… t'avouer que je suis amoureux de toi.

— C'est la grippe qui parle !

— Non, je le savais déjà avant d'être malade. Je te l'aurais même dit hier, si seulement j'avais été sûr que tu ressentais la même chose.

Else rabattit la couette sur elle afin qu'il ne voie pas que la chair de poule avait recouvert ses bras. Il faisait pourtant bon dans la pièce, elle n'était certainement pas provoquée par le froid. Elle ne pouvait venir que de lui. Quand il referma les yeux, elle passa tendrement ses doigts dans ses cheveux blonds qui commençaient à boucler. Il tourna la tête pour embrasser la paume de sa main. Le cœur d'Else tressaillit, mais pas uniquement à cause de ses lèvres sur sa peau. C'était autre chose, qu'elle n'aurait pas été capable de décrire avec des mots. Elle ne pourrait plus se passer de cette sensation.

La séparation leur avait ouvert les yeux sur ce qu'ils ressentaient l'un pour l'autre. Leur relation devint plus sérieuse, même s'ils ignoraient précisément quelle solution ils trouveraient pour que leur couple survive au départ de Greg l'été suivant.

Celui-ci se mit à évoquer Else de plus en plus souvent dans les mails qu'il envoyait à ses parents, tandis qu'elle décida de le présenter aux siens. Marianne avait toujours été sceptique quant aux choix sentimentaux de sa fille. Manquant fortement de diplomatie, elle n'hésitait jamais à exprimer clairement son opinion. La boule au ventre, Else annonça donc à ses parents qu'elle avait rencontré quelqu'un. Elle souhaitait qu'ils fassent sa connaissance.

Marianne et Bertrand invitèrent par conséquent le jeune couple à déjeuner chez eux pour les présentations officielles. Greg vint chercher Else avant de se rendre à la gare. Jeanne lui recommanda vivement de remonter se raser, car la barbe de deux jours qu'il arborait ne plairait sûrement pas à sa fille. Elle glissa discrètement à l'oreille d'Else, d'un air enjoué :

— Marianne sera suffisamment hostile. Pas la peine de lui fournir des munitions supplémentaires en lui laissant croire que c'est un loubard. Remarque, c'est déjà une bonne chose qu'il ait repassé sa chemise !

Le couple resta un instant devant le portail à observer la maison en meulière. Anxieuse, Else tenta :

— On peut encore partir…

— Et se priver d'un moment convivial avec tes parents ? En tout cas, tu n'as jamais dû être dérangée par vos voisins !

Elle demanda ironiquement :

— Qu'est-ce qui te fait dire ça ?

— Je ne sais pas. Peut-être les trois cents mètres qui séparent votre maison des voisins les plus proches. Tu sais qu'un tel isolement pourrait être qualifié de torture mentale dans d'autres pays ? Mais, tu es une amish en fait ! Tes parents ont l'eau courante ou ils doivent aller au puits ?

— On peut encore partir...

— Trop tard, je crois que ta mère nous a vus. Elle est souriante et n'a pas l'air armée, ça va bien se passer.

— C'est vrai, elle sourit ! Mon Dieu, Greg, ça va être un carnage ! Heureusement que des gens savent qu'on est ici. La police saura où commencer les recherches quand notre disparition aura été signalée.

— Je suis confiant. Elle ne s'en prendra sûrement qu'à toi !

Marianne se montra charmante. Else savait qu'elle le serait. En fait, elle redoutait surtout l'appel de sa mère qu'elle ne manquerait pas de recevoir dès le lendemain. Bertrand, la cinquantaine grisonnante, bon vivant et drôle, fut fidèle à lui-même. Il mit le jeune homme à l'aise immédiatement. Ils trouvèrent Greg très sympathique, cultivé et amoureux. Ce ne fut pas, cette fois, ce qui posa le plus de problèmes à Marianne.

En effet, cette dernière était surtout inquiète de savoir que sa fille s'était amourachée d'un Américain, certes adorable, mais qui risquait de l'emmener à des milliers de kilomètres d'elle. Elle ne s'en cacha pas lorsqu'elle appela Else le soir même, empressée de la mettre en garde. Selon elle, s'ils voulaient vraiment construire un avenir ensemble, les choses ne pouvaient pas se dérouler autrement. Greg avait un poste de professeur-assistant qui l'attendait à l'université de Chicago. Il n'allait pas tout abandonner pour une étudiante, sans aucune perspective professionnelle, qui avait des velléités artistiques et qu'il fréquentait depuis si peu de temps. Elle essaya de faire redescendre sa fille sur terre en lui expliquant que tout cela était insensé. Cette relation ne les mènerait nulle part.

La réaction de sa mère troubla énormément Else. Elle était parvenue à instiller le doute en elle. Effectivement, ils n'avaient jamais explicitement évoqué la suite de leur histoire. Else avait, au fil du temps, imaginé que Greg ne repartirait pas. De son point de vue, la question ne se posait même pas.

Elle se confia à Jeanne qui lui conseilla de discuter sérieusement de l'avenir avec lui. Elle aussi était persuadée qu'Else devrait probablement partir. En revanche, contrairement à Marianne, elle avait pris naturellement conscience qu'il était utopique de s'opposer à ce que les deux jeunes gens ressentaient. Elle les avait vus tomber amoureux. Elle avait bien compris que les avertissements étaient vains. Ce qui se produisait était inéluctable. Elle aurait pourtant volontiers gardé Else auprès d'elle. Elle s'était également prise d'affection pour Greg qui, sous des allures un peu abruptes, était plus sensible et délicat qu'il ne le laissait paraître. Son comportement envers Else le trahissait souvent.

Le lendemain, celle-ci aborda le sujet avec lui. L'expérience des vacances de fin d'année leur fit dire qu'une relation longue distance était inenvisageable. Else lui demanda de vivre avec elle en France, cependant il était inconcevable pour lui de renoncer à une carrière qu'il avait mis tant d'années à construire. Il ne resterait pas, toutefois il souhaitait qu'elle l'accompagne. C'était ainsi qu'il avait toujours imaginé leur avenir. Else réalisa qu'elle n'aurait pas d'autre choix que de le suivre pour être avec lui. Cela ne pouvait fonctionner que dans ce sens, même si elle était très réticente. Elle n'était jamais allée aux États-Unis et était loin de maîtriser l'anglais aussi bien que Greg le français. En outre, si lui avait toute sa famille à Chicago, elle n'aurait personne d'autre que lui.

Ce saut dans l'inconnu angoissait Else. Pouvait-elle vraiment quitter sa vie pour un homme qu'elle ne connaissait pas un an auparavant ? Elle ne doutait pas que Greg l'aime, il le lui disait et lui montrait suffisamment. Était-ce assez cependant pour tout abandonner et partir à l'autre bout du monde ? Elle s'interrogeait également sur l'avenir professionnel qu'elle pourrait espérer à Chicago. Elle n'avait déjà aucune idée de ce qu'elle ferait en France. Dans un pays dont elle ne connaissait rien, il lui était encore plus difficile de se projeter.

C'était d'ailleurs un argument supplémentaire avancé par Marianne. Sa fille n'avait pas consacré autant d'années à ses études pour être, au mieux, serveuse dans une obscure cafétéria américaine ou, au pire, femme au foyer. Elle était convaincue qu'Else finirait par se couper de son pays, de sa famille, pour devenir financièrement et socialement dépendante d'un homme dont elle ne savait pas grand-chose. Tout cela allait à l'encontre de ce que Marianne lui avait inculqué depuis son enfance.

Greg comprit les doutes d'Else à l'idée de renoncer à son univers parisien. Il s'efforça de la rassurer sur sa volonté de faire sa vie avec elle ainsi que sur les opportunités qui s'offriraient à elle là-bas. Partagée entre deux directions opposées, elle avait l'impression de jouer son avenir à pile ou face. Il suggéra alors un compromis qui permettrait à Else d'envisager plus sereinement leur relation. Son départ étant prévu en juillet, il lui proposa de le rejoindre en septembre, le temps pour lui de reprendre ses marques. Elle passerait quelques semaines à Chicago avant de décider de s'y installer ou pas. Elle ne perdrait rien à essayer de s'acclimater à l'existence américaine de Greg. Cette perspective persuada Else d'accorder une chance à un avenir commun. De cette façon, elle n'aurait pas à choisir entre deux vies sans avoir aperçu celle qu'elle aurait avec lui, loin de chez elle et des siens.

La fin de l'année universitaire arriva. Dans les derniers jours de juillet, Greg repartit. Else avait désormais peur qu'il ne l'oublie. Est-ce qu'une fois revenu chez lui, il n'allait pas retrouver ses habitudes, ses amis, son mode de vie, considérant qu'elle n'avait été finalement qu'une petite distraction parisienne sans importance ? Elle n'aurait été pour lui qu'un souvenir pittoresque et sympathique qui pimenterait le récit de son année universitaire française. Elle n'était même plus sûre de le revoir. À chaque appel, elle redoutait d'apprendre que ce n'était plus la peine qu'elle vienne, qu'il avait repris le cours de son existence, dont elle ne ferait jamais partie. De retour dans son pays, il n'aurait plus besoin d'elle, il ne penserait même plus à elle.

Else s'attendit tant à rester à Paris qu'elle ne prépara son voyage qu'au dernier moment, donnant des sueurs froides à sa grand-mère, d'ordinaire peu sensible à l'anxiété. Ils s'appelaient pourtant presque quotidiennement, s'envoyaient des messages constamment. Le lien entre eux perdurait.

Quand elle fut enfin certaine de partir, d'autres questions l'assaillirent. Serait-il le même qu'à Paris ? N'allait-elle pas découvrir une personnalité complètement différente avec laquelle elle serait incapable de s'entendre ? Réussirait-elle seulement à se plaire à Chicago ?

Jeanne lui répétait sans cesse qu'elle réfléchissait trop. Si elle ne prenait pas ce genre de risques à son âge, alors elle ne tenterait jamais rien. Par ailleurs, si les choses se passaient mal, elle rentrerait et reprendrait son existence. Ce voyage ne l'engageait à rien. Il valait mieux vivre un échec que de se demander ce qu'il serait advenu si elle avait osé.

9

Début septembre, Else s'envola pour Chicago. Lorsque l'avion s'apprêta à atterrir, elle observa la ville qui lui sembla immense. Elle lui fit presque peur. Elle douta d'être capable de s'acclimater à un tel endroit. Rien que l'arrivée dans cet aéroport gigantesque fut pour elle impressionnante. Elle qui n'avait voyagé que dans quelques pays européens vécut sa première confrontation avec la douane américaine comme un véritable choc culturel. Greg, fébrile malgré son apparence décontractée, se précipita vers elle dès qu'il l'aperçut parmi la foule tant elle lui avait manqué. Il avait hâte de lui faire partager sa ville et sa vie, de la même manière qu'elle l'avait fait à Paris avec lui.

Sur le trajet, par la fenêtre de la voiture, elle regarda le paysage si différent de chez elle. Tout lui parut démesuré et déroutant. La devinant perdue, Greg la tranquillisa. Elle aurait rapidement des repères et finirait par se sentir très bien dans cette ville. Il avait été déstabilisé aussi en s'installant à Paris, mais il s'y était parfaitement adapté. Et puis, elle n'était pas seule : elle l'avait, lui.

Ils arrivèrent dans le petit appartement que Greg louait depuis trois semaines, près du centre de la ville. Else avait craint de devoir habiter chez ses parents, dans leur maison en périphérie de Chicago. À son retour en juillet, il y avait réintégré sa chambre d'adolescent, le temps de trouver ce logement, qui bien que petit était très accueillant. Même s'il n'avait rien à voir avec l'appartement haussmannien dans lequel elle vivait à Paris, elle s'y fit très vite. Ce n'était pas ce qui lui importait le plus.

Greg fut tout de suite très prévenant envers elle. Elle avait vraiment eu tort de croire qu'il pourrait être différent ou distant. Il restait exactement le même. Le plus étrange était toutefois l'inversion des rôles qui s'était soudainement mise en place. Il évoluait désormais dans son environnement, dans lequel il était très à l'aise. Pour la première fois, Else prit conscience qu'il avait un univers en dehors d'elle, des amis, une famille, une histoire. Cette sensation était très déconcertante.

Les premiers jours, il fit faire à Else le tour de son quartier, l'emmena à l'université pour qu'elle découvre le campus où il travaillait, lui présenta sa ville. Ce fut pour elle un coup de foudre. Chicago avait, certes, la réputation d'être l'une des villes américaines les plus dangereuses, mais certains de ses quartiers dégageaient une évidente sérénité. Il était dommage aux yeux d'Else de ne penser qu'à New York, Los Angeles ou San Francisco, quand on parlait des États-Unis, alors que cette ville offrait tellement de choses à faire et de lieux à explorer. Elle y retrouvait l'effervescence culturelle qu'elle avait cru abandonner en quittant Paris.

Si Chicago faisait partie intégrante de la vie de Greg, ce n'était pas le seul aspect qu'Else devait appréhender. Sa famille et ses proches constituaient également un facteur non négligeable de l'équation. Il était donc prévu qu'elle les rencontre, lui donnant l'impression d'être une attraction un peu exotique, un souvenir excentrique qu'il aurait rapporté d'un voyage dans une contrée sauvage.

Greg lui présenta d'abord ses parents lors d'un déjeuner chez eux. À l'approche de la grande maison des Stanton, Else lui fit remarquer que leur quartier ressemblait à ce qu'elle avait vu dans des films. Il s'en amusa car il s'était fait la même réflexion en déambulant dans certains quartiers parisiens. Mieux que personne, il comprenait ce qu'elle ressentait dans cette culture qui contrastait avec la sienne et qu'elle ne connaissait qu'au travers de préjugés.

Lorsqu'il arrêta la voiture dans l'allée du garage, sa famille se rua à l'extérieur pour les accueillir. Ses parents, Louisa et George, bien plus âgés que Marianne et Bertrand, furent les premiers à venir vers Else. Elle tendit timidement la main à Louisa quand celle-ci s'approcha pour la saluer. Greg ressemblait énormément à sa mère. Il avait hérité d'elle ses cheveux blonds et ses yeux gris. Extravertie et dynamique, sa profession d'architecte d'intérieur lui avait permis de travailler en partie de chez elle, tout en profitant autant que possible de l'enfance de ses fils qui constituaient, de toute évidence, le centre de son univers.

Lorsque George salua à son tour Else, elle comprit d'où Greg tenait son humour et sa bonne humeur. Ce vétérinaire, jovial et facétieux, semblait très proche de ses deux fils. Il leur avait transmis son goût du sport et des études. Il était aussi probablement à l'origine du caractère si assuré de Greg. Louisa et George se montrèrent immédiatement très chaleureux envers Else.

Nathan, l'aîné, était également là, avec sa femme, Emily, et leur petit garçon de quatre ans, James. En voyant cet enfant si discipliné, Else se dit aussitôt qu'il avait échappé à la distribution de joie de vivre. Elle en comprit vite la raison en découvrant Emily, qui la salua froidement. Cette jeune pédiatre, par son manque de gaieté et de chaleur, était tout le contraire d'Else.

Ayant le même esprit blagueur que Greg et George, Nathan détonnait un peu par rapport à elle. Lorsqu'il s'avança vers Else, il ne lui laissa pas le temps de tendre la main, lui donnant directement une accolade affectueuse, comme il l'avait fait avec son frère. Son attitude la désarma complètement.

Ce premier contact avec les Stanton fut plutôt bon, même si, au début, Else eut des difficultés à comprendre l'intégralité des conversations. Tous lui posèrent naturellement de nombreuses questions sur sa famille, sa vie à Paris, ses études, ses projets. Ils en savaient néanmoins déjà long à son sujet. Greg lui avait avoué que sa mère l'avait soumis à un interrogatoire en règle, des photos avaient même manifestement circulé.

Louisa se montra très intriguée par ce qui incitait cette jeune femme à se jeter ainsi dans l'inconnu, laissant derrière elle tout ce qui lui était familier. Cette « Autre » devait être soit complètement fantaisiste, soit extrêmement sûre d'elle. Quelles qu'aient été ses raisons, elle lui en était, d'une certaine façon, reconnaissante. Elle avait en effet réalisé au fil des mois que leur relation représentait pour Greg davantage qu'une amourette d'étudiant qui prendrait fin avec son retour dans le nid familial. Elle était, par conséquent, soulagée que les choses se passent ainsi. Elle avait craint que son fils n'abandonne sa famille et une carrière prometteuse pour rester avec Else à Paris. Elle avait évidemment toujours soutenu son petit dernier dans ses projets, cependant pas au point d'accepter qu'il les mène loin d'elle définitivement.

D'un naturel très curieux et fleur bleue, Louisa souhaita bien entendu connaître les détails de leur rencontre de la bouche même d'Else. Dans une ville comme Paris, cela n'avait pu être que romantique. Ne désirant pas la décevoir, celle-ci évita de lui dire que son fils s'était conduit en véritable crétin arrogant, ne conservant de l'histoire que le bus et le musée.

Lorsque Else évoqua sa passion pour le dessin et l'écriture, Emily s'empressa de rebondir sur cette information.

— Tu es une artiste alors !

— Je ne sais pas si c'est le terme qui convient. Cela dit, j'aimerais bien trouver un emploi qui me permettra d'allier mon amour de l'art à celui des livres.

Else ne put s'empêcher de relever le ton employé par Emily pour la qualifier. Si cette dernière avait utilisé le terme « pouilleuse » à la place d'« artiste », elle n'aurait pas vu la différence. Elle perçut aussitôt le dédain d'Emily à son égard. Cette femme ne la prendrait probablement jamais au sérieux !

Après le déjeuner, Louisa suggéra à Greg de faire visiter à Else leur maison qui regorgeait de photos de famille. Ce n'était pas quelque chose auquel elle était habituée, Marianne n'en exposant que très peu. Elle découvrit alors des facettes de la vie de Greg qu'elle ne soupçonnait pas. Deux rencontres avec Jeanne avaient suffi au jeune homme pour connaître la moitié de son histoire. Elle, au contraire, en savait finalement peu sur son enfance. Elle s'arrêta devant plusieurs photos : celles d'un petit garçon aux boucles blondes tombant sur ses épaules, d'un adolescent en tenue de hockey sur glace, ou encore d'un étudiant sérieux en toge recevant son premier diplôme universitaire…

— Tu avais les cheveux si longs quand tu étais petit ! Qu'as-tu fait à ta mère pour qu'elle cherche à t'humilier comme ça ?

— Elle voulait une fille !

— Visiblement, ricana-t-elle. Quand t'es-tu débarrassé de cette tignasse ?

— Vers trois ans. Peu de temps après cette photo, Nate m'a mis du chewing-gum dans les cheveux. Ma mère n'a pas eu d'autre choix que de tout faire couper. Cet épisode l'a traumatisée plus que moi.

— C'est donc à cause de ça que tu as fait un sport aussi brutal que le hockey ?

— C'était surtout pour faire comme Tim. Et à Chicago, tu as intérêt à aimer les activités liées au froid.

— Pour quelle raison ?

— C'est l'une des villes les plus froides des États-Unis, Else ! Tu devras penser à prendre ton bonnet improbable avec toi quand tu emménageras.

Au cours de l'après-midi, George emmena James voir des chatons qu'on lui avait déposés à la clinique en vue de les faire adopter. Else et le reste de la famille se joignirent à eux. Elle se montra plus émerveillée que l'enfant par les petites bêtes. L'un des chatons, celui au pelage gris et blanc, sortit maladroitement du carton afin de se frotter contre la main qu'elle tendait pour le caresser.

Lorsqu'elle vit que Greg la regardait en souriant, elle lui expliqua, avec la spontanéité qui la caractérisait, qu'elle avait eu un chat dans son enfance. Malheureusement, son père l'avait écrasé avec sa voiture en rentrant un peu alcoolisé d'un mariage. Il était à présent enterré au fond de leur jardin de banlieue, avec la cohorte de cochons d'Inde et de poissons rouges qui avaient traversé sa vie.

Elle constata à la fin de son histoire que Greg et Nathan étaient les seuls à rire. Les autres étaient mortifiés. Greg lui glissa à l'oreille :

— Le filtre, Else ! Le filtre !

Effectivement, elle allait devoir faire attention à ce qu'elle leur racontait, sans quoi ils la prendraient pour une sauvage. Il lui devint clair qu'elle ne pourrait jamais leur expliquer pourquoi sa mère avait choisi ce prénom pour elle. Cela ne ferait que contribuer à l'étiquette de jeune Française farfelue qu'elle venait de s'épingler elle-même sur le dos.

De retour chez Greg, il interrogea Else d'un air préoccupé. Il était troublé par la conversation qu'ils avaient eue à propos de la météo de Chicago. Comment pouvait-elle ignorer que cette ville était glaciale en hiver ? Ce sujet était pourtant abordé sur le site qu'il lui avait conseillé de lire.

Elle lui expliqua, un peu embarrassée, qu'elle ne l'avait pas consulté. Lorsqu'il était reparti, elle avait été persuadée qu'il allait rompre avec elle une fois qu'il aurait retrouvé sa vie. Ensuite, quand elle avait été sûre de le rejoindre, elle avait eu peur que la ville ne lui plaise pas. Dans les deux cas, elle n'avait donc pas jugé utile de se pencher sur la question. Else réalisa, trop tard, que Greg n'appréciait pas ce qu'elle venait de lui avouer.

— Tu as vraiment cru que j'allais rompre ? Je n'en reviens pas que tu aies eu si peu confiance en moi !

— C'est marrant que tu ne retiennes que ce détail de tout ce que je te raconte.

— Ce n'est pas un détail ! Else, tu aurais dû me parler de tes craintes ! On en aurait discuté, et je t'aurais rassurée.

Le ton entre eux monta, au point qu'Else ne put contenir un premier reproche :

— C'est facile pour toi de dire ça ! C'est toi qui es rentré en abandonnant tout derrière toi ! Tu n'as pas eu à assumer le vide que ton départ avait laissé dans mon quotidien !

— Tu crois peut-être que partir a été simple ? Tu imagines que te quitter ne m'a rien fait ? Ça a été dur pour moi aussi mais, contrairement à toi, je n'ai jamais douté du fait que tu me rejoignes. Pour que notre couple fonctionne, tu vas devoir me parler davantage, Else ! Si on ne communique pas, on risque d'aller droit dans le mur !

Elle prit un air dédaigneux :

— C'est très américain comme façon de voir les choses !

— Tu vas me sortir cet argument chaque fois qu'on se disputera ?

— Je ne me dispute pas, moi ! C'est toi qui t'énerves tout seul. Je vais prendre l'air. J'étouffe ici !

Else fit le tour du quartier en ignorant les appels de Greg. Elle aurait volontiers parlé à Jeanne s'il n'avait pas été si tard à Paris. Elle s'assit sur un muret au pied de l'immeuble. Elle ne voulait pas remonter tant qu'elle ne saurait pas ce qu'elle dirait à Greg. Elle n'eut pas à réfléchir longtemps, il descendit pour s'installer à côté d'elle. Rester un peu seule l'avait radoucie.

— Comment tu as su où me trouver ?

— Ça fait vingt minutes que tu es sous nos fenêtres, répondit-il en riant. La prochaine fois, trouve une meilleure planque.

Il lui saisit délicatement la main.

— Ce qui m'a plu chez toi en premier c'est ta façon de dire le fond de ta pensée sans te soucier du jugement des autres, y compris du mien. Pourquoi t'est-il devenu maintenant si difficile de me parler ?

— J'avais peur qu'en évoquant mes doutes, tu réalises que tu en avais également. Je n'avais pas envie que tu te rendes compte que tu étais mieux sans moi.

— C'est moi qui te cours après depuis le début. Tu penses vraiment que je pourrais te repousser alors que j'ai réussi à te rattraper ? Tu n'es pas une proie facile, mon Autre, loin de là.

— Tu es si sûr de toi que c'est très déroutant parfois.

— J'ai des doutes aussi, comme n'importe qui, mais pas quand il s'agit de nous.

Dès le lendemain matin, Else appela Jeanne qui fut très rassurante. Cette querelle était une bonne chose. Elle leur permettrait de réaliser ce qu'impliquait réellement de vivre avec quelqu'un d'autre. Afin d'être sûrs de pouvoir partager leur quotidien, il était indispensable qu'ils en voient tous les aspects. L'essai devait être aussi réaliste que possible. Jeanne lui précisa également, avec son franc-parler coutumier, qu'une vie de couple sans dispute était un enterrement de première classe. Sans querelle, pas de réconciliation, et c'était tout de même cela le plus intéressant.

◊◊◊◊◊

Après la présentation officielle aux Stanton et leur première scène de ménage, Else devait passer l'épreuve des amis de Greg. Il lui présenta d'abord Maggie et Timothy, son meilleur ami depuis l'enfance. Le couple n'était marié que depuis août. Faire leur connaissance était pour Else bien plus intimidant que ne l'avait été la rencontre avec Louisa et George. Elle savait combien l'amitié entre Timothy et Greg était forte. L'opinion de l'un comptait énormément pour l'autre. Elle avait donc très peur de leur déplaire.

Les jeunes mariés la mirent tout de suite à l'aise. Ils avaient eu hâte de découvrir celle dont ils entendaient parler depuis des mois. Maggie lui fit remarquer que la photo d'elle, portant un bonnet insolite, que leur avait montrée Greg à Noël ne lui rendait pas justice. Else fut autant surprise qu'il ait choisi de leur montrer cette photo-là, que du fait qu'il leur ait déjà parlé d'elle au moment des fêtes de fin d'année.

Else profita de l'occasion pour en apprendre davantage sur le passé de Greg qui était, naturellement, plus divertissant que la description que lui en avait faite Louisa. Timothy ne se fit pas prier pour lui dépeindre un Greg capable de faire le mur de la maison familiale en pleine nuit ou d'emprunter, sans autorisation ni permis, la voiture de George pour aller à un concert. Il lui raconta même le jour où Louisa avait failli les surprendre dans la chambre de Greg la seule fois où ils avaient fumé de l'herbe.

Timothy et Maggie parurent rapidement très sympathiques à Else. Ce sentiment fut réciproque, validant ainsi le choix de Greg. Ils ne tardèrent pas à devenir proches. Maggie l'introduisit dans son cercle d'amies, tandis que Timothy, par leur amour commun des livres, trouva une oreille attentive pour son idée de librairie. Ce fut avec lui qu'elle s'entendit le mieux. L'écouter parler de l'entreprise qu'il était en train de mettre sur pied la fascinait. Cherchant encore sa voie, elle était admirative de sa détermination et de son enthousiasme. Devant son intérêt et le temps libre dont elle disposait, il lui proposa de l'aider sur certains aspects de son projet. Cela lui permettait également de se familiariser avec une nouvelle langue, une nouvelle mentalité et une ville où, en fin de compte, elle se voyait bien vivre.

De son côté, Greg faisait tout son possible pour qu'elle trouve la vie auprès de lui agréable, sans pour autant montrer qu'il était impatient de connaître sa décision. Il ne voulait pas qu'elle le choisisse à cause de la pression qu'elle aurait pu ressentir. Néanmoins, ses méthodes pour la convaincre pouvaient parfois être qualifiées de discutables.

Un samedi où il rentrait de son jogging hebdomadaire très matinal, Else traînait encore au lit à somnoler. Il s'allongea près d'elle en lui demandant de garder les yeux fermés. Puis, il déposa quelque chose sur son oreiller, quelque chose de doux et chaud qui grimpa sauvagement sur le visage d'Else. Son regard pétilla immédiatement en reconnaissant le chaton abandonné à la clinique vétérinaire de George.

— Tu vas être obligée de revenir maintenant ! Tu ne peux pas laisser ce chat tout seul avec moi, je serais incapable de m'en occuper. Tu ne voudrais quand même pas avoir sa mort sur la conscience.

— C'est très malhonnête comme procédé pour me persuader de m'installer ici ! Tu n'avais pas besoin de sacrifier un animal en plus car j'ai déjà pris ma décision de toute façon. Cela dit, ça ne dépend pas que de moi. Sérieusement, tu te verrais vivre avec moi ?

— Je serais prêt à beaucoup de choses pour que tu acceptes de revenir, y compris te partager avec un chat.

— Alors, il se pourrait que je revienne !

— En même temps, je partais plutôt confiant.

— Qu'est-ce que tu es présomptueux ! Je peux encore changer d'avis.

— J'ai d'autres arguments dans ma manche. Je les garde pour plus tard.

Il l'embrassa avant de partir prendre sa douche, la laissant apprivoiser le chaton qui s'était déjà lové dans son cou.

Ces semaines de découverte passèrent très vite, d'autant plus qu'Else consacra ses derniers jours à Chicago à assister Timothy qui ouvrait sa librairie juste avant son départ. La veille de l'inauguration, ils terminèrent enfin de remplir les rayonnages et de faire une dernière fois les poussières dans la boutique. Tous deux s'affalèrent par terre en début de soirée, épuisés. Timothy leur servit à boire en récompense de leurs efforts.

— Je sais que les cafés que je bois ne te conviennent pas, donc j'ai prévu des bières.

— Très bonne initiative, pour peu que tu t'y connaisses mieux en bières qu'en café !

— Je te rappelle que ma mère est allemande…

— Je te fais confiance aveuglément alors, dit-elle en avalant une première gorgée.

— Dans quelques mois, je vais devoir embaucher quelqu'un à temps partiel. Ça t'intéresserait ?

— C'est Greg qui t'a demandé de me donner un boulot ?

— Pas du tout ! Quand on a abordé le sujet, il m'a dit d'en parler avec toi. Je n'ai pas besoin de lui pour voir de quoi tu es capable. Tu t'adaptes vite, tu es efficace. Je ne vais pas laisser filer l'employée du mois alors qu'elle est disponible.

— Bon, au vu de mes compétences, tu vas me payer grassement, je suppose ?

— Absolument pas ! Mais il y aura de la bière.

Elle éclata de rire.

— Tu m'as convaincue. Je signe !

Ils trinquaient au moment où Greg entra dans la librairie. Timothy lui lança une bouteille pendant qu'il s'installait avec eux, rassuré de constater que son meilleur ami avait décelé chez Else ce qui l'avait séduit dès leur rencontre. Par-dessus tout, il était heureux qu'elle ait trouvé sa place dans son univers.

En octobre, il fut finalement temps pour Else de retourner en France. La veille de son départ, elle observait Greg lui faire à dîner, un peu moqueuse.

— Tu ne souhaites pas vraiment que je revienne alors, sinon, tu aurais commandé à manger ! Remarque, je devrais m'estimer chanceuse. Tu n'as pas fait de *mac and cheese*.

— Je ne te laisserai pas saper ma confiance en moi. Tu te sentiras beaucoup moins maline dans deux minutes !

— Je dois prendre ça comme une menace ? Pour quelle raison je devrais une fois de plus ménager ta fierté ?

Il sortit de sa poche un anneau en or blanc serti d'une petite pierre.

— Parce que dans deux minutes, tu auras cette bague à ton doigt et tu devras me donner dans la seconde une réponse à la question que je te poserai. Tu ne pourras me répondre que par oui ou non.

— J'imagine que si je ne dis pas oui, tu vas mettre la vie du chaton en jeu…

— Exactement !

— Alors, c'est oui, mais uniquement parce que j'aime ce chat plus que toi. Et sinon, c'était quoi ta question ? Je ne me rappelle pas que tu l'aies posée.

Le lendemain, il la conduisit à l'aéroport. Durant tout le trajet, il garda sa main sur le genou gauche d'Else, tandis qu'elle lui caressait doucement les cheveux. Il était prévu qu'elle revienne à Chicago juste après avoir fêté Noël avec sa famille. Ces deux mois et demi de séparation leur paraissaient déjà insurmontables.

Elle attendit le dernier moment pour franchir la douane et se rendre en salle d'embarquement. Avant de se séparer, il lui confia qu'il espérait qu'elle ne le quitterait plus jamais pour une si longue période.

À l'appel de son vol, elle se dégagea de son étreinte et s'avança vers le portique sans se retourner. Elle savait que si elle le faisait, elle n'aurait pas la force de s'en aller. Greg ne quitta O'Hare que quand il fut certain de son départ. Fin décembre, il viendrait la rechercher au même endroit. Cette fois, elle resterait.

10

De retour à Paris, Else arriva en bas de l'immeuble de Jeanne avec l'impression d'être partie depuis mille ans, tant les événements s'étaient enchaînés. Sa grand-mère l'accueillit avec une impatience non dissimulée. Elle avait hâte de connaître les détails de ces quelques semaines que leurs appels, même réguliers, ne lui avaient pas permis d'obtenir.

Elles passèrent la soirée à parler de ce qu'Else avait fait, des gens qu'elle avait rencontrés, de ses projets et, évidemment, de la demande en mariage de Greg. Bien qu'heureuse pour sa petite-fille, Jeanne était aussi amère de réaliser qu'elles devraient bientôt de nouveau se séparer. Ne voulant pas ternir le bonheur d'Else avec sa tristesse, elle n'en laissa donc rien paraître.

Marianne n'eut pas autant de scrupules. Elle ne cacha pas à Else à quel point elle était furieuse et malheureuse qu'elle ait choisi de vivre aussi loin, là où elle ne pourrait ni lui rendre visite sur un coup de tête ni voir grandir d'éventuels petits-enfants. Elle ne comprenait pas non plus ce qui poussait sa fille unique à épouser quelqu'un qui n'éprouvait aucun remords à l'éloigner de sa famille.

Si Marianne se garda bien de claquer les portes ou de lui faire une scène, elle décida toutefois de ne pas lui faciliter la tâche. Elle entreprit de la culpabiliser ouvertement en affichant un air affligé toute la journée, repoussant chacune de ses tentatives pour la consoler. Bertrand, de son côté, ordinairement peu loquace, encouragea Else quand il la raccompagna à la gare.

— Ta mère t'aime et, forcément, elle préfèrerait que tu restes près d'elle. Tu sais comment elle est. Elle veut que tu te sentes coupable et que tu te mettes à douter. Elle maîtrise cette technique à la perfection. Ne tombe pas dans son piège !

— Papa, si elle avait raison ? C'est peut-être complètement stupide de faire ça !

— Peut-être, et alors ? Si tu te plantes, tu te plantes... Tu rentreras et c'est tout. Tu n'as rien à perdre à part du temps et des illusions. Tu crois que tu hésiterais moins si ce garçon habitait en France ? Ce qui t'inquiète c'est de l'épouser ou de partir vivre là-bas ?

— Je crois que rien ne m'inquiète, en fait. C'est ce qui me perturbe.

— Il n'y a pas de questions à se poser alors ! Ta mère s'y fera dès qu'elle verra qu'elle ne t'a pas perdue pour autant... Et moi, je l'aime bien ce Greg.

Ces deux mois et demi de séparation s'écoulèrent très vite. Else avait eu des démarches à effectuer et on ne déménageait pas sa vie si facilement d'un continent à un autre. Elle avait également voulu profiter au maximum de sa famille, de ses amis et de Paris.

Le réveillon de Noël fut un peu étrange, le cœur n'y était pas. Chacun savait que ce serait sûrement le dernier ensemble avant un bon moment. Else avait conscience qu'il lui serait impossible de revenir aussi souvent que ses proches l'auraient souhaité. Elle espérait qu'à défaut eux viendraient parfois.

Sa grand-mère et ses parents l'accompagnèrent à l'aéroport le jour de son départ. Elle jeta un dernier regard vers eux avant de franchir les portiques de sécurité. Elle vit le sourire encourageant de Jeanne, les larmes de Marianne, les yeux et le nez rougis de Bertrand qui avait, semblait-il, attrapé un rhume de dernière minute. Else avait un sentiment très contradictoire :

elle était triste de les quitter bien sûr, mais elle était, en même temps, très excitée de la nouvelle vie qui l'attendait. Son existence auprès de Greg ne pourrait être que réussie.

Quand elle posa ses valises dans l'appartement qui était désormais le sien aussi, elle réalisa que retrouver Greg était ce qui lui donnait réellement l'impression d'être chez elle. Elle serait prête à vivre n'importe où avec lui, même si le froid extrême qui régnait sur la ville à son retour lui fit regretter un instant les hivers parisiens. Elle constata que les cinq centimètres de neige qui, une fois l'an, bloquaient la capitale française n'étaient rien par rapport aux chutes de neige, verglas et autres blizzards qui s'abattaient sur Chicago à cette période.

Louisa et George souhaitèrent que le couple se joigne à eux pour le réveillon du nouvel an. Comme chaque année, ils organisaient une fête avec leur famille et leurs amis. Avant que les invités n'arrivent, Greg annonça qu'Else et lui allaient se marier. La nouvelle fut extrêmement bien accueillie, sauf peut-être par Emily qui considéra le moment opportun pour leur apprendre que Nathan et elle attendaient un deuxième enfant. Décidément, elle ne se laisserait pas voler la vedette si facilement. Else n'en fut pas affectée : elle était ravie de ne plus être au centre de l'attention de Louisa, qui avait aussitôt songé à la préparation du mariage.

La parenthèse des fêtes de fin d'année fit ensuite place à la vraie vie. Else commença à travailler pour Timothy. Ses débuts à la librairie se révélèrent difficiles en raison, notamment, de la gymnastique intellectuelle que lui imposait l'utilisation constante de l'anglais. Le premier jour, elle rentra chez elle, ses yeux bleus rougis et bouffis d'avoir pleuré d'épuisement dans le métro. Une fois la porte de l'appartement franchie, elle la referma, puis se laissa glisser contre elle jusqu'au sol, sous le regard compatissant de Greg. Il s'installa près d'Else, qui appuya alors lourdement la tête contre son épaule. La tension nerveuse qui l'avait maintenue debout sur le trajet du retour disparut soudainement, ne lui donnant pas d'autre choix que de rester assise par terre le temps que le découragement s'estompe.

Au fil des jours, elle s'habitua au rythme de travail et à penser dans une autre langue que la sienne. La semaine suivante, elle se rendit compte qu'elle ne partait plus le matin avec ce nœud à l'estomac qui ne l'avait pas quittée dès ses premières heures à la librairie. Elle s'épanouit assez vite au milieu des livres et aux côtés de Timothy. Cet emploi lui procurait également une certaine indépendance financière, tout en lui accordant suffisamment de temps libre pour se consacrer à l'écriture et au dessin. Elle cherchait d'ailleurs toujours un moyen d'exploiter ses deux compétences.

Else s'installa dans un quotidien paisible auprès de Greg, tandis qu'ils préparaient leur mariage prévu pour l'été suivant. Ils auraient préféré que l'événement reste simple, avec un passage devant un juge, suivi d'un repas avec leurs proches. Louisa, qui ne l'avait jamais envisagé ainsi, ne tarda pas à s'immiscer dans l'organisation de la cérémonie, de la même manière qu'elle l'avait fait pour le mariage de Nathan.

Else redouta très vite que, non seulement sa future belle-mère ne s'accapare le mariage, mais qu'elle ne tente, du même coup, de la transformer en pâle copie d'Emily. Louisa ne manquait jamais, en effet, de mettre en avant cette belle-fille qui réussissait vraisemblablement tout à la perfection. Louisa ne faisait jamais ces allusions méchamment, Else en était consciente. Elle aurait juste aimé qu'on la laisse être elle-même.

◊◊◊◊◊

Le mariage devait avoir lieu en juillet. Le temps serait parfait pour qu'il se déroule dehors, dans le jardin des Stanton. Il était impensable pour Louisa que la cérémonie se tienne ailleurs que chez eux. Elle exigeait d'être au plus près de sa mise en place. Le seul aspect positif que trouvait Else dans cette ingérence était qu'au moins sa future belle-mère s'occupait de détails qui lui étaient complètement indifférents.

Elle essaya, malgré tout, de limiter les dégâts à chaque fois que Louisa prenait soin de la consulter. Cependant, elle réalisa rapidement que leurs soucis de communication ne relevaient pas que d'un simple problème de vocabulaire. Le choix de la décoration cristallisa ainsi leurs divergences de goûts.

— Louisa, vos suggestions sont intéressantes, vraiment. Mais on ne pourrait pas faire quelque chose de moins… « Emily » ?

— De moins « Emily » ?!

— De plus moi, en fait !

— De plus toi, c'est-à-dire ?

— Je veux dire… de moins sophistiqué !

— Moins sophistiqué ?!

Else poussa un soupir découragé en posant son front dans sa main.

— Louisa, vous le faites exprès, non ? De plus simple, quoi ! Ça va être compliqué, hein ?!

Lorsque Louisa prit l'initiative d'impliquer Marianne dans l'organisation, Else comprit que les choses lui échappaient complètement. Elle abandonna alors l'idée d'intervenir, suivant en fin de compte et à contrecœur les conseils de Greg. Sachant que sa mère n'en ferait qu'à sa tête, il avait renoncé depuis longtemps à donner son avis.

La robe de mariée constituait le seul aspect sur lequel Else refusa de céder. Elle craignait de se retrouver avec une tenue hideuse pleine de tulle, de froufrous inutiles, dans laquelle elle se serait sentie ridicule. Les premiers modèles suggérés par Louisa lui avaient donné des palpitations. Else avait alors pris violemment conscience des différences culturelles, et surtout esthétiques, qui existaient entre elles. Elle demanda donc à Jeanne de dénicher sur Paris une robe qui lui correspondrait réellement. Sa grand-mère ayant des goûts très sûrs, elle lui faisait entièrement confiance pour trouver celle qui serait idéale.

Else disposait dès lors de tout son temps pour réfléchir à son projet professionnel. Un heureux concours de circonstances se chargea de lui donner un coup de pouce. Timothy et Maggie attendaient des jumeaux pour le printemps. Souhaitant alléger son emploi du temps pour prendre soin de sa femme et de leur future petite famille, il confia à Else les ateliers de lecture pour enfants proposés régulièrement par la librairie.

Lors de son premier voyage, à l'automne précédent, elle l'avait convaincu d'instaurer ces animations en soulignant qu'il fallait donner davantage le goût de la lecture aux enfants. Elle était persuadée que, dans ce domaine, tout se jouait très tôt : apprendre à aimer les livres dès l'enfance ferait d'eux des lecteurs assidus à l'âge adulte et, par conséquent, d'un point de vue plus prosaïque, de potentiels clients fidèles pour la librairie. Pour cela, elle pensait donc qu'il était indispensable d'éveiller leur imaginaire et leur curiosité grâce à ces ateliers.

Bien qu'elle en ait été à l'origine, elle avait toujours refusé de s'en occuper. Son accent français la complexait, même s'il n'était pas aussi marqué qu'elle l'imaginait. Elle craignait que les enfants ne la comprennent pas ou passent leur temps à s'en moquer. Cette fois, il lui fut difficile de décliner la proposition de Timothy. Elle n'y consentit pourtant qu'à la condition qu'il l'aide à améliorer sa prononciation. Elle fit la même requête à Greg, cependant, il fit moins d'effort que son ami pour que son accent disparaisse : il n'imaginait pas l'entendre parler autrement.

Le déroulement de ces ateliers était simple, tout en nécessitant un peu de préparation. Else choisissait un livre par séance dont la lecture était suivie d'une discussion avec les enfants. Ils étaient alors invités à décrire, avec leurs propres mots, les émotions qu'ils avaient eues au long de l'histoire. Ce support permettait à Else de leur faire prendre conscience de toutes les richesses intellectuelles et émotionnelles que procurait cet assemblage de mots et d'images.

Il lui paraissait inconcevable de faire croire aux enfants que tout était beau et simple, se finissant systématiquement par « ils se marièrent et eurent beaucoup d'enfants ». Ses choix de livres étaient ainsi plus audacieux que ceux de Timothy. L'atelier se mit à rencontrer un certain succès. Elle était toutefois frustrée de ne pas toujours trouver dans la librairie des histoires qui lui auraient permis d'aborder tous les thèmes qu'elle souhaitait.

Else avait l'habitude de prendre sa pause déjeuner dans Lincoln Park. Au cours de l'une d'elles, son attention fut attirée par un écureuil qui s'acharnait sur un biscuit à quelques mètres d'elle sur la pelouse. Elle trouva complètement saugrenu que ce petit animal vive au milieu de ce parc, dont la perspective était essentiellement constituée de gratte-ciel.

Elle se sentit comme lui, seule, en décalage avec ce qui l'entourait. Cet écureuil était aussi très différent de ceux qu'elle avait vus en France. Celui-là était gris et beaucoup plus grand que les frêles écureuils roux qui lui étaient familiers. Elle se dit qu'un écureuil français serait perdu dans cet environnement, parmi des congénères inhabituels.

Il fallut peu de temps à Else pour faire un parallèle entre l'animal et elle. Ce fut comme une révélation. Toutes ses idées s'enchaînèrent. Elle décida d'écrire et d'illustrer elle-même les histoires destinées aux ateliers. Elle s'inspirerait de sa propre vie pour donner corps aux intrigues, dont le personnage central serait un écureuil. Elle choisirait des thèmes qui feraient travailler l'imaginaire ou la réflexion des enfants : vivre loin de sa famille ou de son pays, l'adaptation à un nouveau cadre ou à une nouvelle langue, l'attachement, le déracinement, le choc culturel… Ses histoires, pensées pour séduire les petits lecteurs et leur ouvrir l'esprit, lui serviraient également à évacuer les sentiments et les doutes qui la submergeaient parfois. Leur rôle serait double.

Elle soumit l'idée à Timothy qui fut immédiatement séduit par cette initiative. Les ateliers de lecture devinrent pour elle un laboratoire pour ses créations. Elle pouvait les tester sur les jeunes participants et les modifier en fonction de leurs réactions. Les ateliers eurent bientôt de plus en plus de succès. Il était dorénavant nécessaire de s'inscrire sur une liste d'attente pour y participer.

Else n'avait jamais envisagé de publier ses histoires. Pourtant, lors d'une de ces séances, une mère qui accompagnait son fils lui proposa d'en parler à une amie éditrice. Susan Morrison ne tarda pas à la contacter. Les aventures de Gus étaient lancées.

◊◊◊◊◊

En juillet, le mariage était imminent. Les parents et la grand-mère d'Else vinrent en renfort pour les derniers préparatifs. La rencontre entre les deux familles ne manqua pas de saveur. Jeanne souligna avec humour à Else que Louisa était conçue sur le même modèle que Marianne :

— Ta mère et ta belle-mère me font penser à deux locomotives à pleine vitesse, écrasant toute résistance sur leur passage !

— Aie pitié de moi, mamie, je suis en plein milieu. Elles vont me broyer sans état d'âme.

— Là, je ne vais rien pouvoir faire pour t'aider ! Si tu survis à ça, tu pourras survivre à n'importe quoi, ma chérie !

George et Bertrand n'eurent pas besoin de se concerter pour trouver plus sage de se tenir compagnie, en espérant que leurs épouses oublient leur existence. Marianne et Louisa ne tenaient plus en place. Else prit le parti de ne plus se mêler de rien. De toute façon, elles ne l'écoutaient plus.

Chaque fois qu'elle avait des difficultés avec certaines choses qui semblaient normales à sa future belle-mère, elle ne manquait pas de s'en plaindre à Greg.

— Je te préviens, ta mère a décidé de me séquestrer dans ta chambre d'ado la veille du mariage. Elle ne veut pas qu'on se voie avant la cérémonie, ça porte malheur, semble-t-il.

— Ça ne me surprend pas. Il n'y avait aucune raison que tu y échappes puisqu'elle a fait le même coup à Emily.

— J'aurais dû m'en douter. Sainte Emily, encore… Cela dit, je suis contente qu'Oliver soit né la semaine dernière. Je suis sûre que, sinon, elle se serait fait un plaisir d'accoucher sur ma robe en pleine cérémonie. J'espère qu'elle sera trop occupée avec lui pour venir. Si elle gardait Forrest Gump avec elle aussi, ce serait pas mal.

— Je ne compterais pas trop là-dessus à ta place. Et pour ta détention, ne t'inquiète pas. Je trouverai un moyen de te faire faire le mur.

La veille du mariage, Else fut donc convoquée chez les Stanton sur ordre de Louisa. Il lui parut très étrange de se retrouver dans la chambre où avait grandi Greg. Il subsistait peu de vestiges de son enfance ou de son adolescence, pourtant une atmosphère particulière se dégageait de cette pièce.

Son lit, la vue sur le jardin, les traits de crayons dans le placard témoins de sa croissance, les cadres aux murs lui firent l'effet de rentrer dans une partie de sa vie qui lui était inconnue. Est-ce que le Greg de cinq ans avait eu peur du noir, comme elle ? Celui de quatorze ans avait-il passé des heures à écouter de la musique, allongé sur son lit ? Celui de dix-sept avait-il consacré des nuits entières à préparer ses examens sur ce bureau près de la fenêtre ?

Juste avant de se coucher, Louisa vérifia qu'Else, déjà au lit, n'avait besoin de rien. Son fiancé n'avait toujours pas donné signe de vie. Elle comptait quand même sur le fait qu'il l'aide à s'évader pour la nuit. Elle se retournait sous sa couette depuis une heure, lorsqu'elle reçut un message de Greg lui demandant de le rejoindre à la porte arrière de la maison. Elle se rhabilla et ouvrit précautionneusement la porte de la chambre. Elle avait à peine fait un pas dans le couloir que Louisa surgit hors de la sienne. Cette femme devait sans nul doute être munie d'un détecteur de mouvement. Else lui fit croire que, ne parvenant pas à dormir, elle voulait descendre à la cuisine.

Louisa décida de l'accompagner. Elle lui prépara une tisane et l'incita fermement à remonter, restant sur ses talons. Si elle ne se couchait pas immédiatement le maquillage ne suffirait jamais à camoufler sa mauvaise mine, l'avait-elle menacée. Else envoya discrètement un message à Greg pour qu'il annule la mission de sauvetage car Louisa avait vu clair dans leur plan d'évasion.

En refermant la porte de la chambre, quelqu'un derrière elle lui plaqua une main sur la bouche tout en l'embrassant dans le cou.

— Tu m'as fichu la trouille ! Comment tu as fait pour entrer ? chuchota-t-elle.

— Je suis passé par la fenêtre, comme je l'ai toujours fait pour entrer et sortir en douce. Cet arbre dans le jardin a été une vraie bénédiction pour Nate et moi pendant notre adolescence. Tu es prête ? Je suis venu t'enlever !

— Non, mais je ne passe pas par la fenêtre moi, Greg ! On va se casser quelque chose !

— Alors je reste !

— T'es dingue ! Si ta mère débarque, comment on lui explique que tu sois là ?

— Il y a peu de chances qu'elle vienne. Une fois qu'elle dort, c'est une souche.

— Et si ça portait vraiment malheur ?

— Tu cherches un prétexte pour me virer ou quoi ? Je ne crois pas à ces bêtises. Toi non plus, tu ne devrais pas y croire. S'il nous arrive quoi que ce soit, tu n'auras qu'à tout me mettre sur le dos.

— Je préfèrerais que tu m'écrives tout ça pour le faire valoir au moment du divorce ! dit-elle en souriant.

Ils passèrent un long moment à parler. Ils rirent à l'idée que la vie était, décidément, étrangement faite. Évoluant dans des univers si éloignés, ils n'auraient jamais dû se rencontrer. Chacun pensait son existence toute tracée et l'autre avait tout bousculé. Ils se dirent également que ce n'était que le début, qu'il leur restait forcément plein de choses formidables et inattendues à vivre. Le destin ne s'était pas donné tant de mal à les réunir pour que leur histoire soit un échec. Ils s'endormirent, convaincus que le meilleur était à venir. Au matin, Greg repartit avant que la maison ne se réveille, grâce au même stratagème que pour entrer.

Marianne et Jeanne arrivèrent de bonne heure afin d'aider Else à se préparer. Elles eurent du mal à cacher leur émotion lorsque la mariée, coiffée et maquillée, enfila la robe que Jeanne avait amenée. Elles l'avaient vue la porter au cours des séances de retouches, cependant, cette fois-là, les choses devenaient réelles.

Comme l'avait souhaité Else, la robe était simple : blanc cassé, près du corps et légèrement évasée, subtilement brodée, les manches courtes et le dos étaient faits de dentelle délicate laissant deviner sa peau en transparence. Elle n'avait pas prévu de voile, préférant rassembler ses cheveux tressés en un chignon bas, orné de petites fleurs blanches.

Else lut la même émotion dans les yeux de son père quand elle prit son bras pour remonter l'allée au bout de laquelle l'attendait Greg. Elle n'osa d'ailleurs pas le regarder, de peur d'être déconcentrée et de se prendre les pieds dans l'ourlet de sa robe. Quand elle se plaça à côté de lui, il lui souffla à l'oreille qu'elle était magnifique. Else se surprit à être émue. Elle ne pensait pas que la cérémonie la toucherait autant. Ses mains tremblèrent un peu au moment de glisser l'alliance au doigt de son mari. Il s'en amusa puisqu'Else n'avait manifesté, jusqu'alors, aucun penchant pour le romantisme. Elle ne cesserait donc jamais de l'étonner.

11

Les jeunes mariés ne s'attendaient pas à ce que cet événement modifie quoi que ce soit dans leur quotidien. Effectivement, il ne changea strictement rien. Else constata juste que les gens, particulièrement Louisa, avaient davantage tendance à s'intéresser à son ventre. Même Marianne devenait plus curieuse chaque fois qu'Else se plaignait d'être fatiguée ou malade. Elle cessa par conséquent de donner des nouvelles de sa santé afin d'éviter les inlassables questions de sa mère sur ses projets de maternité.

Emily, quant à elle, avait toujours exprimé son désir d'avoir une fille. Après deux garçons, tous les espoirs étaient permis pour elle. Au mois de mars suivant, elle annonça donc une troisième grossesse lors d'un déjeuner familial chez leurs beaux-parents. Else vit tout de suite les regards se poser sur elle, l'encourageant vivement à dire si, à son tour, elle comptait faire une déclaration. Elle se contenta de balayer l'assemblée des yeux et de saisir son verre de vin pour le finir cul sec, tuant dans l'œuf toute spéculation.

Sur le chemin du retour, elle se montra extrêmement agacée de l'attitude de leurs familles.

— Ça va être comme ça à chaque fois ? On n'est mariés que depuis huit mois. Ta mère et la mienne n'arrêtent pas de faire des allusions à la maternité dès que la possibilité se présente.

Pourquoi est-ce que les gens pensent que, quand on se marie, c'est pour avoir des enfants dans la foulée ?

— Tu ne peux pas empêcher nos mères d'espérer un bébé. Et ce serait vraiment si terrible si ça arrivait ?

Elle braqua des yeux ronds sur lui. Ils n'avaient jamais réellement abordé ce sujet. Il était clair pour Else qu'avoir un enfant n'était pas une priorité. Certes, cette idée flottait, quelque part, dans un coin de sa tête. Elle n'y était pas hostile. Elle pensait simplement avoir d'autres projets à réaliser avant de s'engager dans ce genre de challenges. Elle avait peut-être oublié un peu vite qu'elle n'était pas la seule concernée.

— Je ne dis pas que ce serait terrible, mais on n'a que vingt-quatre et vingt-six ans. On a tout le temps. Je ne pensais pas que tu envisageais d'avoir des enfants si tôt.

— J'aime l'idée d'avoir des enfants avec toi. Quand tu vois le bébé de Nate et Em, ou les jumeaux de Tim et Maggie, ça ne te fait rien ?

— Tim et Maggie ne sont pas un bon exemple. Ils n'ont ni mangé avec leurs deux mains ni dormi depuis dix mois !

— Ils en ont deux Else ! On n'est pas obligés de les faire par paire nous aussi.

— Donnons-nous encore du temps, Greg. C'est irréversible, un enfant ! Une fois qu'on en aura un, il sera dans nos pattes pour toute notre vie. J'ai déjà assez du chat… Et il y a encore plein de choses que l'on n'a pas faites : gravir l'Everest, parcourir l'Antarctique à pied, traverser l'Atlantique à la nage…

Greg ne fut pas naïf de sa mauvaise foi, d'autant plus qu'il connaissait parfaitement le rapport qu'elle entretenait avec les activités sportives. Si pour elle, le sujet était clos, elle sentait bien qu'il tenterait à nouveau de la faire changer d'avis. Elle se fit alors lentement à l'idée qu'il pourrait être agréable d'avoir un mini-eux à la maison.

À défaut de partir pour le Népal ou l'Antarctique, ils décidèrent de se rendre en France l'été suivant. Cela remplacerait le voyage de noces qu'ils n'avaient pas eu un an auparavant. Dès les premiers jours d'août, ils s'installèrent chez Jeanne qui était ravie de les héberger pour leurs vacances. Elle avait l'impression de revivre les années où sa petite-fille habitait encore avec elle.

Else ne pouvait pas être plus heureuse de se retrouver dans sa ville, à la période qu'elle préférait. Adorer vivre à Chicago ne lui évitait pas de ressentir cruellement le manque de Paris. Sa famille également lui manquait, tout comme les discussions sans fin avec Jeanne. Malgré la différence d'âge, sa grand-mère avait toujours été sa plus proche confidente.

Le couple redécouvrit la capitale avec enthousiasme. Ils en revisitèrent les petites rues qu'Else aimait tellement. Ils se promenèrent dans les parcs et le long des quais. Greg fit même l'effort de la suivre dans certains musées, en contrepartie elle mit ces fois-là des robes qui dévoilaient ses jambes. Ils ne se déplacèrent qu'en bus, en souvenir du jour où ils s'étaient maladroitement séduits. Elle continua régulièrement de le narguer en appuyant sur le bouton d'arrêt du bus. Elle profita pleinement de ce séjour où ils n'avaient à se préoccuper que d'eux. Elle avait conscience que cela ne durerait pas toujours.

◊◊◊◊◊

Au mois de janvier suivant, Greg remit le sujet du bébé à l'ordre du jour. Les fêtes de fin d'année avec ses neveux et sa nièce avaient ravivé chez lui l'envie d'avoir des enfants. Else avait bien remarqué le temps qu'il avait passé avec eux et le plaisir qu'il y avait pris. Elle avait d'ailleurs trouvé touchant de le voir avec un nourrisson dans les bras. Elle-même était tombée sous le charme de sa nièce, Charlotte, âgée d'à peine trois mois. Lorsqu'il lui en reparla, elle se laissa convaincre, pariant bêtement sur le fait qu'une grossesse se faisait parfois désirer.

En avril, elle travaillait sur un nouveau projet de livre. Elle lui proposa de voir quelques illustrations. Sur l'une d'elles, Gus attendait au pied de son phare regardant au loin. Elle lui résuma un peu l'histoire puisqu'elle n'avait pas encore ajouté les textes.

— Gus guette l'arrivée d'un nouvel ami. Je n'ai pas encore déterminé si ce personnage sera féminin ou masculin. Fille ou garçon, tu aurais une préférence ?

Il l'enlaça aussitôt, comprenant son sous-entendu. S'il était fou de joie, elle était plus modérée.

Cette grossesse, surveillée de près par Louisa, et presque quotidiennement par Marianne au téléphone, se déroula sans problème particulier. Ils apprirent rapidement qu'ils attendaient une petite fille en bonne santé qui naîtrait peu de temps avant Noël.

Else regardait paisiblement son ventre s'arrondir, se demandant si, un jour, elle pourrait revoir ses pieds. Leur chat était le seul contrarié de cet heureux événement : il lui était désormais impossible de dormir sur l'estomac d'Else. Toutefois, il ne semblait pas dérangé par les multiples coups que lui assénait le bébé lorsqu'il s'étendait le long du ventre de sa maîtresse.

Malgré sa sérénité, Else était parfois amère de partager des moments privilégiés de sa grossesse avec Louisa, et non avec Marianne. Il lui parut, par exemple, très étrange d'avoir sa belle-mère auprès d'elle lors des premiers achats pour le bébé ou lors de certains rendez-vous médicaux quand Greg ne pouvait pas se libérer. C'était dans ces instants de rapprochement entre mère et fille que l'éloignement avec Marianne lui pesait le plus. Louisa, quant à elle, était ravie de découvrir ce type de complicité maternelle. N'ayant pas de fille, vivre cette expérience était pour elle inespéré.

Marianne ne voulut justement pas rater l'occasion de prendre un peu part à cette grossesse. Elle décida donc de leur rendre visite à Chicago début septembre. Dès son arrivée à l'aéroport, elle fut émue aux larmes en apercevant le ventre rond d'Else. Elle n'avait jamais imaginé que sa fille unique connaîtrait tout cela loin d'elle. Elle avait tant rêvé du jour où elle l'accompagnerait dans cette aventure exceptionnelle. Elle manifesta son extrême frustration par une hostilité flagrante envers son gendre. Durant tout son séjour, rien de ce qu'il fit ne trouva grâce à ses yeux.

Elle couva exagérément sa fille dans l'espoir de compenser en dix jours ces mois de séparation. Greg se montra très conciliant, conscient que ce n'était pas un terrain sur lequel il pouvait intervenir, même si l'attitude de Marianne l'horripilait. Sentant qu'Else avait besoin de sa mère, il essaya de prendre sur lui afin de ne pas s'en mêler.

Ces quelques jours, qui auraient pu être agréables, se transformèrent en guerre froide entre Marianne et Greg qui s'ignorèrent ostensiblement. Devoir constamment ménager les susceptibilités de chacun exaspéra rapidement Else. Ce fut par conséquent avec soulagement que le couple ramena Marianne à O'Hare à la fin de ses vacances. Le soupir de Greg quand celle-ci franchit les portiques de sécurité ne laissa aucun doute sur le plaisir qu'il avait de la voir enfin repartir.

Cette grossesse incita le couple à se confronter à un monde qui leur était totalement inédit, voire obscur. Ils cherchèrent notamment à jouer les parents modèles en participant à des cours d'accouchement conseillés par Maggie. Ce fut un échec cuisant. Dès la première séance, ils comprirent que rester une heure par terre avec des inconnus qui, pour la plupart, avaient déjà lu la majorité des livres sur la grossesse ou la parentalité, n'était pas du tout pour eux. Ils ressortirent discrètement pour aller manger une pizza.

— Je crois qu'on devrait faire ça chaque semaine au lieu d'assister à ce cours. C'est beaucoup plus productif ! Je n'ai aucune envie de perdre mon temps à apprendre à respirer ou à expulser un être humain de mon corps. Être humain qui, quoi qu'il arrive, sortira d'une manière ou d'une autre.

— J'ai quand même l'impression de sécher l'école comme un gamin.

— Tu vois bien que tu n'as pas besoin de cours pour être un père normal… et culpabilisé, plaisanta-t-elle en posant la main sur son ventre. Et je crois que ta fille acquiesce ! À moins qu'elle ne réclame encore de la pizza.

Greg plaça à son tour délicatement les mains sur le ventre d'Else.

— La vache ! C'est quand elle remue comme ça que je suis content que ce soit toi qui la portes ! C'est une hockeyeuse, c'est sûr !

— Je préfèrerais qu'elle fasse de la danse, comme moi. Elle sera plus jolie si elle peut garder toutes ses dents.

— Si c'est pour qu'elle ait ton physique et que, dans quinze ans, je sois obligé de monter la garde pour la protéger de ses soupirants, ça demande réflexion !

— « Soupirants » ! répéta-t-elle d'un air attendri. Mon amour, je trouve ça tellement mignon que tu aies appris le français dans les années cinquante. Heureusement que c'est moi qui lui apprendrai cette langue.

Greg approcha la bouche du ventre d'Else, qui passa ses doigts dans ses mèches blondes. Il s'adressa au bébé en souriant :

— *Don't listen to mommy, hon! She can barely pronounce "squirrel"! She drives me crazy sometimes, and she'll probably do the same with you. But I'm sure you're gonna love her as unconditionally as I do.*[5]

— Je t'aime aussi inconditionnellement, chuchota tendrement Else à Greg.

Ils avaient décidé que chacun communiquerait dans sa langue maternelle avec leur fille afin qu'elle apprenne les deux parfaitement. Else adorait entendre Greg parler en anglais à

---

[5] N'écoute pas maman, ma puce ! Elle peut à peine prononcer *squirrel !* Elle me rend fou parfois, et elle fera probablement de même avec toi. Mais je suis sûr que tu l'aimeras aussi inconditionnellement que moi.

leur bébé. Elle trouvait alors sa voix tellement plus douce et naturelle que lorsqu'il utilisait le français.

S'ils n'avaient pas poursuivi les cours d'accouchement, ils préparaient tout de même au mieux l'arrivée de leur enfant. Ainsi, ils se lancèrent avec détermination dans la recherche d'un nouveau logement. Afin d'avoir plus grand que leur petit deux-pièces, ils durent s'éloigner de leur quartier.

Après de nombreuses visites, ils tombèrent sous le charme d'un appartement avec une luminosité extraordinaire. Else accorda une importance toute particulière à ce détail. Elle y vit aussi un signe puisqu'ils avaient choisi d'appeler leur fille Lucie. Ce prénom, signifiant « lumière », était le seul existant dans leurs deux langues sur lequel ils étaient d'accord. Les futurs parents étaient persuadés qu'ils vivraient dans cet appartement les plus belles années de leur vie.

◊◊◊◊◊

Ils emménagèrent peu de temps avant que leur fille ne décide de naître. Ils avaient tout juste terminé sa chambre, dans laquelle Else avait peint des papillons et des libellules aux couleurs tendres sur l'un des murs. Le 10 décembre, ils accueillirent Lucie. Elle avait déjà des petits cheveux blonds, comme son père, et des yeux bleus, comme sa mère.

Après le retour en France de Marianne et Bertrand, venus pour la naissance de leur petite-fille, Else eut peur que la présence de sa mère ne lui manque. Cependant, Greg fut tout de suite un père très concerné. Quand Lucie pleurait, il la prenait contre lui pour la bercer sur une de ses chansons préférées.

Ce drôle de rituel débuta une nuit, alors que leur fille n'avait que quelques semaines. Après son biberon, elle eut, comme parfois, du mal à se rendormir. Else s'était recouchée, exténuée. Greg décida de prendre le relais. Au bout de quelques minutes, elle fut tirée hors de son lit par une voix douce qui chantait sur une mélodie jouée au piano. Elle sortit de sa chambre et, arrivée au bout du couloir, aperçut Greg, uniquement éclairé par les lumières de la rue, danser doucement avec Lucie contre son torse.

— Tu n'as pas peur de déranger les voisins ?

— Crois-moi, ils préfèreront être réveillés par cette musique que par des pleurs de bébé. Et regarde, ça la calme.

— Il y aurait une petite place pour moi ?

Greg ouvrit son autre bras afin qu'Else puisse se blottir contre eux. Cette musique et le torse de son père devinrent très vite des armes imparables pour endormir Lucie. Il arrivait même que cette chanson, à elle seule, fasse des miracles.

Les mois passaient et, même si tout n'était pas toujours facile, leur vie était tranquille. La maternité ne fut néanmoins pas une évidence pour Else. Lors de sa grossesse, elle avait cru réaliser que son ventre abritait un être humain à part entière. Pourtant, ce ne fut qu'en rencontrant Lucie qu'elle comprit qu'en fait elle ne savait pas vraiment ce que cela impliquait.

Les premiers jours, elle regarda cette petite chose remuer presque imperceptiblement dans son berceau, stupéfaite de ce que son corps avait été capable de fabriquer. Durant cette phase d'observation, elle fut attentive à ses doigts minuscules, au duvet soyeux qui recouvrait son crâne, à son visage fin et paisible, à sa bouche qui tétait inconsciemment pendant son sommeil… Alors, inévitablement, elle tomba éperdument amoureuse de sa fille.

Else ne ressentit pas la nécessité de lire les ouvrages conseillés par ses amies ou de rechercher avidement des informations sur la façon de s'occuper d'un enfant. Le seul conseil donné par Marianne avait été de se faire confiance. Elle seule était capable de savoir ce qui convenait à son bébé. Else agit donc comme elle en avait toujours eu l'habitude, c'est-à-dire spontanément et instinctivement, sans être pour autant fusionnelle. Les autres ne se privaient toutefois pas de l'abreuver de critiques, de conseils ou d'astuces dont elle n'avait que faire. Elle feignait donc de les écouter pour ne se fier, en fin de compte, qu'à ses tripes.

Emily fut paradoxalement la seule à ne jamais lui faire de commentaires. Else trouva son attitude très inhabituelle, surtout que, dans d'autres domaines, sa belle-sœur n'hésitait pas à lui faire part de sa supériorité.

Lors d'un tête-à-tête avec Emily, au cours d'un déjeuner familial, elle ne résista pas à la tentation de l'interroger sur son absence de critiques à son égard.

— De toutes les personnes que je côtoie, tu es sûrement celle qui est la plus qualifiée avec les enfants. Mais tu es la seule à ne jamais me donner de conseils. Mon cas est si désespéré que tu ne prennes pas la peine d'intervenir toi aussi ?

— Ça te surprend tant ça que je ne dise rien ? Pourquoi je te ferais des remarques alors que je n'ai aucun motif pour ça ? Il existe autant de mères que de personnalités, et il n'y a pas une bonne façon de faire unique et incontestable. Ta fille grandit normalement. Elle est en bonne santé. Elle est manifestement très heureuse. C'est donc que tu t'en occupes bien. Tu n'as vraiment pas besoin que je te dise quoi faire. Tu sais, je vois beaucoup d'enfants à problèmes : Lucie n'en est clairement pas une.

Cette confidence s'arrêta là. Else continua de fixer Emily en songeant que pour la première fois depuis leur rencontre, et peut-être la dernière, celle-ci était parvenue à lui trouver une qualité.

◊◊◊◊◊

Pour le premier anniversaire de Lucie, Jeanne vint leur rendre visite. À l'aéroport, elle abandonna vite Else pour se précipiter sur la poussette de son arrière-petite-fille. Elle avait évidemment vu des photos ou des vidéos, cependant elle ne l'avait pas encore rencontrée. Lucie était une enfant très sociable, il ne fallut donc pas longtemps pour qu'elle réclame les bras de Jeanne. C'était d'ailleurs une chose qui faisait fondre ses parents. Greg et Else adoraient la voir tendre ses mains vers eux quand ils venaient la chercher dans son lit ou quand l'un d'eux rentrait à la maison. Cela leur faisait le même effet que le bruit de ses petits pieds nus, trottinant sur le parquet quand elle marchait d'un pas chaotique, en traînant un lange qui ne la quittait jamais.

Else entreprit de faire découvrir son quotidien et son Chicago à Jeanne. Elle regrettait de ne pas avoir pu le faire lors de son unique séjour au moment de leur mariage. Le premier soir, elles allèrent chercher à manger dans le restaurant préféré du couple depuis qu'il avait emménagé dans le quartier. Les serveurs se montraient toujours conquis par Lucie, qui ne repartait jamais sans quelque chose à grignoter. Les rares fois où elle les accompagnait pour dîner, elle était plus souvent dans les bras de la personne chargée de l'accueil que dans sa chaise haute.

Jeanne rencontra également quelques-uns de leurs amis, notamment Timothy qu'elle avait trouvé immédiatement très sympathique lors du mariage. Il avait toujours semblé évident à Else que, compte tenu de leur personnalité, ces deux-là ne pouvaient que s'apprécier, malgré la barrière linguistique. En effet, il était très drôle de les voir dialoguer chacun dans sa langue, à grand renfort d'onomatopées, de mouvements de mains, de grimaces et de regards très expressifs. Leurs échanges tenaient davantage du spectacle de mime que d'une réelle conversation.

Elles visitèrent également les endroits favoris d'Else, dont l'université faisait bien sûr partie. Après l'une de leurs promenades sur le campus, elles rejoignirent Greg à la fin d'un cours. Il était dans le couloir, en train de bavarder avec une jeune femme brune qu'Else n'avait jamais vue. Très féminine, un peu exubérante, elle suscita aussitôt sa curiosité et celle de Jeanne.

— Tu connais la demoiselle qui parle à Greg ?

— Absolument pas. Elle a l'air très… amicale. Je me demande si c'est avec tout le monde ou juste avec lui.

— C’est vrai qu’elle ne semble pas bien farouche ! Elle n’entre pas du tout dans la catégorie des étudiantes inoffensives que tu avais évoquées. Et tu as vu ses mains ? Ce ne sont pas des ongles qu’elle a, ce sont des griffes ! D’ailleurs, elle s’apprête à les planter dans le bras de ton mari. C’est une carnassière, ma chérie, prudence !

Elles s’approchèrent de Greg qui fit les présentations.

— Tania est notre nouvelle assistante. Elle a été embauchée au secrétariat il y a un peu plus d’un mois.

— Enchantée ! Vous êtes Else ! J’ai vu votre photo dans le bureau de Gregory.

Else tourna son visage vers lui en articulant silencieusement « Gre-go-ry » et en haussant les sourcils, stupéfaite de la familiarité de cette Tania. Celle-ci se pencha ensuite vers la poussette avec une voix suraigüe bien trop enthousiaste pour être sincère :

— Et ça c’est votre fille alors ! Qu’elle est mignonne ! Gregory, c’est votre portrait craché !

Jeanne murmura à l’oreille de sa petite-fille :

— Maintenant, elle va déchiqueter ton bébé avec ses griffes !

Elles se mirent à pouffer. Greg les rappela gentiment à l’ordre du regard. Else n’était pas d’un naturel jaloux, cependant les paroles de Jeanne, qui savait très vite cerner les gens, l’avaient interpellée. Dans la voiture, elle se fit plus intriguée que d’ordinaire.

— Tu ne m’as jamais parlé de l’arrivée de Tania.

— Je travaille peu avec elle. Ce sujet n’est donc pas venu spontanément dans la conversation.

— Effectivement, ça paraît logique. Elle semble en avoir après toi quand même ! Mamie pense que c’est une prédatrice qu’il faut avoir à l’œil.

Il éclata de rire avant de la rassurer :

— Ne t’inquiète pas, je sais gérer les situations de ce genre.

Ce n’était pas la première fois que son mari attisait les convoitises d’une collègue ou d’une étudiante et, jusqu’alors, il avait toujours su garder les bonnes distances. Par conséquent, elle ne s'en soucia pas plus que d'habitude. Dès son installation à Chicago, Else avait été plutôt amusée par le spectacle auquel elle assistait lorsqu'elle le retrouvait à la sortie de sa salle. Le manège d'étudiantes, cherchant à attirer son attention en venant lui parler seul à seul pour obtenir des précisions sur le cours, était très distrayant.

Noël approchait et ce serait le premier vrai réveillon auquel participerait Lucie. Les parents d'Else firent le déplacement pour l'occasion. Elle était comblée d'avoir toute sa famille autour d'elle pour ces fêtes de fin d'année. Cela ne lui était pas arrivé depuis très longtemps. La naissance de Lucie avait incité Marianne et Bertrand à venir plus souvent.

Cet événement avait aussi un peu apaisé les rapports entre Marianne et eux. Elle voyait Else épanouie entre son bébé et son mari, c'était sans nul doute le principal. Elle avait également réalisé que Greg n'avait pas réussi à lui voler complètement sa fille. D'ailleurs, le couple envisageait d'emmener Lucie en France en juillet. Tous deux trouvaient important qu'elle se familiarise davantage avec la culture française.

Else en profita pour faire des photos de Lucie avec ses parents et sa grand-mère. Elle voulait les ajouter à celles qu'elle collait régulièrement dans un album qu'elle avait entamé à son retour de la maternité, afin de conserver des traces de ces premières années.

À la fin de sa grossesse, elle avait eu l'idée d'acheter un énorme album sur lequel elle avait peint le prénom de sa fille avec des couleurs semblables à celles de sa chambre. Elle y accumulait des photos, des lettres contenant des anecdotes et des dessins qui égayaient les pages.

Elle y mettait beaucoup de soin pour que, plus tard, Lucie ait le plus possible d'informations sur son enfance. Elle pourrait un jour y lire combien elle était aimée, y voir ses premiers pas, y découvrir ce qu'avaient été ses premiers mots. Else avait peur d'oublier tous ces détails et d'être incapable de les lui raconter le jour où elle lui poserait des questions. Greg lui disait souvent qu'elle le faisait sûrement plus pour elle-même que pour Lucie.

12

En juillet, le couple et sa fille atterrirent à Paris. Leur séjour fut agréable malgré des débuts mouvementés. Faire comprendre à un bébé de dix-neuf mois les subtilités du décalage horaire se révéla en effet compliqué. Marianne et Bertrand avaient insisté pour les héberger, souhaitant profiter au maximum de leur présence. Ils apprécièrent de pouvoir enfin passer des moments privilégiés avec leur petite-fille dans leur environnement, là où ils étaient le plus à l'aise. Ils adorèrent aussi lui faire découvrir des choses qu'elle ne trouverait qu'en France. Ils espéraient de cette façon ancrer chez elle des souvenirs prégnants et un attachement profond envers leur pays et envers eux.

Ce fut ainsi chez ses grands-parents qu'elle fit ses plus grandes découvertes alimentaires. Elle se prit de passion pour la baguette et surtout pour le fromage. Un matin, Greg rejoignit Bertrand et Lucie dans la cuisine. Assise dans sa chaise haute, elle était en train de mordre à pleines dents dans un morceau de camembert. Inquiet, il interrogea son beau-père :

— Bertrand, qu'est-ce qu'elle mange ?

— C'est du fromage ça, mon petit Greg ! Depuis le temps, tu ne connais pas ?

— Si, je sais ce que c'est, mais vous ne pouvez pas donner ce truc à une enfant de cet âge ! Dites-moi au moins qu'il est au lait pasteurisé ?

— Ah non ! Jamais de ça chez moi ! C'est au bon lait cru.

— Elle va être malade, Bertrand ! Vous êtes inconscient !

— Détends-toi un peu ! Else en mangeait aussi à son âge, et il ne lui est jamais rien arrivé. C'est sûr qu'avec les fromages aseptisés qu'on trouve chez toi, Lucie n'a pas dû se faire beaucoup d'anticorps. Heureusement que je suis là pour lui faire son éducation culinaire !

Il tendit sa portion pour faire trinquer sa petite-fille avec sa part de fromage qui, bien malaxée par ses petits doigts, recouvrait déjà ses mains et une partie de son tee-shirt. Greg fut finalement soulagé de constater, au fil des jours, que l'organisme de sa fille tolérait assez bien cette bombe bactériologique. Elle en réclamait même à chaque repas. Else était également très satisfaite de retrouver une alimentation un peu plus conforme à ses goûts.

Else et Greg emmenèrent Lucie chez Jeanne. Ils en profitèrent pour lui montrer la tour Eiffel et pour se promener dans le jardin du Luxembourg. Leur fille préféra de toute évidence les pigeons. En dehors de cette courte visite de la capitale, ils se contentèrent du jardin de Marianne et Bertrand. L'après-midi, Lucie et Else s'installaient sur une couverture, sous le chêne, au fond du jardin. Elles finissaient généralement par s'y endormir ensemble à l'ombre du feuillage. Parfois, Greg s'allongeait près d'elles. Même s'il ne s'assoupissait pas, il regardait les feuilles vertes de l'arbre bouger avec le vent. Le reste du temps, Marianne et Bertrand ne se lassaient pas de s'occuper de leur unique petite-fille. Tous se dirent qu'ils devraient refaire de même l'été suivant.

Ce fut la mort dans l'âme que la famille d'Else vit le séjour français de leurs enfants prendre fin. C'était au moment des séparations que la rancœur ressurgissait subitement chez Marianne. Elle reprochait alors à Greg d'être responsable de l'éloignement géographique entre eux, et à Else de ne pas s'imposer davantage dans son couple. Elle était jalouse et frustrée de n'être qu'une grand-mère à temps partiel, alors que Louisa pouvait partager le quotidien de Lucie. Elle craignait également que cette dernière ne devienne plus américaine que française, creusant encore le fossé entre eux. Quant à Bertrand, il essaya, à sa façon, de faire en sorte que Lucie n'oublie pas complètement ses origines en poussant Else à emporter quelques fromages dans ses bagages. Elle déclina poliment en prétextant qu'elle finirait sûrement en prison si elle entrait aux États-Unis avec ce type de produits fermentés.

Ils étaient à peine arrivés dans leur appartement, à Chicago, que Lucie se précipita sur le chat que Nathan avait ramené la veille. Else était toujours déconcertée de voir avec quelle indifférence ce chat se laissait malmener par leur fille. Elle s'écroula dans le canapé en soufflant :

— Comment fait cette enfant ? Je suis en vrac et elle ne pense qu'à courir après cette pauvre bête.

— C'est peut-être parce qu'elle est la seule de nous trois à avoir dormi durant tout le vol, suggéra Greg aussi épuisé que sa femme.

— Je n'ai même pas la force de venir en aide au chat. Elle va lui arracher la tête à le traîner comme ça sur le sol !

La nuit qui suivit, les pleurs de Lucie les réveillèrent. Elle n'avait visiblement pas reconnu la chambre dans laquelle elle dormait. Elle était inconsolable. Son père lui passa sa musique au salon.

Else se leva pour les observer. Greg tenait sa fille contre lui et se balançait doucement. Lucie avait posé sa tête sur son épaule, ses boucles blondes collées par la sueur sur son front, les yeux encore humides de larmes, son lange coincé sous son bras et ses deux doigts dans la bouche. Contrairement à beaucoup d'enfants, Lucie n'avait jamais été attirée par son pouce. L'annulaire et le majeur de sa main gauche avaient tout de suite eu sa préférence.

Else s'approcha pour se blottir contre eux, une main caressant le dos de sa fille. Greg resserra son étreinte.

— Tu sais, Else, on devrait en avoir un deuxième.

— Un deuxième chat ?! Le premier est trop capricieux, il n'acceptera jamais ! répondit-elle en faisant mine de ne pas comprendre.

— Tu as raison. Pourquoi pas un deuxième bébé à la place ?

— On en reparlera dans deux ou trois jours. Quand tu auras récupéré toutes tes heures de sommeil, tu seras plus sensé.

— Je suis sérieux. Il y a trop d'années entre mon frère et moi. J'aimerais que nos enfants aient moins d'écart.

— Je ne sais pas. D'ici quelques mois, peut-être. On verra, d'accord ?

Greg la prenait au dépourvu. Il l'obligeait encore une fois à envisager quelque chose qu'elle n'avait pas prévu. Comment faisait-il pour toujours la convaincre de s'engager dans des projets auxquels elle était de prime abord réfractaire ? En six ans, il était parvenu à la faire tomber amoureuse de lui, à la persuader de changer de pays, de se marier et de fonder une famille.

Elle se rendit compte qu'elle, en revanche, ne lui avait jamais rien demandé. Il n'avait jamais eu à remettre en question sa vie, ses envies ou ses plans pour elle. Elle ne lui reprochait pas bien sûr : il ne l'avait jamais forcée, elle avait accepté tout cela, sans s'en plaindre. Et puis, elle adorait sa vie telle qu'elle était. Pour rien au monde elle ne l'aurait échangée avec une autre.

◊◊◊◊◊

Début août, Else n'avait pas encore repris son travail à la librairie. Le 5, Timothy l'appela pour que, exceptionnellement, elle le remplace car un de ses jumeaux était malade. Greg devait absolument terminer un article, il ne pouvait pas s'occuper de Lucie. Else essaya de joindre leur baby-sitter habituel, mais il n'était pas libre. Greg lui conseilla de voir si sa mère était disponible pour la garder, comme il lui était déjà arrivé de le faire. Louisa fut ravie qu'ils aient pensé à elle puisqu'elle n'avait pas revu sa petite-fille depuis leur retour de France.

Après avoir raccroché, Else vint chercher Lucie qui jouait avec Greg dans sa chambre. Il décida de les accompagner jusqu'au parking afin de passer encore un peu de temps avec elles. Il prit sa fille dans les bras et attrapa le sac à langer. Une fois à leur voiture, il l'installa dans son siège-auto, lui glissant à l'oreille avant de l'embrasser :

— *Have a good day with Nana! Bye, hon!*[6]

Lucie babilla joyeusement quelques syllabes en ouvrant et fermant plusieurs fois son poing pour joindre le geste à la parole. Il claqua la portière tandis qu'Else s'installait au volant. Elle baissa sa vitre et celle de Lucie.

— On envoie un bisou à papa, ma douce !

Else déposa un baiser sur sa main qu'elle tendit vers Greg. Lucie fit la même chose plus maladroitement. Il leva le bras feignant d'attraper les baisers au vol en leur souriant, puis il rentra dans l'immeuble dès que leur voiture disparut.

Else confia donc sa fille à ses beaux-parents qui l'attendaient impatiemment. Elle la câlina une dernière fois, mais Lucie voulait déjà explorer la maison. Elle ne se souciait absolument pas du départ de sa mère.

Else partit travailler comme n'importe quelle autre journée. Ce jour-là, il faisait très beau et chaud. Elle se dit que Lucie pourrait profiter du jardin de ses grands-parents, marcher pieds nus dans la pelouse, jouer à l'ombre des arbres sur une couverture, courir après le chat de Louisa.

---

[6] Passe une bonne journée avec mamie ! Bye, ma puce !

Le travail terminé, elle retourna la chercher. Elle sentit, en arrivant dans le quartier des Stanton, une agitation peu ordinaire pour leur voisinage si calme normalement. Quand elle distingua des gyrophares devant leur maison, son sang se glaça. Elle gara sa voiture près d'un petit groupe de voisins agglutinés sur le trottoir, puis se précipita à l'intérieur.

George se jeta sur elle pour qu'elle n'entre pas dans le salon. Elle ne comprenait pas. Il lui parlait, néanmoins ses mots étaient inaudibles. Elle avait comme un sifflement aigu dans les oreilles qui l'empêchait de l'entendre distinctement. Elle ne percevait que des mots épars « chute », « traumatisme », « réanimation ». Le monde bougeait en accéléré autour d'elle, alors qu'elle-même avait l'impression d'être au ralenti. Livide et complètement hagarde, Else dévisagea son beau-père.

— Je ne comprends pas ce que vous me dites, George…

— Else, tu ne peux pas voir Lucie pour l'instant, les secours s'en occupent.

— Laissez-moi la voir, George ! S'il vous plaît !

— Non, Else. Il vaut mieux attendre ici, lui ordonna-t-il doucement en tentant de la retenir.

Elle se dégagea en hurlant :

— Laissez-moi voir ma fille, merde !

Elle passa devant Louisa, effondrée sur les escaliers. Elle ne s'attarda même pas et continua vers le salon. Elle vit les secours s'affairer autour de Lucie. Elle plaqua la main sur sa bouche afin d'étouffer le cri qui était pourtant coincé dans sa gorge. Il y avait des tubes, des poches, des appareils qu'elle n'avait jamais vus ailleurs que dans des films. L'un des ambulanciers s'approcha d'elle pour l'informer qu'ils allaient devoir conduire Lucie à l'hôpital. George répondit à la place d'Else, devenue totalement mutique, qu'ils allaient les suivre en voiture.

Elle fut portée par le mouvement comme hypnotisée. Elle sortit un peu de sa torpeur lorsque son beau-père lui dit qu'il fallait prévenir Greg. Son esprit comprenait, pourtant son corps était incapable d'agir. Devant son manque de réaction, il s'en chargea. Elle l'entendit téléphoner à son fils pour qu'il les retrouve à l'hôpital sans réussir à se concentrer réellement sur ses paroles.

Sur le trajet, George raconta à Else ce qu'il s'était produit. Louisa avait fait déjeuner Lucie. Après le repas, celle-ci avait gambadé dans la maison sous la surveillance de sa grand-mère, qui s'était éloignée deux minutes le temps de saisir son portable qui avait sonné. Lucie avait alors grimpé dans les escaliers en haut desquels dormait leur chat. Son lange s'était pris dans ses pieds. Déséquilibrée, elle avait chuté. Elle n'était pas tombée de très haut, elle s'était même tout de suite relevée. Il n'y avait pas eu de quoi s'inquiéter. Elle avait bien une bosse, cependant rien qui aurait nécessité de consulter un médecin en urgence. Louisa l'avait ensuite couchée pour la sieste. En se levant, Lucie avait commencé à être étrange. Elle somnolait, elle était comme étourdie. George s'était soudain alarmé. Le temps qu'ils préviennent les secours, elle ne répondait plus aux stimuli.

Else ne parvenait plus à respirer, cherchant désespérément de l'air, comme si on l'emmurait vivante. Assise sur le siège passager, elle avait le sentiment de perdre pied. Tout tournait autour d'elle. Elle se pencha en avant, les mains appuyées sur le tableau de bord, afin de rassembler ses esprits. Quel cauchemar était-elle en train de vivre ? Cette douleur vive dans sa poitrine était insupportable. Elle avait envie de vomir et de hurler à la fois, tout son corps tremblait. George posa une main sur son dos pour la rassurer. Rien ne pourrait la réconforter tant qu'elle n'aurait pas Lucie dans les bras.

Quand ils arrivèrent à l'hôpital, Greg était déjà là. Le médecin avait attendu Else pour lui expliquer la situation. Il les fit s'asseoir à l'écart. Greg prit la main gelée de sa femme dans la sienne. L'urgentiste leur annonça que la chute de Lucie avait provoqué une hémorragie dans son cerveau. Des examens complémentaires devaient être réalisés afin d'évaluer les dommages, malheureusement il y avait peu d'espoir. Il les autorisa à la voir, les prévenant tout de même que c'était uniquement une machine qui la faisait pour l'instant respirer. Else vit la main de Greg se serrer autour de la sienne. Il devait sûrement lui faire mal, elle ne ressentait pourtant aucune douleur.

Ils furent conduits dans la chambre de Lucie, qui paraissait endormie. Certes, il y avait des fils et des tuyaux un peu partout, toutefois, sa petite main était chaude, ses joues étaient roses. Else caressa ses jolies boucles blondes. Elles étaient si douces sous ses doigts. Greg et elle s'installèrent de chaque côté du petit corps inanimé de leur fille. Ils attendirent sans vraiment savoir quoi, mais que pouvaient-ils faire d'autre ?

Else aurait été incapable de dire combien de temps il s'était écoulé avant qu'Emily, pédiatre dans l'hôpital, n'entre dans la chambre. Elle invita le couple à la suivre dans une petite pièce au bout du couloir. Elle leur expliqua que l'hémorragie dans le cerveau de Lucie avait été détectée trop tard. L'opérer ne servirait plus à rien. Leur fille n'avait plus d'activité cérébrale. Elle n'était déjà plus là. Le reste de son corps ne vivait que grâce aux machines qu'ils avaient vues autour d'elle. Ils devaient désormais songer à la débrancher ainsi qu'à la possibilité qu'elle puisse sauver d'autres enfants. Ils n'étaient pas obligés de répondre immédiatement bien sûr, cependant, le plus tôt serait le mieux. Emily planta ses yeux dans ceux d'Else, qui soutint son regard. Celle-ci prit un instant et, déterminée, répondit :

— Je suis d'accord. Pour le don d'organes aussi, je suis d'accord.

Greg réagit aussitôt avec virulence :

— Non, Else ! On ne va pas les autoriser à débrancher et découper Lucie ! Il faut qu'on en discute d'abord.

— Elle ne se réveillera jamais ! Jamais ! Tu veux la laisser vivre des années branchée à des machines ? C'est inhumain, Greg ! Pour elle, pour nous, c'est inhumain ! Donne-moi les papiers, Em !

Elle signa les documents, puis elle retourna auprès de Lucie. Elle s'étendit à côté d'elle pour lui chantonner sa berceuse à l'oreille, tout en profitant encore un peu de son odeur. Greg les rejoignit, il s'installa sur le lit, à son tour. Il avait également signé les papiers.

Dans la nuit, Emily les incita à rentrer dormir un peu chez eux. Else ne voulut pas quitter sa fille. Afin de la convaincre, Emily dut lui promettre de rester avec Lucie le temps de leur absence. Elle les préviendrait au moindre problème.

Lorsqu'ils pénétrèrent dans leur appartement, ils eurent l'impression de ne pas avoir dormi depuis des jours, pourtant aucun des deux ne put réellement se reposer. Else entreprit de rassembler tout ce qui appartenait à Lucie pour le mettre dans sa chambre dont elle ferma la porte. Puis, ils se contentèrent de rester dans les bras l'un de l'autre à attendre que le temps défile avant de repartir enfin à l'hôpital.

À aucun moment, ils ne se parlèrent. Ils étaient hébétés, sous le choc. Tout cela était inconcevable. Leur petite fille était encore pleine de vie le matin même ! L'existence ne pouvait pas s'arrêter comme cela, subitement ? Aucun signe avant-coureur, aucun indice pour avertir les gens que la seconde suivante serait la dernière ?

Au bout de quelques heures, ils retournèrent à l'hôpital, où le personnel fut très délicat envers Lucie et envers eux. Jamais il ne leur fit sentir qu'elle ne comptait plus. Elle fut traitée exactement comme n'importe quel autre enfant. Un médecin très prévenant leur décrivit ensuite le déroulement de la procédure. Tout irait vite en raison du temps de survie limité des organes.

Greg et Else entourèrent Lucie qui avait été installée dans une pièce près du bloc. Le médecin éteignit le respirateur et le son des machines. Ils lui parlèrent doucement, les larmes aux yeux, jusqu'à ce que son cœur batte encore un peu, seul, puis de plus en plus imperceptiblement. Lorsque la ligne sur l'écran devint irrémédiablement plate, Lucie fut emmenée précipitamment au bloc, laissant ses parents désemparés dans la pièce vide.

Le couple dut se résoudre à quitter l'hôpital. Dans l'ascenseur, Greg serra contre lui Else qui réagit à peine à son étreinte. Les portes s'ouvrirent, elle se dégagea de ses bras. Elle fit plusieurs mètres avant de s'arrêter, ne sentant plus Greg derrière elle. Il s'était effondré sur un siège, en larmes. Elle ne l'avait jamais vu pleurer en six ans, pas même d'émotion à la naissance de Lucie.

Un phénomène étrange se déclencha dans l'esprit d'Else, tandis qu'elle regardait l'homme qu'elle aimait, anéanti, méconnaissable. Elle décida de le soutenir, de le porter à bout de bras. Elle écouterait son propre chagrin plus tard. Greg sombrait alors elle devait se montrer forte pour deux. Elle l'enlaça doucement pour le consoler. Puis, elle saisit les clés de voiture qu'il avait dans la main, l'encouragea à se lever et le ramena.

Entrer dans cet appartement vide et silencieux fut une torture. Else donna à Greg les calmants fournis par les médecins. Elle n'en prit pas. Elle voulait garder l'esprit vif. Elle avait d'autres choses à faire. Timothy et Nathan, soucieux de les savoir seuls, les rejoignirent chez eux. Ils lui proposèrent d'appeler ses parents à sa place, elle refusa catégoriquement.

Elle s'occupa de tout. Elle fit les démarches nécessaires pour enterrer sa fille, sans réclamer aucune aide, sans montrer aucun signe de faiblesse, sans émotion. Elle se disait qu'elle aurait bien le temps de pleurer plus tard. Sur quelle épaule s'écroulerait-elle de toute façon ? Greg n'était pas capable de prendre soin d'elle pour le moment. Dès qu'il irait mieux, il s'occuperait d'elle à son tour, elle en était persuadée.

Lorsque sa famille arriva pour les funérailles, elle n'avait toujours pas cédé, ni à la fatigue ni au chagrin. Marianne la trouva anormalement insensible et lointaine. Au cimetière, Else, impassible, les yeux secs, tenait la main de Greg.

Marianne était très inquiète de ce comportement. Cette femme devant elle semblait n'être que la coquille vide de sa fille. Elle se confia à Emily. En tant que médecin, elle serait capable de lui dire si cette attitude était normale.

— Else est dans le déni, dans une sorte de pilotage automatique si vous préférez. Elle n'a pris conscience de rien ou, du moins, elle n'a pas encore permis aux émotions de l'atteindre. Son inconscient la protège pour l'instant.

— Qu'est-ce que je dois faire alors ?

— Parlez-lui, Marianne ! Vous devez l'aider à se rendre compte des choses. Ça peut prendre quelques jours, ou plus, mais ça finira par se produire. Ce comportement n'est pas si rare dans ce type de situations. Elle lutte pour ne pas être affectée par son chagrin. La réaction de Greg est plus visible et plus saine aussi.

Quand les gens commencèrent à quitter les lieux, Louisa s'approcha du couple. Sans lui jeter un regard, Else lui dit avec une colère froide :

— J'ai toléré votre présence aujourd'hui parce que je sais que vous aimiez Lucie. À partir de maintenant, je ne veux plus jamais vous revoir.

Louisa chercha auprès de son fils un soutien qu'il ne lui apporta pas. Il l'ignora, les yeux dans le vague.

13

Marianne et Bertrand consacraient leurs journées à entourer le couple. Si Greg refaisait peu à peu surface, il était néanmoins éteint le plus souvent. Else, quant à elle, s'acharnait à s'occuper constamment par le biais de tâches ménagères sans fin ou de formalités à effectuer. Elle ne se posait pas une minute. Sa mère essayait de la convaincre qu'il faudrait un jour qu'elle ralentisse pour prendre le temps de réaliser ce qu'il se passait. Elle ne l'écoutait pas, l'inaction l'effrayait. Marianne était de plus en plus inquiète de ne pas réussir à l'atteindre, de la voir s'enfoncer ainsi hors de toute réalité.

Un matin, Bertrand et Greg les avaient laissées seules afin d'aller chercher Jeanne à son hôtel. Else se mit à laver des verres à la main plutôt que de les mettre au lave-vaisselle. L'un d'eux se brisa, lui coupant le bout du doigt. Elle voyait le sang couler dans l'évier, pourtant elle ne ressentait rien. Au contraire, elle était hypnotisée par son propre sang qui se diluait dans l'eau sortant du robinet.

Marianne s'approcha, intriguée d'entendre ce bruit d'eau ininterrompu. Elle s'adressa à Else qui la fixa comme dans une sorte d'état second.

— Mon bébé, qu'est-ce que tu fais ? Tu t'es blessée ?

Ses yeux vides ne lui renvoyèrent aucune réaction.

— Je… je ne sais pas, maman.

Elle observa de nouveau sa plaie, fascinée. Marianne arrêta le robinet.

— Ce n'est rien. C'est juste une petite coupure ! On va soigner tout ça, d'accord ? Ça ne te fait pas trop mal ?

Elle prit un torchon pour envelopper la main de sa fille, lui demandant de rester tranquille le temps qu'elle trouve de quoi désinfecter la plaie dans la salle de bains. À peine Marianne s'était-elle engagée dans le couloir qu'elle entendit une plainte étouffée, un cri sourd, un gémissement inhumain, presque animal, qui lui fit l'effet d'une balle en plein cœur. Elle s'immobilisa prenant appui sur le mur, ses larmes commencèrent à couler. Elle sut qu'Else venait de comprendre. Elle n'imaginait pas sa fille capable d'émettre de tels sons de désespoir. Elle se ressaisit afin de retourner dans la cuisine où elle la trouva assise sur le sol, le corps secoué de sanglots.

— Ma fille est morte, maman ! J'ai perdu Lucie !

— Je sais, mon bébé, je sais, lui murmura Marianne en la berçant tendrement.

— Je veux qu'on me la rende ! S'il te plaît !

— Si seulement je pouvais te la ramener, je le ferais tout de suite, mon bébé.

Lorsque Jeanne, Bertrand et Greg rentrèrent, mère et fille étaient toujours assises sur le carrelage froid de la cuisine. Greg s'agenouilla près d'Else afin de la prendre doucement contre lui. Marianne se dégagea de l'étreinte de sa fille pour qu'il prenne sa place. Else s'accrocha alors à lui avec une telle force qu'elle faillit le déséquilibrer. Il la souleva délicatement pour la porter jusqu'au canapé. Il s'y assit, Else toujours recroquevillée dans ses bras qu'il resserra davantage autour d'elle. Il enfouit son visage dans ses cheveux, au bord des larmes. Il se sentait tellement désarmé. Elle s'était montrée si solide jusqu'à maintenant. Il était aussi impuissant que les autres à soulager le chagrin et le désespoir d'Else.

Elle ne fut pas en état de s'opposer à la prise de médicaments cette fois-ci. Le traitement qu'il fallut lui administrer l'annihila. Elle n'était plus que l'ombre d'elle-même. La Else légère, drôle et spontanée avait disparu avec Lucie. La nouvelle était silencieuse, inatteignable, triste et inexpressive.

Marianne et Bertrand furent finalement contraints de regagner la France. Jeanne proposa alors de s'installer pour un temps à leur place, dans le bureau. Elle aida Greg à prendre soin d'Else qui serait d'ailleurs restée des journées entières au lit si son énergique grand-mère ne l'avait pas secouée inlassablement.

Elle parvint à la faire se lever, à sortir un peu, toutefois cela coûtait énormément à la jeune femme. Toutes deux faisaient quotidiennement de courtes promenades dans les rues, en silence, prenant garde d'éviter les squares où les enfants profitaient de leurs derniers jours de vacances. Jeanne aussi devenait, à son insu, le témoin impuissant de l'étiolement d'Else.

Début septembre, elle dut rentrer à son tour, à contrecœur, tandis que Greg reprenait le travail. C'était lui désormais qui avait besoin de s'occuper. Lorsqu'il partait le matin, Else restait en survêtement sur le fauteuil, le chat sur les genoux. Il l'embrassait sur le front, elle se contentait de lui répondre « À plus tard ! ».

Il savait qu'une fois hors de l'appartement, elle se rendrait dans la chambre de Lucie où elle passerait la journée assise par terre. C'était là qu'il l'avait surprise deux ou trois fois en revenant plus tôt. Il trouvait ce comportement très malsain, cependant, dès qu'il lui en parlait, elle se mettait à pleurer. Alors, il renonça, tant la voir dans cet état lui fendait le cœur.

Else cessa aussi de s'alimenter. Elle retira de l'appartement toutes les photos de Lucie. Les seules sorties qu'elle s'octroyait étaient pour aller sur la tombe de sa fille. Greg lui avait dit qu'il ne remettrait plus jamais les pieds là-bas le jour de l'enterrement. C'était donc seule qu'elle s'y rendait.

À force d'acharnement, Nathan réussit, une seule fois, à lui faire accepter une de ses incessantes invitations. Lorsqu'Emily et lui accueillirent le couple, ils feignirent de ne pas voir la maigreur d'Else, ses yeux rougis qui lui mangeaient le visage, ses traits tirés, ses cheveux longs à peine coiffés.

Agrippée au bras de Greg, elle s'assit dans le salon, en face de James qui planta ses yeux dans les siens. Elle attendit qu'il les baisse, mais il la dévisagea avec une telle intensité. Elle eut l'impression qu'il lisait en elle. Cela la mit très mal à l'aise. Elle détourna le regard en premier quand les larmes troublèrent sa vision. Elle supplia discrètement Greg de la ramener. Il ne sut pas quoi faire. Profitant de sa confusion, elle quitta brutalement l'appartement, le contraignant à la suivre. Chez eux, elle reprit sa place sur le fauteuil à attendre que la journée se termine, sans un mot.

Depuis cet épisode, la communication était partiellement rompue entre eux. Quand Else acceptait de parler, leurs conversations se transformaient automatiquement en disputes. Un soir de la fin octobre, leur altercation fut plus violente que les autres. Pour la énième fois, Greg lui demanda d'aller voir quelqu'un ou de participer à des groupes de soutien, comme lui le faisait. Elle refusa de nouveau, prétextant que se mettre en rond pour pleurer sur soi avec dix inconnus ne lui correspondait pas.

La seule chose capable de la soulager aurait été de retrouver Lucie. Tout d'elle lui manquait : sa façon de tourner sur elle-même quand Else mettait de la musique pour danser ensemble ; sentir son corps chaud contre le sien le matin lorsqu'elle buvait son biberon dans le canapé ; la voir se frotter les yeux avant d'aller dormir en serrant son lange dans son poing. Être écorchée vive l'aurait fait moins souffrir que la pensée de ne plus revoir Lucie pour le reste de sa vie.

Greg lui conseilla de se remettre à peindre ou à écrire. Cela ne pourrait que l'aider. La création était ce qui la motivait depuis des années. Elle repoussa également cette idée farouchement. Elle ne voulait plus rien entreprendre, plus rien risquer, plus rien rêver. Toutes ces choses qu'elle adorait faire avant n'avaient désormais plus aucun intérêt. Le ton entre eux monta davantage. Greg partit en claquant la porte de frustration de ne pas réussir à la réconforter.

Elle l'attendit un long moment, certaine que, dès qu'il serait calmé, il reviendrait. Inquiète de ne pas le voir rentrer, elle l'appela plusieurs fois sans qu'il décroche. La solitude et l'angoisse la firent réfléchir. L'absence de Greg amplifiait le vide oppressant qu'elle ressentait dans la poitrine. Elle avait été trop loin, elle devait se reprendre en main. Elle voulait s'excuser, elle avait besoin qu'il soit là, avec elle. Elle tenta de le joindre toute la nuit, cependant, il ne répondit à aucun de ses appels.

Au petit matin, elle entendit ses clés dans la serrure. Elle l'attendait au salon. Elle n'avait pas fermé l'œil de la nuit. Il passa devant le fauteuil où elle était installée, sans même poser les yeux sur elle. Elle le connaissait trop pour savoir ce que signifiait le regard fuyant qu'il avait eu en remarquant sa présence dans la pièce.

Il alla directement prendre une douche. Else se rendit dans leur chambre où il avait déposé ses vêtements. Comme prise d'une intuition, elle approcha sa chemise de son visage. Le parfum capiteux et féminin qu'elle y perçut lui donna la nausée. Il ne pouvait pas lui avoir fait cela, pas avec elle. Ils étaient en train de cocher toutes les cases du cliché du couple qui se déchire. Elle en aurait presque ri tellement tout cela était d'une banalité affligeante.

Quand il entra dans la chambre où elle patientait, elle lui jeta sa chemise à la figure.

— Tu ne pouvais pas en trouver une autre ? Il fallait que ce soit Tania !

Il ne parut pas surpris de cette accusation. Sa froideur donna même à Else le sentiment que sa colère de la veille ne s'était pas dissipée.

— Tu serais moins blessée si ça avait été une inconnue ?

— Peut-être, lui répondit-elle en essuyant ses yeux avec la manche de son pull.

— Tu te rends compte où on en est arrivés, Else ? La situation n'est plus vivable, ni pour toi ni pour moi.

— Tu l'aimes ?

— Ne mélange pas tout ! Ça ne signifiait rien, tu le sais. Elle le sait aussi. J'ai fait une erreur, et je ne peux pas revenir en arrière. Je pourrais m'excuser des centaines de fois, ça ne changerait rien au mal que je te fais.

— Je veux que tu quittes cet appartement, tout de suite.

— Non !

Elle le dévisagea, offusquée.

— Comment ça « non » ? Tu ne choisis pas, tu pars !

— Non ! Tu m'en veux, je comprends. C'est normal. Mais je ne te laisserai pas t'isoler complètement. Je suis la dernière personne qui te relie encore au monde extérieur. Si je pars, tu vas te murer dans quelque chose dont tu ne sortiras plus jamais.

— Tu veux rester, très bien ! Alors, tu prends le bureau. Je ne veux plus de toi dans mon lit.

Else quitta leur chambre et s'enferma dans celle de Lucie. Elle s'adossa contre la porte, assise à même le parquet. Il avait tort, elle n'avait pas besoin de lui, surtout pas après avoir été trahie de la sorte. Elle y parviendrait seule. Perdre Lucie n'était donc pas suffisant, devait-elle le perdre lui aussi ?

Greg s'assit de l'autre côté de la porte, au travers de laquelle il entendait les pleurs d'Else. Si seulement il était capable de la consoler aussi facilement qu'il le faisait avec leur fille. Il repensa à Lucie, blottie contre lui, ses cheveux fins effleurant son cou, sa tête reposant sur son épaule. Il en aurait hurlé de douleur en réalisant qu'elle ne s'endormirait plus contre lui.

Et puis, lui vinrent à l'esprit toutes ces choses qu'il ne connaîtrait jamais avec elle : lui apprendre à patiner, lui faire découvrir les jeux de son enfance, aller la chercher à l'école, la voir grandir tout simplement… Tout cela lui avait été volé. Il se sentit coupable. Il aurait dû garder Lucie ce jour-là. Il aurait rendu son article en retard, mais elle serait encore là avec eux.

Cette altercation eut au moins le mérite d'inciter Else à se ressaisir. Elle recommença à manger un peu et retourna travailler quelques heures par semaine à la librairie. Elle parla à Timothy de la nuit que Greg avait passée avec Tania. Même s'il ne lui avoua pas, elle comprit qu'il savait déjà. Après tout, il était l'ami de Greg, pas le sien. Elle renonça donc à se confier davantage à lui, ou à n'importe qui d'autre d'ailleurs. Elle avait l'impression de lasser les gens avec son chagrin.

Elle s'isolait de plus en plus, ne répondant dorénavant plus à aucun appel, y compris quand il venait de Jeanne ou de Marianne. Lorsqu'elle décrochait, c'était dans l'espoir d'avoir la paix, et elle raccrochait aussitôt. Elle ne se sentait plus chez elle dans cette ville. Greg ne se rendait compte de rien, tant leur relation était tendue. Il pensait naïvement que tout s'arrangerait, puisqu'elle se remettait à mener un semblant de vie.

Maggie lui proposait de sortir parfois, Else déclinait systématiquement. Son monde se limitait à son appartement, la librairie et la tombe de Lucie. La seule entorse à sa routine était d'aller chercher Greg à l'université les fois où elle gardait la voiture pour se rendre au cimetière. Un jour de novembre, elle l'attendait sur le parking, appuyée contre la portière, lorsque Tania la croisa.

— Else ! Ça fait une éternité que je ne vous ai pas vue sur le campus ! Vous êtes venue chercher Gregory ? C'est mignon !

Else se mordit la lèvre pour dissimuler sa colère. Quel aplomb ! Comment cette femme osait-elle se tenir devant elle et lui parler aussi familièrement après ce qu'il s'était passé ? Elle lui répondit, méprisante :

— Pour vous, ce sera madame Stanton, pas Else. Ce n'est pas parce que vous avez mis mon mari dans votre lit que ça fait de nous des copines.

Tania sembla aussi interdite que gênée. Else la scruta.

— Vous pensiez que je ne le savais pas, c'est ça ? La prochaine fois, faites en sorte de ne pas laisser votre parfum de supermarché sur sa chemise alors. N'ajoutez pas la stupidité à votre hypocrisie.

Embarrassée, Tania n'essaya même pas de se justifier, le regard haineux d'Else l'en avait de toute façon dissuadée. Elle préféra s'enfuir avant que l'arrivée de Greg n'envenime ce face-à-face. Else était pâle et tout son corps tremblait lorsqu'il la rejoignit enfin sur le parking. Il tenta de savoir ce qui l'avait mise dans cet état. Elle demeura silencieuse, se contentant de lui lancer les clés de voiture au visage.

Cette rencontre éveilla un sentiment qui était totalement inconnu à Else jusqu'alors : le besoin de vengeance. Elle avait envie que Greg connaisse ce qu'elle endurait. À la grande surprise de Maggie, elle accepta de sortir un soir avec ses amies dans leur bar habituel.

Greg était au salon quand Else y passa, prête à partir. Elle avait intentionnellement évité d'enfiler son manteau pour ne rien lui cacher de sa tenue.

— Tu y vas habillée comme ça ? Il n'y a pas plus de cinquante centimètres entre ton décolleté et le bas de ta robe ! Enfin, si on peut appeler ce truc une robe.

— Qu'est-ce que ça peut te faire ? Tu es vraiment mal placé pour me parler comme ça.

— C'est juste que tu vas dans un endroit où il y aura des hommes, de l'alcool, et que, là, tu ressembles à…

— À une Tania ? J'imagine que, dans ta bouche, c'est un compliment alors.

Ne souhaitant pas attiser un conflit sous-jacent, il se fit plus diplomate :

— Ce maquillage, ces talons, cette robe… Ce n'est pas toi, c'est tout…

— Ça fait bien longtemps que tu ne sais plus qui je suis.

Elle fut tentée d'ajouter qu'elle non plus ne savait plus qui elle était. Elle le fixa, effrontément. Devant son manque de réaction, elle partit en claquant la porte. Il n'avait même pas fait mine de la retenir. Ce fut sûrement ce qui la blessa le plus.

Une fois dans le bar, elles commencèrent toutes à boire un peu, Else probablement plus que de raison. Elle se fit accoster lorsqu'elles allèrent danser. Elle appela alors Greg, qui fut aussi étonné qu'inquiet en voyant son numéro s'afficher. Il pensait qu'il faudrait au moins une attaque nucléaire pour que sa femme consente à lui adresser la parole ce soir-là.

— Greg, c'est l'Autre !

— Else, tu as bu ? demanda-t-il soucieux.

— Un peu… un peu plein de tout petits verres ! Avec dedans un truc en « a »… Téquila ou vodka… Peu importe ! Arrête de me faire perdre mon temps avec tes questions débiles… Je suis dans un bar, donc, logiquement, je bois. Je voulais juste te dire de pas m'attendre ce soir… Y a des mecs très sympas ici… bien plus que toi…

— Essaie de ne pas faire de conneries jusqu'à mon arrivée !

— Non, ne viens surtout pas… Tu vas encore tout gâcher !

Else raccrocha. Elle n'avait aucune idée de ce qui l'avait poussée à appeler Greg à cet instant-là. Pour le narguer, peut-être, ou le faire souffrir ? Pour le rendre jaloux dans l'espoir de vérifier qu'il tenait encore à elle tout simplement ?

Dans le bar, Greg repéra immédiatement Else, manifestement ivre, en train de danser avec un homme. Une fois à côté d'eux, il s'adressa sèchement à celui qui la serrait d'un peu trop près :

— Tu pourrais retirer tes mains des fesses de ma femme ?

— Greg, c'est… Euh… Je connais pas ton prénom en fait, bafouilla-t-elle à l'intention de l'inconnu collé à elle.

Greg attrapa Else par le bras.

— Bon, on rentre, tu es complètement soûle !

Ils s'étaient à peine éloignés que l'homme, vexé de voir sa proie lui échapper, fanfaronna :

— Voilà ce qui arrive quand on n'est pas capable de gérer une traînée !

Greg s'immobilisa, la mâchoire crispée. Malgré l'alcool, Else devina à la tension dans la main de son mari que l'inconnu aurait dû faire profil bas.

— Non, laisse tomber, Greg, je m'en fiche ! Ne réponds pas !

Il se retourna, fou de rage. Il mit son poing dans la figure de l'individu qui, à son goût, en avait bien trop dit. Il reprit Else par la main afin de la ramener à la voiture, récupérant au passage le manteau et le sac que Maggie lui tendait.

Allongée en travers de son lit, Else ouvrit les yeux péniblement. Elle ne se souvenait de rien entre le moment où Greg avait attaché sa ceinture de sécurité et celui où elle s'était réveillée dans sa chambre, son cerveau s'évertuant à sortir de son crâne à coups de marteau-piqueur. Elle se leva en chancelant un peu. Elle croisa son reflet dans le miroir. Elle n'était pas belle à voir : son mascara avait coulé sous ses yeux, ses cheveux étaient en désordre, son collant était filé et, d'après son haleine, elle avait sûrement vomi ce qu'elle avait bu.

Elle se dirigea vers le bureau où Greg était endormi, tout habillé. Elle s'agenouilla près de son lit. Par terre, elle aperçut un bol rempli d'eau. À voir l'hématome qui s'étalait sur sa main droite, il l'avait probablement placée dans la glace une partie de la nuit. Elle retint sa main avec laquelle elle aurait voulu effleurer celle de son mari. Elle le laissa finalement dormir, se réfugiant dans la salle de bains afin de retrouver figure humaine.

Douchée et habillée, décemment cette fois, Else se rendit dans la cuisine où Greg, qui s'était réveillé entre-temps, se trouvait déjà. Elle mit à la poubelle son collant déchiré et sa robe, dont la simple vue lui faisait honte. Ils n'échangèrent pas un mot, jusqu'à ce qu'il daigne enfin lui adresser la parole :

— Qu'est-ce que tu voulais dire par « Tu vas encore tout gâcher ! » ?

— Rien, Greg, je ne voulais rien dire.

— Parle-moi Else ! On n'y arrivera pas si tu ne me dis rien. J'ai bien compris ce que tu cherchais à faire hier.

— La nuit où j'ai essayé de te joindre... Quand tu n'es pas rentré... Je voulais te dire que j'étais désolée, que j'allais faire des efforts. Ça n'a plus d'importance maintenant. Tu as tout gâché en couchant avec Tania.

— J'ai tout gâché ? C'est ce que tu penses ? Vraiment ?

Il eut un rire dépité, avant d'exploser.

— Je te signale que tu n'étais pas supposée travailler ce jour-là !

Il lui avait jeté cette phrase au visage avec une telle rancœur qu'il devait ruminer son reproche depuis le début. Elle trouva cela tellement injuste de sa part qu'à son tour elle perdit son calme.

— Alors, c'est ça le problème ! Tu es en train d'insinuer que je suis responsable de tout ce qu'il s'est passé ? Tu crois que j'ai besoin que tu me le dises pour me sentir coupable ? Pas un jour ne s'écoule sans que je ne me le reproche. À tes yeux, je suis la seule à avoir commis une erreur ! Pas toi, non, bien sûr. Ni ta mère qui a laissé notre fille sans surveillance dans des escaliers. Tout est entièrement de ma faute ! C'est tellement plus simple comme ça !

Else saisit la tasse vide devant elle et la projeta contre le mur à quelques centimètres de Greg. Ils se fixèrent aussi horrifiés l'un que l'autre par cette violence inexistante chez elle d'ordinaire. Greg posa les mains sur le comptoir en baissant la tête, anéanti, alors qu'Else s'éloignait. Sans relever le visage, il l'interpella d'une voix faible et désarmante avant qu'elle ne quitte la pièce :

— Lucie me manque à en crever !

Else lui répondit sans se retourner :

— À moi aussi, qu'est-ce que tu crois ? Ça ne te donne pas pour autant le droit de m'accabler.

Greg n'ajouta rien. Se sentait-il coupable également ou était-il vraiment convaincu qu'Else était l'unique responsable de leur malheur ? Désormais, elle s'en moquait. Peu importait les raisons qui l'avaient poussé à lui lâcher ces mots comme une accusation. Elle savait qu'elle n'aurait plus à subir tout cela très longtemps. Elle ne supportait plus de vivre ainsi, avec ses propres reproches et maintenant ceux de l'une des personnes qu'elle aimait le plus au monde. Elle était envahie d'un tel sentiment de solitude. L'anniversaire de Lucie qui approchait rendait tout plus pénible encore. Elle n'y survivrait pas. Personne ne pouvait comprendre sa détresse.

14

Pendant quelque temps, Else donna l'impression que tout avait coulé sur elle, sans s'accrocher. Elle menait sa vie avec une fausse normalité. Pourtant, elle avait déjà tout prévu. Son plan était parfaitement élaboré, ne comportant aucune faille. Elle avait pensé à tous les détails. À tous, sauf à un paquet de copies oublié sur un bureau en chêne.

Un matin de début décembre, Greg partit travailler comme chaque jour, ignorant Else, prostrée sur son fauteuil. Ils ne s'adressaient plus la parole depuis leur violente dispute. Dès qu'elle fut certaine du départ de Greg, elle se rendit dans sa chambre, prit une bouteille de whisky qu'elle y avait cachée deux jours plus tôt. Puis, dans la cuisine, elle s'empara d'un couteau, le grand, très aiguisé que Greg utilisait pour cuisiner.

Elle entra dans la chambre de Lucie. Elle s'assit en tailleur sur le parquet près de la fenêtre de droite. Elle but un bon quart de la bouteille malgré la brûlure de l'alcool. N'ayant pas mangé, elle savait que cela ferait très vite effet. Elle attendit ensuite que le whisky ramollisse ses muscles et ses pensées, tout en avalant de grosses gorgées régulièrement. Quand sa tête commença à tourner, elle prit le couteau dans sa main droite après avoir relevé sa manche gauche. Elle regarda avec un sourire résigné et les yeux larmoyants le chat couché en face d'elle.

Greg avait quitté l'appartement depuis quelques minutes à peine, quand il s'aperçut qu'il avait oublié les copies de ses étudiants sur son bureau. Malgré le retard qu'il aurait sûrement, il fit demi-tour. Il ne prit même pas le temps de refermer la porte d'entrée en constatant que le chat, venu à sa rencontre, avait des taches rouges sur son pelage clair. Ses pattes avaient également laissé des traces sur le parquet. Pensant d'abord que l'animal s'était blessé, il l'inspecta. Ce sang n'était pas le sien.

Une sorte d'alarme se déclencha dans sa tête. Il appela Else sans obtenir de réponse, tout en suivant les empreintes faites par le chat. Il la trouva allongée sur le sol de la chambre de Lucie, une mare de sang sous son bras gauche. Il saisit une petite couverture posée sur le bord du lit de bébé pour comprimer la plaie. Ensuite, il appela les secours.

Pendant qu'il les attendait, il serra Else contre lui, tout en compressant son bras. À aucun moment il ne cessa de lui parler, espérant maintenir un peu de vie en elle. Il sentait qu'elle lui échappait un peu plus à chaque instant, comme il avait senti Lucie les quitter. Il ne supporterait pas de la perdre elle aussi.

Les minutes avant l'arrivée des secours lui semblèrent interminables. Quand ils furent enfin là, Greg les observa, à l'écart, s'agiter autour d'elle. Quelqu'un lui posait des questions auxquelles il ne savait pas ou plus répondre. Il ne réussissait pas à se concentrer sur la personne qui s'adressait à lui. Il aurait préféré qu'on le laisse s'assurer qu'ils allaient sauver Else.

À l'hôpital, elle fut immédiatement conduite au bloc, tandis que Greg, resté seul à attendre, composa instinctivement le numéro de Timothy. Une infirmière apparut au même moment dans le couloir, l'informant d'une voix douce qu'un médecin viendrait le voir dès qu'ils auraient fini de s'occuper de sa femme. Elle lui glissa dans la main les bagues d'Else qu'elle lui avait ôtées à son entrée au bloc. Elles avaient été grossièrement nettoyées, mais Greg pouvait encore déceler des traces rouges et sombres dans les replis des bijoux.

En le retrouvant aux urgences, Timothy se précipita sur lui. Il s'inquiéta aussitôt de savoir s'il était également blessé. Ce ne fut qu'à cet instant que Greg réalisa qu'il était couvert du sang d'Else. Il s'effondra alors contre Timothy.

Ils patientèrent un long moment avant qu'un médecin ne les rassure enfin. Il avait recousu la blessure, toutefois ce n'était pas ce qui l'inquiétait le plus. Else avait dû être transfusée. Le manque de sang avait affaibli son cœur qui lui avait fait peur à plusieurs reprises. Il leur apprit aussi qu'il s'en était fallu de peu : si Greg l'avait trouvée quelques minutes plus tard, il n'aurait rien pu faire.

Timothy et Greg rejoignirent Else dans la chambre où elle avait été installée. Leur choc en la voyant allongée, inconsciente et fragile, fut terrible. Elle était si pâle que ses lèvres en étaient blanches. Les manches courtes de la blouse d'hôpital révélaient la maigreur de ses bras. Cela faisait des semaines qu'elle ne portait que des pulls épais et trop grands qui masquaient son corps chétif. Greg s'assit près d'elle, effleura son visage. Il se mit à pleurer, silencieusement, de soulagement, de culpabilité, d'impuissance, de chagrin. Toutes ses émotions se mélangeaient sans qu'il puisse dire précisément celle qui l'affectait le plus.

En fin d'après-midi, Else ouvrit difficilement les paupières. Elle regarda incrédule autour d'elle. Ces murs ternes, cette lumière blafarde, cette perfusion dans son bras, l'énorme pansement sur l'autre… Elle sut où elle était allongée. Elle essaya de rassembler ses derniers souvenirs. Les seules choses qu'elle se rappelait n'étaient que des sensations : l'odeur du sang, l'acidité de l'alcool dans sa bouche, le froid suivi d'une chaleur familière. Une chaleur au parfum de cèdre et de bergamote. Greg lui avait parlé, elle en était certaine. Elle se souvenait de ses paroles désespérées, de la peur dans sa voix. Elle éprouva de la colère. Pourquoi avait-il attendu pour lui dire tout cela ? Il était trop facile de se répandre en excuses et en mots d'amour après l'avoir autant accablée. Surtout, comment pourrait-elle encore supporter qu'il la regarde ?

En penchant la tête sur le côté, elle le vit auprès d'elle. Il lui sourit, voulut la prendre dans ses bras. Elle le repoussa rageusement, puis lui tourna le dos.

— Mon plan était parfait ! Sans toi, mon plan était parfait !

— Tu avais à ce point envie de mourir ? lui demanda Greg épouvanté.

— Pourquoi tu es rentré ? Tu n'étais pas censé rentrer.

— C'est la seule chose que tu regrettes ? Que je sois rentré ! Merde, Else, comment ai-je pu louper que tu allais si mal ?

— Va-t'en !

Devant l'hostilité qu'elle lui témoignait, il n'insista pas. Avant de quitter la chambre, il déposa ses bagues sur la table de nuit.

Greg redoutait d'entrer chez eux, effrayé par le spectacle qui l'y attendait. Il n'était pas certain de pouvoir affronter la vue du sang, l'odeur ferreuse qui se dégagerait sûrement, la petite couverture tachée abandonnée en tapon sur le sol. Quand il franchit le seuil, les traces de sang sur le parquet du salon avaient disparu. Son attention fut attirée par une silhouette venant du couloir. Nathan apparut dans le salon, un torchon dans les mains. Il s'était chargé de nettoyer l'appartement en l'absence de son frère. Il s'approcha pour réconforter Greg en remarquant ses yeux se troubler et son visage se décomposer.

— Il y avait tellement de sang, Nate ! J'ai cru qu'elle était morte ! J'ai cru que je l'avais perdue, elle aussi ! Je lui ai dit des choses horribles. Qu'elle était responsable de tout… Je voulais qu'elle ait mal comme j'avais mal, mais j'ai été trop loin !

— Else n'allait pas bien, pourtant on a tous agi comme si on ne voyait rien. On s'est convaincus qu'il lui fallait juste du temps. On n'a pas su voir les signaux dans leur ensemble. Elle ne parlait visiblement plus à personne. Quand j'ai appelé ses parents pour les prévenir, ils m'ont dit que ça faisait des semaines qu'elle ne répondait plus à leurs appels, ou alors elle raccrochait rapidement, prétextant n'importe quoi. Elle ne parlait même plus à Jeanne.

— Je n'ai rien vu ! J'aurais dû m'en rendre compte. Je n'ai fait que l'enfoncer. Je lui ai maintenu la tête sous l'eau alors qu'elle avait déjà cessé de se débattre.

— On va prendre soin d'elle maintenant. Elle a besoin d'être entourée de gens qui l'aiment. Toute seule, elle n'y arrivera pas.

Exhorté par Nathan, Greg voulut qu'Else sache qu'elle n'était plus seule. Le lendemain, il lui dit combien il l'aimait, comme il regrettait tout ce qu'il lui avait reproché, tout ce qu'il lui avait fait, de ne pas l'avoir comprise davantage. Elle l'écoutait parler sans réaction, en silence. Quelqu'un frappa à la porte. Sans attendre de réponse, Louisa et George pénétrèrent dans la pièce. Le visage d'Else, jusqu'alors inexpressif, s'assombrit.

— Je veux qu'ils s'en aillent ! Fais-les partir !

Greg saisit la poignée de la porte pour les inciter à sortir, leur disant sèchement :

— Vous ne pouvez pas rester là.

Louisa posa sa main sur l'épaule d'Else qui se dégagea brusquement.

— Je sais que vous nous en voulez, surtout à moi, mais vous ne pouvez pas affronter ça tout seuls !

Elle se plaça près de son fils.

— Ta femme s'est ouvert les veines, Greg ! Réagis ! Vous avez besoin de soutien !

— Sûrement pas du tien ! Sortez maintenant !

Il cacha difficilement son exaspération. Il s'obligea à fixer le sol tout en gardant la porte ouverte, la main toujours serrée sur la poignée. Comprenant qu'il était vain de discuter, George entraîna Louisa hors de la chambre. Il se fit violence pour ne pas prendre contre lui son petit garçon malheureux en passant devant Greg. Celui-ci referma la porte derrière eux, puis il revint auprès d'Else qui s'était allongée.

Pour la première fois, elle toléra qu'il la touche quand il lui caressa les cheveux d'un geste affectueux. Elle le laissa s'étendre face à elle. Il approcha son visage du sien pour lui murmurer :

— *I love you... unconditionally.*

Elle recouvrit sa main de la sienne. Ce fut la seule réponse qu'elle put lui apporter. Elle suffit cependant largement à Greg qui embrassa son front.

— Je n'aurais jamais dû te dire tout ça. Je ne le pensais pas, je regrette tellement. Je te promets de ne plus t'abandonner, mon amour. J'aurais dû comprendre que tu appelais à l'aide sans que tu aies à t'infliger ça.

◊◊◊◊◊

Greg rentra se coucher alors que la nuit était déjà bien avancée. Il ne réussit à trouver le sommeil que pour quelques heures. Un appel de Marianne, qui le prévenait de son arrivée le lendemain, le réveilla en effet dès l'aube. Il jugea inutile de chercher à se rendormir. Il avait, de toute façon, envie de rejoindre Else le plus tôt possible.

Il lui prépara un sac contenant, entre autres, un thermos de vrai café et un paquet de ses biscuits préférés qu'elle avait rapportés de leur voyage en France. Elle en avait fait une provision lors de leurs dernières vacances, sachant qu'elle n'en trouvait pas aux États-Unis.

Greg attendit dans le couloir que l'infirmière termine le pansement d'Else. Assise dans son lit, le sourire timide qu'elle lui adressa l'encouragea à entrer quand il se présenta dans l'encadrement de la porte. Il s'assit à côté d'elle, pressé de savoir comment elle allait. Tout en demandant de ses nouvelles, il posa devant elle le thermos et les biscuits. Comme elle ne prenait pas l'initiative de se servir, il ouvrit le paquet, lui proposa un gâteau qu'elle refusa d'un mouvement de tête.

— S'il te plaît, mon amour, juste un. Il faut que tu manges un peu. Marianne va me tuer si je ne t'ai pas fait prendre dix kilos d'ici demain.

— Maman arrive demain ? dit-elle à la façon d'une petite fille.

— Oui, elle m'a appelé ce matin. Ton portable est dans le sac que je t'ai amené. Elle y a sûrement laissé un message. Ne lui donne pas une raison supplémentaire de me détester, prends un biscuit.

— La moitié alors…

— Vendu !

Elle entama son gâteau du bout des lèvres. Quand elle le finit, elle lui chuchota :

— Je mangerais bien l'autre moitié.

— Non, elle est pour moi. Si tu en veux encore tu devras en prendre un entier.

— Vendu, lui souffla-t-elle.

Il était prêt à batailler sur n'importe quoi, y compris une moitié de biscuit, afin de la faire aller mieux.

Sachant qu'il avait un cours dans la matinée, elle l'incita à se rendre à l'université. Elle avait l'intention de se reposer, il ne servait donc à rien qu'il reste pendant qu'elle dormirait. Elle n'osa pas lui dire que sa présence la dérangeait. Il l'abandonna à regret, pour ne revenir que dans l'après-midi.

Elle somnolait, alors il travailla dans un coin de la chambre en attendant qu'elle se réveille, déconcentré de temps en temps par les phrases incompréhensibles qu'elle marmonnait. Lorsqu'elle s'étira doucement en sortant du sommeil, il s'assit auprès d'elle. Il désigna une feuille gribouillée sur la table de nuit.

— Tu t'es remise à dessiner ?

— Nathan est venu me voir aujourd'hui. C'est Charlotte qui est à l'origine de ce chef-d'œuvre. Je crois que c'est moi, ou une yourte, je ne sais pas trop, précisa-t-elle pince-sans-rire. Tim est passé aussi.

— C'est bien que tu aies vu du monde.

— J'aurais préféré qu'ils ne viennent pas. Je n'ai envie de voir personne.

— Et moi ? Tu ne veux pas me voir non plus ? C'est pour ça que tu m'as forcé à aller à l'université tout à l'heure. Tu ne m'accorderas donc aucune chance ?

— Non, ce n'est pas ça ! Greg, je t'en prie, je n'ai pas la force d'en parler maintenant, ni de me disputer encore avec toi.

— Alors je pars. Je peux revenir demain ou ma mise en quarantaine ne sera pas terminée ?

— Qu'attends-tu que je te réponde ?

— Tu sais très bien ce que j'aimerais que tu me répondes. Il y a eu une époque où l'idée même de nous séparer quelques heures nous était insoutenable. Là, c'est d'être avec moi quelques minutes qui t'est insoutenable.

Il rangea ses affaires d'un geste vif, prêt à quitter la pièce. Elle avait conscience de l'avoir blessé, mais le voir lui faisait si mal, autant que le repousser d'ailleurs. Au moment où il attrapa la poignée de la porte, elle s'écria :

— Reste, s'il te plaît ! Je ne veux pas que tu me laisses toute seule…

Il se tourna vers elle tandis qu'elle lui faisait une place à ses côtés.

— Greg, s'il te plaît… Viens !

Jetant son sac et son manteau sur le fauteuil, il s'installa sur le lit afin qu'elle se blottisse contre lui, la tête dans le creux de son épaule.

Greg retrouva Marianne dans le hall d'arrivée de l'aéroport le lendemain. Elle réclama tout de suite de voir sa fille. Bien qu'avertie par son gendre de l'état d'Else, elle fut pétrifiée en entrant dans la chambre d'hôpital. Elle ne la reconnut pas tant elle était maigre et blanche, presque fantomatique. Elle dissimula son effroi en l'étreignant aussi fort qu'elle put.

Lorsque l'infirmière leur demanda de sortir le temps de refaire le pansement, Marianne chercha des explications auprès de Greg. Lors de son retour en France, Else n'était pas aussi mal en point.

— Ma fille est en miettes ! La mort de Lucie l'a dévastée, je le sais, mais il s'est forcément passé autre chose ?

— Je m'en veux. Je regrette de lui avoir fait autant de mal.

Il vit que Marianne ne comprenait pas ses allusions.

— Elle ne vous a rien raconté ?

— Non ! De quoi aurait-elle dû me parler ?

— On a eu des problèmes… Elle ne vous a vraiment rien dit ?

Marianne haussa la voix, hors de ses gonds :

— Ça fait des lustres qu'elle ne nous parle plus, qu'elle ne parle plus à personne ! Tu dois le savoir, non ? Tu vis avec elle que je sache ! Tu ne t'es rendu compte de rien ? Tout s'est passé sous tes yeux pourtant. Je ne peux pas croire que tu n'aies pas remarqué !

— Non, je n'ai rien vu ! Je pensais qu'elle allait mieux. Vous n'êtes pas les seuls à qui elle ne parlait plus depuis des semaines, Marianne.

— Gregory, qu'as-tu fait à ma fille pour qu'elle en arrive là ?

Poussé dans ses retranchements, il lui avoua leurs disputes, ses accusations, ses reproches injustes et son infidélité. Marianne était furieuse. Elle lui ordonna de quitter l'hôpital. Il hésita : il ne pouvait pas abandonner Else après lui avoir juré de ne plus le faire. L'hostilité de Marianne ne lui offrit néanmoins pas d'alternatives.

Avant de partir, il entra embrasser sa femme qui ne s'expliqua pas la colère qu'elle perçut chez lui. Il s'arrêta à la hauteur de sa belle-mère restée debout près de la porte.

— Et vous, Marianne, où étiez-vous ? Si vous aviez l'impression qu'elle n'allait pas bien, pourquoi vous ne m'avez pas fait part de votre inquiétude ? Vous non plus vous n'avez rien décelé ! C'est ça qui vous rend dingue ! Qu'est-ce que j'ai bien pu vous faire pour que vous me haïssiez tellement ?

Sa réponse, cinglante comme un coup fouet, éclata au visage de Greg :

— Tu m'as pris ma fille ! Tu l'as convaincue de partir à des milliers de kilomètres de nous. Il ne t'est jamais venu à l'esprit que c'était égoïste de l'éloigner des gens qui l'aiment ?

— Mais vous êtes folle, Marianne ! Vous pensiez vraiment pouvoir garder Else enchaînée à vous, dans votre maison coupée du monde ?

Else fondit en larmes devant cette scène trop éprouvante pour elle. Ils la regardèrent comme s'ils prenaient conscience de sa présence. L'infirmière les força à sortir. Greg dévisagea Marianne une dernière fois avant de quitter les lieux. Il était fou de rage contre elle et contre lui-même d'avoir encore bouleversé Else.

Malgré la colère, tout lui apparut plus clairement. S'il voulait que la situation s'arrange, il lui faudrait régler certaines choses qu'il avait repoussées trop longtemps. Cela leur coûterait, toutefois c'était indispensable. S'il en avait eu le courage avant, Else n'aurait pas sombré de cette façon. Il s'était montré faible et cette attitude ne les avait pas du tout aidés.

Une fois dans leur appartement, il se rendit directement dans la chambre de Lucie. Il commença par effacer les papillons et les libellules qu'Else avait peints sur le mur. Il ne pourrait pas se tenir dans cette pièce tant que ses dessins le nargueraient constamment. Ensuite, il répartit les affaires de leur fille dans des cartons, n'en gardant qu'un qu'il rangea dans l'armoire. Il contenait l'album fait par Else, les langes que Lucie semait partout derrière elle, des jouets, des souvenirs, des vêtements… Tout le reste fut donné ou jeté. Enfin, il démonta tout le mobilier dont il se débarrassa aussitôt. Sa tâche achevée, il ferma la porte avec la petite clé argentée qu'il mit à l'abri dans le meuble de l'entrée.

Les jours qui suivirent, Marianne ne quitta pas le chevet de sa fille, ne rentrant chez le couple que pour y dormir. Elle ne toléra la présence de Greg à l'hôpital qu'une heure par jour, sous sa surveillance uniquement, et lorsque Else fut autorisée à sortir.

Dès que celle-ci franchit le seuil de l'appartement, elle voulut se rendre dans la chambre de Lucie, dont la porte était désormais verrouillée. Elle supplia Greg de lui ouvrir. Même si pour lui ce fut pénible, il refusa. Il tenta de la convaincre que cela ne ferait que la détruire davantage. Il la laisserait entrer quand elle serait plus forte. Un carton l'attendrait dans le placard. Ce fut bien la seule chose sur laquelle Marianne et lui furent du même avis.

Else courut s'enfermer dans sa chambre, tandis que Marianne annonçait à Greg qu'elles s'envoleraient pour la France le surlendemain. Il s'y opposa avec virulence. Elle n'avait pas le droit de l'emmener sans en parler avec lui d'abord. Face à sa réaction désabusée, elle resta pourtant de marbre. Selon elle, il n'avait pas son mot à dire, et Else était d'accord.

Il chercha à discuter avec elle, sans Marianne. Il pensait pouvoir la dissuader de partir. Sa belle-mère l'en empêcha, faisant encore monter le ton entre eux. Alertée par la querelle, Else réapparut dans le salon.

— Else, tu me quittes ?

— Non, je ne te quitte pas, Greg. J'ai juste besoin d'être avec ma famille.

Marianne s'interposa.

— Ce que tu penses n'a plus d'importance. Surtout pas après ce que tu l'as amenée à faire.

— Dégagez Marianne ! Votre présence n'est pas nécessaire.

— Non, je ne vous laisserai pas seuls. Que vas-tu encore lui mettre dans la tête ? Si c'est pour lui faire des reproches, tu aurais aussi vite fait de la passer directement par la fenêtre !

Les paroles de Marianne dépassaient ce que Greg était capable de supporter.

Il lui hurla :

— *Get out, Marianne! Get out now!*[7]

Son éclat de voix, d'une violence inhabituelle, fit sursauter Else qui paraissait si fragile, enveloppée dans un pull bien trop grand pour elle, avec son teint blafard et ses cernes. Prise de court par la véhémence de Greg, Marianne jugea plus prudent de s'éclipser. Else, les yeux rougis et humides, avait agrippé le dossier du canapé. Pour la première fois, elle avait peur de lui.

— Else, pardon, je ne voulais pas t'effrayer. Jamais je ne lèverai la main sur toi, tu le sais ? Je suis ta famille aussi, tu ne peux pas faire ça !

— J'ai besoin d'un peu de recul. On s'est fait trop de mal. Laisse-moi reprendre mon souffle, juste quelques semaines.

— Je sais que si tu pars, tu ne reviendras pas.

Il l'enlaça, enfouissant son visage dans son cou.

— *Please, Else, don't leave me, not now... not ever! I'm lost without you. You know that, right?*[8]

— Je sais ce que tu essaies de faire en me parlant comme ça. Tu ne comprends pas, Greg ! C'est trop douloureux d'être ici pour l'instant. Je reviendrai, je te promets. Ça ne sera que temporaire.

Il ne la croyait pas. Quand elle s'écarta de lui, il retira son alliance qu'il jeta vers elle dans un geste désespéré. Pourquoi rendait-il les choses si difficiles ? Elle souhaitait juste s'éloigner quelque temps, afin de panser ses blessures. Tout dans cette ville, dans cet appartement, y compris Greg, lui rappelait cruellement Lucie. Et cela, il ne voulait pas le comprendre. Son quotidien était devenu une torture insidieuse qui lui remémorait en permanence ce qu'elle avait perdu.

---

[7] Sortez, Marianne ! Sortez tout de suite !

[8] S'il te plaît, Else, ne me quitte pas, ni maintenant… ni jamais. Je suis perdu sans toi. Tu le sais, pas vrai ?

Le lendemain soir, Greg rentra de ses cours alors qu'Else préparait sa valise dans sa chambre. Il s'appuya contre le chambranle de la porte. D'une voix douce, il lui conseilla :

— Tu ne devrais pas prendre autant de vêtements chauds. L'hiver à Paris va te paraître bien moins froid qu'ici. La neige risque de te manquer !

— Probablement. Tu n'auras qu'à m'en envoyer un peu.

— Promis, tu auras ta neige.

— Cela dit, il n'y a pas que la neige qui va me manquer.

— Le vent glacial aussi, c'est vrai. Tu adores ça.

Elle s'approcha de lui, évitant de croiser son regard.

— C'est ça, le vent glacial aussi.

Elle entremêla délicatement ses doigts dans ceux de Greg au moment où Marianne arrivait de la cuisine. Elle les interrompit calmement :

— Mon bébé, tu as fini ta valise ?

— Presque, répondit-elle en épiant Greg qui se dirigeait vers son bureau.

Marianne passa fermement son bras autour d'elle afin de la forcer à revenir au centre de la pièce.

— Qu'est-ce qu'il te voulait ?

— Rien, maman. Laisse-le tranquille ! Arrête de t'acharner sur lui comme ça, s'il te plaît. C'est contre moi que tu devrais être en colère, pas contre lui.

— C'est fou que tu continues à prendre sa défense ! Je ne te comprends pas.

— C'est parce que tu ne le connais pas aussi bien que moi je le connais. Tu n'as jamais cherché à savoir qui il est.

La nuit suivante, Else quitta discrètement le lit qu'elle partageait avec Marianne, en s'assurant de ne pas la réveiller. Elle se faufila dans le bureau dont elle referma précautionneusement la porte derrière elle. Greg ne dormait pas. Il entrouvrit la couette invitant Else à le rejoindre. Elle se glissa près de lui, posant sa tête sur l'autre moitié de son oreiller. Allongés face à face, en silence, leurs fronts se touchaient presque. Ils tombèrent dans un sommeil léger, bercés par le souffle régulier de l'autre. Aux premières lueurs de l'aube, Else retourna dans sa chambre avant que sa mère ne remarque son absence.

Dans la matinée, Greg les accompagna à l'aéroport. Else aurait préféré qu'il ne vienne pas. Cela rendait la séparation plus pénible encore. Marianne s'écarta le temps qu'ils puissent se dire au revoir. Greg prit Else contre lui, son visage dans le creux de son cou. Il sentait l'odeur de son parfum fleuri, celui qu'il lui avait toujours connu. Il ne lui demanda pas de rester, juste de revenir car il avait besoin d'elle dans sa vie. Elle passa une dernière fois sa main dans ses cheveux, ces cheveux si semblables à ceux de Lucie, afin d'ancrer dans sa mémoire la sensation de ses mèches blondes entre ses doigts. Elle embrassa son cou, puis recula pour suivre Marianne. Il ne la quitta pas des yeux, elle se força à lui sourire.

Lorsqu'elle franchit le portique de sécurité, elle s'approcha de la cloison transparente qui les séparait, et posa une main sur la vitre. Greg plaça la sienne au même endroit. Ils se fixèrent un instant, jusqu'à ce qu'elle s'éloigne sans se retourner, enserrée par le bras de Marianne.

Dès qu'il rentra chez eux, Greg chercha dans tout le salon l'alliance qu'il avait jetée deux jours auparavant. Elle avait roulé sous un meuble. Il la repassa alors à son annulaire. Il attendrait Else tout le temps qu'il faudrait.

15

Dans l'avion qui la ramenait en France, Else essaya de s'occuper pendant que Marianne dormait. Elle chercha dans son sac un élastique pour attacher ses cheveux. Dans la petite poche intérieure, elle découvrit les bagues qu'on lui avait retirées à l'hôpital. Elle les avait oubliées après les avoir glissées là afin de ne pas les perdre. Elle détacha de son cou la chaîne ornée d'un L que Greg lui avait offerte pour sa première fête des Mères.

Elle y enfila les deux anneaux argentés avant de la replacer. Elle voulait les avoir sur elle, même si Greg, lui, ne porterait plus son alliance. Cette alliance, qu'il n'avait sûrement pas pris la peine de retirer pour passer la nuit avec Tania, ne signifiait certainement plus rien pour lui.

Marianne et Bertrand avaient prévu d'héberger Else qui en était inquiète. Elle appréhendait en effet d'être prise entre deux feux. Ses parents avaient toujours eu du mal à rester une heure dans la même pièce sans que la tension monte entre eux. Cette fois, ce ne fut pourtant pas le cas. La peur de la perdre, après avoir déjà perdu Lucie, les avait rapprochés. Leur relation était plus sereine. Else s'en aperçut à Roissy dès qu'elles y retrouvèrent Bertrand qui l'accueillit en l'enlaçant tendrement, un peu gauche. Il ne savait pas trop comment s'y prendre avec elle.

Les premiers jours, Else dormit beaucoup. Elle avait retrouvé sa chambre, dans laquelle Marianne avait mis de l'ordre. Elle en avait ôté tout ce qui aurait pu lui rappeler sa vie avec Greg et Lucie. Elle avait enfermé dans le grenier les affaires de sa petite-fille, achetées lors de leur séjour en juillet, tout comme elle avait caché dans un tiroir du salon la photo de leur mariage et celle de Lucie prise l'été précédent. Bien que les fêtes de Noël soient proches, Marianne n'avait pas décoré la maison comme elle en avait l'habitude chaque année. Else ne s'en rendit même pas compte tant elle était hors du temps, hors de tout.

Quand Else récupéra de sa fatigue physique, elle abandonna sa chambre, traînant dans le salon familial où le temps s'égrainait lentement. Le matin, elle s'installait en pyjama, dans le canapé, devant la cheminée. Elle restait ainsi jusqu'au soir, à regarder par la fenêtre. Marianne se mit alors en tête de la bousculer un peu. Elle lui confiait des missions à remplir, comme elle l'aurait fait avec une petite fille. Elle entrait le matin dans sa chambre, ouvrait les volets, la sortait de sous les draps. Puis, elle lui précisait ce qu'elle attendait d'elle pour la journée : faire son lit, s'habiller, manger un peu, marcher au moins jusqu'au bout de la rue… Pas après pas, elle la relançait dans la vie. Le soir, quand ses parents se mettaient devant la télé, Else se recroquevillait entre eux dans le canapé, la tête sur le torse de son père, les pieds sur les genoux de sa mère. Elle finissait la plupart du temps par s'endormir. Seule, dans son lit, elle en était incapable.

Marianne lui avait aussi trouvé quelqu'un pour qu'elle puisse parler. Au début, Else n'avait pas hésité à dire à sa mère que l'idée était absurde. Comme pour Marianne cela n'était pas négociable, elle fut contrainte d'y aller chaque semaine. Elle ressortait en pleurs la plupart du temps, malgré tout, ses parents constatèrent que son état s'améliorait. Elle s'appuya également sur Jeanne qui venait souvent lui rendre visite, Else n'étant pas encore prête à retourner à l'endroit où son histoire d'amour était née.

Peu à peu, néanmoins, sa zone de confort s'élargissait. Elle allait désormais en centre-ville, faire les quelques courses que Marianne prétextait afin de l'obliger à se reconnecter au monde. Lors d'une de ses sorties, elle rencontra Amélie, une ancienne amie avec laquelle elle avait fait une partie de ses études. Elle ignorait tout de ce qu'avait vécu Else, qui apprécia alors l'absence de pitié qu'habituellement elle observait dans le regard des gens. Par conséquent, quand Amélie lui proposa de dîner ensemble, elle accepta volontiers.

Au grand étonnement de ses parents, elle se prépara pour sortir le vendredi suivant. Elle n'avait pas conduit de voiture manuelle depuis une éternité, son père lui fit donc faire un tour dans leur quartier. Il souhaitait s'assurer que ses réflexes n'avaient pas entièrement disparu.

— Tu te souviens où on met la clé ?

— Tu sais, c'est au même endroit sur les voitures automatiques, se moqua Else.

— Tu ne préfères pas que je te montre d'abord ?

— C'est bon, papa, détends-toi. C'est comme le vélo, ça ne s'oublie pas !

Au moment où elle mit le contact, Bertrand se cramponna à la poignée au-dessus de la portière. Il gardait de très mauvais souvenirs de tous ces mois de conduite accompagnée où il croyait avoir une crise cardiaque à chaque croisement. Elle fit exprès de caler à la première tentative de démarrage. Il se raidit davantage, déclenchant un éclat de rire chez Else. Ils se regardèrent comme s'il s'agissait d'un bruit surnaturel. Le rire de sa fille lui avait tant manqué. Depuis combien de temps ne l'avait-il pas entendue rire, ou à défaut vue sourire ? Comme prise en faute, Else redevint sérieuse et démarra pour de bon.

Il se détendit légèrement quand il réalisa qu'elle avait nettement progressé depuis ses dix-huit ans. Ils se redirigèrent vers la maison. Else en profita pour se moquer encore de Bertrand.

— Papa, il va falloir que tu sautes en marche, j'ai oublié comment on freine. Je ralentis et à trois, dit-elle en stoppant finalement la voiture sur le bord du trottoir.

— Else, mon ange… Bonne soirée !

Il lui sourit, posa la main sur son genou et s'extirpa de la voiture. En la regardant s'éloigner, il songea que son bébé ne pouvait pas être devenu cette femme à jamais fragilisée par la pire chose qu'un parent puisse connaître.

Attablée au restaurant, Amélie interrogea Else sur ce qu'elle avait fait durant toutes ces années.

— Alors, la dernière fois qu'on s'est vues, tu finissais ton master et tu sortais avec cet Américain. Tu as fait quoi depuis ?

Else hésita. Elle se sentait simplement normale avec son amie. Elle ne voulait pas redevenir la bête de foire qui avait perdu sa fille, tenté de se suicider et quitté son mari. Elle choisit donc de lui mentir.

— Il est reparti. Je suis restée.

— C'est dommage ! Il était sympa. Oh ! C'est que ça n'était pas le bon !

— Niveau boulot, je travaillais dans une librairie et j'écrivais des livres pour enfants.

— Pourquoi tu parles au passé ?

— Je suis en pleine remise en question, d'où mon retour en solitaire chez mes parents. Et toi ?

— Tu vas rire, je suis devenue prof ! Je sais, je jurais toujours mes grands dieux que je ne ferais jamais comme ma mère, et la réalité du marché de l'emploi m'a rattrapée. Mais ça va, je le vis bien. Et je suis comme toi, célibataire, sans enfant.

Ce dîner fit un bien incroyable à Else. Pendant quelques heures, elle n'avait pas été la petite chose délicate que tout le monde protégeait du moindre choc.

Quand elle rentra se coucher, un peu plus légère qu'en partant, ses parents faisaient semblant de ne pas l'attendre au salon. Else savait pourtant qu'habituellement ils étaient déjà dans leur chambre à cette heure de la soirée.

Elle leur dit combien cette sortie avait été agréable, néanmoins elle réalisa à ce moment que c'était à Greg qu'elle aurait aimé la raconter. Elle prétendit être fatiguée afin de monter au plus vite dans sa chambre où elle attrapa son téléphone. Il était dix-sept heures à Chicago. Greg devait probablement être à l'université. Elle composa son numéro pour la première fois en deux mois. Elle compta les sonneries. Elle savait qu'à la cinquième, elle basculerait sur la messagerie. À la troisième, il décrocha.

— Else ?

Elle tressaillit en entendant son prénom, sans pour autant répondre. Elle écouta simplement sa respiration. Elle aurait voulu lui dire que, pour la première fois depuis des mois, elle s'était sentie elle-même, que durant une heure elle n'avait pas pensé à ce poids douloureux dans sa poitrine. Au bout de quelques minutes, ce fut lui qui brisa enfin le silence :

— J'ai une réunion avec des étudiants qui va débuter, je dois raccrocher. Mais rappelle-moi… quand tu voudras, peu importe l'heure… et même si tu restes silencieuse.

— Attends ! dit-elle alors que la tonalité avait déjà remplacé la voix de Greg.

Elle se trouvait vraiment ridicule. Lui dire qu'elle avait passé une bonne soirée n'aurait pas dû être si dur. De quoi avait-elle peur ? De pouvoir à nouveau vivre sans Lucie ? Ou sans lui ?

Fin février, Else faisait sa promenade quotidienne imposée par Marianne, lorsque des flocons commencèrent à tomber. Elle leva le visage vers le ciel en fermant ses paupières pour profiter de cette sensation froide et humide sur sa peau. La neige lui rappelait Chicago et ses hivers si rudes, notamment le premier qu'elle avait vécu là-bas. Elle avait eu si froid cette année-là. Greg s'était moqué d'elle en voyant que, même chez eux, elle portait son bonnet à pompon.

Elle se réfugia dans la maison et, bientôt, tout le jardin fut recouvert de neige. Il lui vint une idée. Puisqu'elle ne parvenait pas à parler à Greg, elle allait lui envoyer des photos. Des photos qui n'auraient un sens que pour eux deux. Elle captura alors avec son téléphone les flocons en train de tomber dans le jardin déjà maculé de blanc de ses parents. Cinq minutes plus tard, elle reçut en réponse une photo du campus de Chicago enneigé. Ce soir-là, elle s'endormit dans son lit en la regardant, sans avoir besoin du réconfort de ses parents. Greg, comme promis, lui avait bien envoyé de la neige.

◊◊◊◊◊

Else continua à voir Amélie, qui était comme une bouffée d'air frais dans son quotidien. Elle avait l'impression de pouvoir être elle-même à nouveau, sans être épiée, analysée, auscultée. Lorsque son amie organisa une fête pour son anniversaire, Else hésita tout de même à accepter l'invitation. Elle n'était pas prête à passer une soirée, entourée d'inconnus, à s'amuser et à boire. Jeanne réussit à la convaincre. Que risquait-elle ? Au pire, elle s'ennuierait et trouverait une excuse pour rentrer.

Sa grand-mère tint, comme toujours, à s'assurer que la jeune femme ne partirait pas habillée simplement d'un jean et d'un pull. Pendant qu'elles choisissaient une tenue dans sa penderie, Else lui fit encore part de ses doutes.

— Je ne suis pas sûre que ce soit une bonne idée que j'y aille, mamie. Je suis super nerveuse. J'ai l'impression de remonter douze ans en arrière, pour ma première fête.

— Cette fois, au moins, je n'ai pas à te faire un topo sur la façon de remettre à sa place un garçon trop entreprenant, pouffa Jeanne.

— Il faut dire que la méthode que tu m'avais décrite était un peu expéditive.

— Efficace surtout, ma chérie ! Enfin, à condition de viser juste dès la première tentative !

Elles partirent dans un grand éclat de rire qui détendit immédiatement Else.

Chez Amélie, elle se laissa divertir par le spectacle de tous ces gens heureux de vivre, qui dansaient, chantaient, riaient… Elle s'était assise sur le rebord d'une fenêtre, un verre à la main. Un jeune homme brun de son âge s'approcha d'elle.

— Else, tu te souviens de moi ?

— Attends… Baptiste, c'est ça ?

— Exact ! On avait des cours ensemble à la fac.

— Je me rappelle. J'ignorais que tu connaissais Amélie ?

— On s'est rapprochés quand on a préparé le CAPES ensemble. Je suis content de te revoir !

Ils discutèrent de ce qu'ils avaient fait, de ce qu'ils étaient devenus. Ils prirent auprès de l'autre des nouvelles de ceux qu'ils avaient perdus de vue. Il était gentil, drôle, avenant. Else riait, plaisantait, oubliait un peu aussi. Ils passaient un bon moment quand, soudain, il se pencha vers elle pour l'embrasser. Elle ne lui rendit pas son baiser, alors il la fixa, gêné.

— Je suis désolé. J'ai tout foiré là !

— Non, c'est moi. J'ai probablement envoyé le mauvais message. Je m'excuse.

— Ne t'excuse pas. Je me doutais que ce n'était pas une bonne idée. Je ne sais pas pourquoi j'ai insisté.

Ils restèrent côte à côte, silencieux. Puis, Baptiste lui dit doucement :

— Je ne sais pas ce que ce mec t'a fait, mais tu as dû morfler !

Elle le dévisagea, stupéfaite.

— Pourquoi est-ce que ce serait forcément un mec ?

— Parce que c'est souvent un mec, non ? Quoi qu'il y ait eu, en tout cas, ça t'a changée. Ce n'est pas comme ça que je me souvenais de toi. À la fac, tu étais lumineuse, enjouée, impertinente.

— Qu'est-ce qui te fait croire que ce n'est plus le cas ?

— Tes yeux… Je vois bien qu'ils ne sont plus pareils. Ils semblent éteints.

Else se crispa, comme démasquée. Baptiste la rassura :

— Ne t'inquiète pas, je pense que je suis le seul à l'avoir repéré. C'est probablement parce que je t'ai trop regardée en douce pendant les cours. Tu donnes très bien le change.

Else, troublée, s'excusa de devoir partir. Il la retint le temps de lui demander :

— Quand tu iras mieux, peut-être ?

— Peut-être.

Une fois dans la rue, elle respira comme si elle était restée dix minutes en apnée. Elle avait eu tort de se penser capable d'affronter autant de monde en une soirée. Elle se contenterait pour l'instant de personnes moins nombreuses et surtout moins perspicaces.

◊◊◊◊◊

En avril, la nature rappela à Else que la Terre ne s'était pas arrêtée de tourner à la mort de sa fille. Les fleurs réapparaissaient, les feuilles des arbres repoussaient, les journées se rallongeaient. Else n'avait pas avoué à sa mère, qui s'y serait sûrement opposée, qu'elle avait cessé les médicaments. Ils bridaient son imagination dont elle avait besoin pour reprendre la peinture et l'écriture. Elle n'avait pas touché un pinceau depuis des mois. Elle retrouva les gestes, les réflexes, l'envie. L'envie de continuer les aventures de Gus. Le petit écureuil de Lincoln Park devait, lui aussi, faire ses adieux à Lucie.

Entre deux séances d'écriture, Else se rendit dans le jardin profiter des premiers rayons chauds de l'après-midi. Elle s'allongea dans l'herbe, sous le gros chêne près du cabanon, au fond du jardin, là où Lucie et elle faisaient la sieste. Des rais de lumière filtraient au travers du feuillage encore fin, au gré du vent. Elle ferma les yeux, se concentrant sur la fraîcheur de la pelouse le long de son corps, sur l'humidité de la terre, sur les brins d'herbe qui frémissaient sous ses doigts.

Elle ouvrit à nouveau les yeux en inspirant profondément. Pendant quelques minutes, elle n'avait pas eu mal. Le poids douloureux qu'elle portait sur la poitrine en permanence depuis ce terrible jour d'août avait, pour un court instant, cessé de la faire souffrir.

Comme la nature, elle sut qu'elle pourrait renaître un jour. Son grand-père, Pierre, lui avait appris que certaines plantes repoussaient plus fortes et plus belles après avoir été coupées. Elle se sentait comme elles. D'ailleurs, au-dessus des nuages de certaines journées de printemps, ceux d'où s'échappaient parfois des rayons de soleil, c'était peut-être lui qui prenait soin de Lucie désormais. Cette simple pensée l'apaisa.

La semaine suivante, Else décida de rendre visite à Jeanne, dans cet appartement qui avait été son chez-elle pendant cinq ans. Elle en était extrêmement nerveuse. Arrivée en bas de l'immeuble, elle aurait souhaité ne jamais être venue vivre là pour ses études. Si elle était restée chez ses parents, elle n'aurait pas vécu tout cela. Puis, elle songea qu'elle n'aurait alors connu ni Greg ni Lucie non plus. Et cela, elle ne le regrettait pas, elle ne pourrait jamais le regretter. Ils étaient devenus une partie d'elle.

Sur le palier, devant la porte de sa grand-mère, elle regarda les escaliers qu'elle avait si souvent empruntés pour aller retrouver son amoureux dans son appartement. Jeanne l'accueillit en l'enlaçant affectueusement. Elle l'emmena dans la cuisine préparer le déjeuner, comme autrefois. Elle prit de ses nouvelles, la complimenta pour sa bonne mine, puis elle rentra dans le vif du sujet avec sa délicatesse coutumière.

— Vous vous appelez plus souvent avec Greg ?

— Toujours aussi rarement... Quand on le fait, on ne parle pas. À défaut, on s'envoie des photos. Sur le chemin, je lui ai envoyé l'itinéraire du bus dans lequel j'étais.

— Des photos et des silences interminables ! Tu penses réellement que ça va résoudre vos problèmes, ma chérie ? demanda-t-elle ironiquement.

— J'aimerais lui parler, mais rien ne sort.

— Qu'est-ce que tu lui dirais ?

— Je ne sais pas. Qu'il me manque. Que j'aimerais lui manquer aussi. C'est ça, je voudrais qu'il me dise qu'il en crève de mon absence…

— Oh ! Mais il en crève, ma chérie, crois-moi !

— Comment le sais-tu, mamie ?

— Je le sens, quand on s'appelle de temps en temps, pour prendre des nouvelles.

— Vous vous téléphonez ! C'est lui qui t'a demandé de me parler ?

— Pas du tout. On ne parle pas beaucoup de toi. Tu n'es pas la seule à souffrir, ma chérie !

— Il t'a dit ce qu'il s'est passé entre nous ?

— Qu'il t'a injustement accusée de la mort de Lucie ? Oui. Il s'en veut.

— Ça et… le reste…

— Tania ne travaille plus avec lui.

Else cessa immédiatement d'éplucher le légume qu'elle avait dans les mains, se sentant trahie.

— Tu savais pour Tania ?

— Il me l'a raconté, effectivement.

— Tu savais, et tu ne m'as rien dit ? Tu es de son côté alors ?

— Je ne prends parti pour personne, ma chérie ! Ne sois pas mélodramatique ! D'ailleurs, toi non plus, tu ne l'as jamais évoqué. Ça prouve bien que tu ne voulais pas que je le juge.

Else baissa les yeux car Jeanne avait encore vu juste.

— J'ai fait des trucs débiles moi aussi. Je me suis jetée à la figure d'un inconnu aviné, comme une ado décérébrée et bourrée. Si Greg n'était pas venu me chercher, j'aurais probablement fait la même connerie que lui. Quelle ironie ! Je ne pensais pas être un jour comme mademoiselle Else : dévergondée, folle à lier et suicidaire !

— On fait toutes des conneries quand on est amoureuses et malheureuses ! J'en ai faites. Même si ta mère ne le reconnaîtra jamais, elle en a faites aussi. Le désespoir et l'amour font un mélange détonant avec l'alcool !

Sa grand-mère lui saisit le menton affectueusement pour qu'elle relève le visage.

— Je l'aime bien, ton mari. Je ne vais pas arrêter parce que ta fierté refuse de lui dire que tu ne peux pas vivre sans lui. Ça a toujours été votre problème. Vous ne voulez pas admettre la vérité par orgueil, comme si c'était une défaite face à l'autre. Vous me faites penser à des enfants qui diraient à leur mère qu'ils adorent, sous le coup de la colère et de la frustration, qu'ils la détestent, uniquement parce qu'ils savent que ça la fera souffrir. Il est temps d'être adulte, ma chérie ! Laisse-lui une chance.

— Tu crois que je devrais repartir ? Je ne pourrais plus vivre là-bas, mamie.

— Repartir… ou lui demander de venir.

— Il n'acceptera jamais.

— Alors, va le chercher !

Jeanne lui avait donné la solution. Si lui ne venait pas, c'est elle qui irait pour le persuader de reconstruire une vie ensemble en France.

Dans le train qui la ramenait chez ses parents, elle pesa le pour et le contre. Elle avait toujours suivi Greg. Leur vie n'avait tourné qu'autour de ses envies à lui. Il était temps qu'elle initie le mouvement. Il suffisait qu'il comprenne qu'il ne pouvait pas vivre sans elle, de la même façon qu'elle avait le besoin viscéral d'être avec lui. S'il le fallait, elle ferait même l'adulte. Elle ne se cacherait pas derrière une fierté mal placée. Elle mettrait son orgueil de côté pour lui faire voir la vérité.

Elle avait évidemment des doutes. Elle ignorait si le revoir ne réveillerait pas la douleur de le regarder ou la rancœur à son égard. Elle n'était pas certaine que sa décision tiendrait face à ce qu'elle éprouverait en le retrouvant. Elle avait conscience qu'elle ne le découvrirait qu'en y retournant.

Début mai, Else fut tirée du lit aux aurores par Bertrand. Il lui remit les clés de sa voiture en lui expliquant qu'elle était attendue par Jeanne une heure plus tard. Pour fêter dignement ses soixante-dix-sept ans, elle souhaitait que sa petite-fille l'emmène passer la journée sur une plage normande. Else trouva cette idée complètement loufoque, d'autant plus que la météo ne s'y prêtait pas du tout. Cependant, elle ne pouvait décemment pas refuser cela à celle qui la soutenait depuis si longtemps.

Elles s'installèrent donc sur la plage en fin de matinée, assises sur une couverture, emmitouflées dans leur manteau, sans âme qui vive à l'horizon. Le ciel gris et le vent ne perturbèrent en rien l'entrain de Jeanne qui sortit de son sac isotherme une petite bouteille de champagne et deux tartelettes aux framboises achetées par ses soins avant de partir.

Else, amusée, regarda sa grand-mère souffler l'unique bougie qui trônait sur sa pâtisserie, après avoir consciencieusement fermé les yeux pour son traditionnel vœu d'anniversaire. Pendant qu'elles trinquaient avec leurs gobelets en plastique, Else lui confia qu'elle avait décidé de retourner à Chicago convaincre Greg de vivre avec elle à Paris. Jeanne se montra immédiatement très enthousiaste.

— Tu as raison ! Tu n'as pas le choix de toute façon. Tu dois prendre les choses en main, redevenir la femme déterminée et sûre d'elle que tu étais.

— Je ne lui en ai pas encore parlé. J'attendais d'en discuter avec toi d'abord, pour être sûre. Mamie, tu penses vraiment que ça peut marcher ?

— Bien sûr ! Je ne doute pas un instant que tu sois capable de le faire céder. Par contre, ma chérie, il va falloir abandonner tes frusques habituelles. On n'attrape pas les mouches avec du vinaigre !

Au moment où elles trinquèrent à cette nouvelle, le téléphone de Jeanne sonna. Else s'écarta pour la laisser répondre, certainement à un admirateur pensant à son anniversaire. Elle se rapprocha de la mer sombre dans laquelle se reflétait le ciel nuageux et tourmenté. Elle ferma les yeux, savourant la sensation du vent sur ses joues et dans ses cheveux longs.

Elle fut interrompue par Jeanne qui lui pressa l'épaule en souriant. Elle lui tendit son téléphone. Devant l'air interrogateur d'Else, elle se contenta de lui ordonner gentiment :

— C'est mon vœu d'anniversaire… Dis-lui !

Else hésita à prendre l'appareil que lui proposait sa grand-mère. Jeanne lui mit alors de force dans la main en lui embrassant le front. Puis, elle s'éloigna le long de la plage. Else respira profondément, plaça le portable contre son oreille.

— Greg ?

— Else, je suis content d'entendre enfin ta voix.

— Greg, je rentre.

Le silence entre eux fut bientôt remplacé par un discret reniflement et par cinq mots qu'il désespérait de prononcer :

— Je t'attends, mon amour.

Le soir même, Else annonça à ses parents qu'elle avait l'intention d'aller à Chicago chercher l'homme de sa vie. Sans surprise, Marianne fut très contrariée par cette idée qu'elle trouvait totalement déraisonnable.

— Tu ne vas pas aller te traîner à ses pieds après tout ce qu'il t'a fait ? Else, bon sang, un peu de jugeote !

— Enfin Marianne, si c'est de vivre avec lui qui la rend heureuse, tu devrais l'encourager ! intervint Bertrand.

— Mais il l'a mise plus bas que terre ! Ça ne te fait rien, à toi, la manière dont il l'a traitée ?

— Marianne, tu nous fais chier ! Lui aussi était malheureux ! Il ne t'est jamais venu à l'esprit d'avoir un peu de compassion pour lui ? Else, si tu sens que c'est ce que tu dois faire, je te prendrai moi-même ton billet !

Elle s'attendait à ce que sa mère soit furieuse du ton employé par Bertrand. Au lieu de cela, Marianne le regardait, presque admirative. Else éclata de rire intérieurement. Jeanne avait raison en lui disant fréquemment que son père « gagnerait à se laisser pousser une paire de couilles, ça lui serait plus utile que la barbe ».

À la mi-juin, Else prit donc l'avion pour jouer sa dernière carte. Elle se donnait trois semaines. Consciente qu'elles seraient éprouvantes, il lui serait difficile de rester davantage. Si son plan échouait, tout serait fini.

16

Mardi 29 juin

Greg et Else étaient assis par terre dans la chambre de Lucie. Elle lui proposa d'examiner ensemble le contenu du carton. Ils commencèrent par l'album qu'ils ouvrirent délicatement. Ils feuilletèrent les pages où étaient collées les premières photos prises à la maternité. Else avait oublié comme sa fille était petite à la naissance. L'émotion leur serra la gorge. Ils étaient tristes, néanmoins, ils pouvaient encore ressentir le bonheur qu'ils avaient eu en tenant leur bébé pour la première fois dans les bras.

— Ma douce ! Si jolie ! N'est-ce pas, Greg, qu'elle était jolie ?

— C'est vrai ! Sur ces photos, elle est un peu rouge et fripée, mais elle est jolie. Elle était jolie. Et elle était heureuse aussi ! Ne doute jamais de ça ! C'était une petite fille très joyeuse.

Ils revécurent son premier bain, sa première purée, ses premiers pas, son premier vrai réveillon de Noël… Else avait moins mal. Elle réalisa qu'elle supportait désormais de revoir des clichés, de respirer à nouveau l'odeur de sa fille laissée sur les langes que Greg avait empaquetés sans les laver, de resserrer contre elle son premier pyjama, de toucher du doigt les empreintes de ses petits pieds faites à l'encre lors de sa naissance…

— J'adorais vous voir danser tous les deux. Tu la consolais comme personne.

Alors, Greg sortit son téléphone, mit leur musique… sa musique. Il tendit ses mains vers Else pour l'inviter à se lever.

— Ce soir, c'est toi que je console, mon Autre.

Il la prit contre lui tandis qu'elle plaçait son front sur l'épaule où leur bébé posait sa tête autrefois. Ils dansèrent doucement, les paupières closes, au rythme de la berceuse de Lucie.

— Est-ce qu'on arrête de souffrir un jour, Greg ?

— Je ne sais pas. J'aimerais te dire que oui, mais… je ne sais pas.

Le plongeon dans leur passé fut interrompu par un appel sur le téléphone d'Else. Bien qu'elle n'ait pas reconnu le numéro, elle décrocha aussitôt.

— Envoie-moi l'adresse, on arrive.

Elle raccrocha, puis tira Greg par la main pour qu'il la suive.

— Viens ! C'était James ! Il faut qu'on aille le chercher.

Ils trouvèrent facilement l'adresse qu'il leur avait envoyée. C'était un restaurant miteux, situé dans un quartier assez éloigné du sien. Dès qu'ils entrèrent, James, qui guettait la porte, se jeta dans les bras d'Else en sanglotant. Elle l'enlaça à son tour, soulagée de le savoir en sécurité avec eux.

Elle ne relâcha son étreinte que pour le faire monter dans la voiture. Else s'installa à son tour, attacha sa ceinture avant de s'affaisser dans son siège. Elle se tourna ensuite vers James et lui demanda sans hausser le ton :

— Explique-nous ce qu'il t'est passé par la tête, Forrest. Tes parents ont eu une peur bleue.

— C'était le but justement.

— C'est quoi cette idée à la con ? Où as-tu été pêcher ça ?

Greg se mit à rire.

— Je crois que, toi et moi, on est assez mal placés pour juger les idées à la con, non ?

James intervint un peu gêné :

— C'est la discussion qu'on a eue pendant qu'on peignait hier qui m'a donné cette idée.

— Je ne t'ai jamais dit de fuguer, voyons !

— Non, bien sûr, mais tu m'as raconté que tes parents s'étaient rapprochés après avoir cru te perdre. J'ai donc imaginé qu'en faisant une fugue, il se passerait la même chose avec mes parents. Je t'ai dit que j'allais chez ma grand-mère. Je savais que tu n'aborderais jamais le sujet avec ma mère puisque tu as rayé Nana de ta vie. Ce matin, j'ai attendu dans le hall de ton immeuble que maman reparte après m'avoir déposé. Je suis ensuite allé à la station de métro la plus proche. Je me suis perdu en changeant de ligne. Je ne savais plus où j'étais dans Chicago. J'ai marché toute la journée. Quand la nuit a commencé à tomber, j'ai vraiment eu peur. J'ai cherché un endroit d'où téléphoner. J'avais gardé dans mon sac à dos le papier avec ton numéro. Tu m'avais dit « n'importe quand », alors… je t'ai choisie. Je savais que, toi, tu viendrais, que tu ne me reprocherais rien.

— James… Tu as bien fait ! Je te l'avais donné pour être là si tu avais besoin. Jamais je n'aurais refusé de t'aider. Ne recommence plus ce genre de choses, d'accord ? Il aurait pu t'arriver n'importe quoi ! Quand j'y pense…

Elle se massa fermement la nuque. La tension qui s'était accumulée dans ses épaules depuis le premier appel d'Emily avait disparu. Voir enfin James assis sur la banquette arrière de leur voiture lui donnait la sensation que tous ses muscles s'étaient relâchés soudainement.

Ils raccompagnèrent James chez lui. Ses parents se précipitèrent pour le prendre dans leurs bras dès qu'ils ouvrirent la porte. Restés en retrait sur le palier, Else et Greg s'éloignèrent discrètement. Emily rattrapa sa belle-sœur, l'enlaça en la remerciant, la prenant de court. Elles se sourirent, sans avoir besoin de plus pour partager le soulagement d'une mère retrouvant son enfant sain et sauf.

Le couple déclina l'invitation de Nathan à rester un peu et regagna sa voiture. Avant de démarrer, Else observa Greg qui passait ses mains sur le visage, exténué par les émotions ambivalentes de cette soirée. Son cœur cogna plus fort dans sa poitrine. Une évidence, une certitude la frappa subitement : s'ils avaient survécu à Lucie, ils surmonteraient n'importe quoi. Elle allait pouvoir achever la mission qu'elle s'était donnée en revenant à Chicago.

Le lendemain matin, Else se réveilla dans les bras de Greg. Elle n'avait aucune envie d'en bouger. Elle s'étira un peu, soupira. Son corps était détendu. Pour la première fois depuis longtemps, elle eut l'impression d'être légère. Elle embrassa doucement le visage de Greg, afin de lui faire ouvrir les yeux. Malgré leur retour en pleine nuit et le manque de sommeil, il était temps qu'ils se lèvent. Greg avait des cours de bonne heure. Quant à Else, prévoyant d'utiliser leur voiture, elle devait le conduire à l'université.

Après l'avoir déposé sur le campus, elle se dirigea en périphérie de la ville, à l'endroit où elle avait eu envie de se rendre dès son arrivée à Chicago. Fébrile, elle engagea sa voiture dans une allée bordée d'arbres. Elle resserra davantage la pression de ses mains sur le volant dans l'espoir d'en calmer le tremblement. Elle s'arrêta le long d'une grande étendue d'herbe. Elle descendit du véhicule, tournant son visage vers le soleil pour profiter de sa chaleur réconfortante.

Elle circula ensuite au milieu des pierres tombales. Elle atteignit rapidement celle de Lucie. Elle ôta ses chaussures afin de ressentir la fraîcheur de la terre et de l'herbe sous ses pieds nus, comme si ce simple geste la rapprochait de sa fille. Elle s'assit sur la pelouse et caressa les inscriptions sur la stèle.

Lucie Ann Stanton

—

Notre lumière à jamais

— Bonjour, ma douce ! Maman est revenue. Je suis désolée de t'avoir laissée aussi longtemps. Tu as dû te sentir bien seule. Papa est venu te voir parfois ? Probablement pas… Ne lui en veux pas, il n'a jamais aimé les cimetières. Tu lui manques tellement, ma Lucie. À moi aussi d'ailleurs, tu me manques. Mais ça, tu le sais.

Elle demeura près de la tombe encore un moment à parler à sa fille. Elle se pencha pour déposer les fleurs qu'elle avait amenées. Une voix familière dans son dos la fit soudain sursauter.

— Alors, c'est vrai ! Je n'y croyais pas quand j'ai appris que tu étais rentrée !

Stupéfaite, Else se releva afin de faire face à Louisa.

— Pourquoi êtes-vous là ?

— Je viens voir ma petite-fille régulièrement. Ça, tu ne peux pas me l'interdire.

— Vous faites bien ce que vous voulez tant que vous restez physiquement loin de Greg et moi, dit-elle en s'écartant.

— Il doit être tellement soulagé que tu sois revenue. Comment va-t-il ?

Else fit volte-face.

— Demandez-lui directement !

— Il m'ignore. Quand je l'appelle, il ne répond jamais. Il ne parle plus qu'à George.

— Vous l'en blâmez pour ça peut-être ?

— Non, c'est moi que je blâme. Tous les jours. J'ai perdu mon fils et ma petite-fille.

Else lui lança au visage avec fureur :

— Moi, c'est ma vie entière que j'ai perdue ! Toute ma vie ! Vous avez arraché mes tripes et vous les avez piétinées. Alors vos états d'âme ne me touchent pas du tout ! Et votre fils n'est pas mort que je sache !

Else s'éloigna, puis revint légèrement sur ses pas. Elle apostropha Louisa d'une voix tranchante :

— Voyez-le comme une vengeance, ou pas d'ailleurs, ça m'importe peu. Mais, je vais vous prendre Greg, comme vous m'avez pris Lucie. Je vais le ramener avec moi en France et vous ne le reverrez plus. Vous ne ferez plus jamais partie de sa vie, je m'en assurerai. Vous allez souffrir Louisa, de la même manière que je souffre.

Elle la fixa intensément pour que sa belle-mère comprenne qu'elle ne plaisantait pas. Le sourire que Louisa lui adressa la désarma complètement.

— Tu ne me pardonneras jamais, n'est-ce pas ?

Else ravala ses larmes.

— Jamais.

— Déteste-moi Else, lui dit-elle doucement. Si ça vous aide, Greg et toi, à supporter la mort de votre fille, alors, allez-y, détestez-moi.

Elles échangèrent un dernier regard. Louisa fut la première à se détourner. Else la dévisagea encore quelques secondes. Malgré elle, des larmes coulèrent sur ses joues quand elle cligna enfin des yeux. Comme cette femme devait aimer son fils, aussi fort qu'elle-même aimait Lucie, pour préférer qu'il la haïsse afin qu'il soit moins malheureux !

Else rejoignit lentement sa voiture. Elle quitta le cimetière avec la sensation diffuse que le soleil brillait plus intensément, que ses poumons respiraient plus facilement, que le monde autour d'elle était tout de même un peu plus beau. La paix et la lumière dont elle avait si cruellement besoin n'étaient plus inaccessibles.

En fin de journée, Else attendait Greg devant son bâtiment, et non sur le parking de l'université comme elle l'avait toujours fait. Ce changement d'habitude ne passa pas inaperçu auprès de lui, cependant ce ne fut pas cela qui le frappa le plus. Ce fut plutôt l'éclat de ses yeux bleus. Elle vint à sa rencontre, le sourire aux lèvres. Il plongea son regard dans le sien. Elle semblait apaisée, sereine. Il comprit immédiatement ce qu'Else avait fait de sa matinée.

— Tu as été au cimetière ?

— Oui, je suis allée dire au revoir à Lucie. Je crois que je n'y retournerai plus. Je peux la retrouver ailleurs que là-bas maintenant, je le sais. Par exemple, dans toutes ces choses que tu as gardées dans le carton. Si j'avais eu à les choisir, j'aurais conservé exactement les mêmes souvenirs.

Il l'embrassa tendrement. Else, sa Else, était vraiment revenue. Il le devinait rien qu'à la façon qu'elle avait de le regarder.

◊◊◊◊◊

Le jeudi, Else prenait son café tout en peaufinant les détails de ses textes, lorsqu'Emily l'appela. Garée en bas de l'immeuble, elle souhaitait monter. Elles ne s'étaient pas revues depuis que Greg et elle avaient raccompagné James, mardi soir.

Else l'accueillit dans son appartement, un peu mal à l'aise. Elle lui offrit un café pensant se donner un sursis avant qu'Emily ne lui reproche d'avoir mis des idées dangereuses dans la tête de son fils. Pendant qu'Else les servait, Emily, très calme, jeta un œil aux derniers dessins de sa belle-sœur.

Elle saisit la tasse tendue par Else, en lui proposant de s'asseoir pour parler un peu. Une fois installées sur le canapé, elle sortit un papier de son sac.

— Si j'avais pu te rendre Lucie comme tu m'as rendu James, je l'aurais fait. Mais je ne peux pas. Alors, je t'ai apporté une petite part d'elle.

Elle lui présenta le document. Else le lut silencieusement et, bouleversée, porta la main à sa bouche.

— Je ne comprends pas, Em. C'est…

— Oui, ce sont les informations que j'ai obtenues sur les receveurs[9]. Ses poumons, son cœur, son foie, ses reins… Cinq enfants, Else ! Regarde, grâce à Lucie, ces enfants peuvent aller

---

[9] Aux États-Unis, même si le don d'organes reste anonyme, la famille du donneur peut être informée du profil des receveurs. Les deux parties peuvent même demander à entrer en contact.

à l'école, jouer avec leurs amis. Leurs familles peuvent les voir grandir. Ils auront des projets, un avenir, une vie. C'est inestimable ce que tu leur as donné ! Je suis consciente de la douleur et du sacrifice que ça représente pour toi. Ça n'a pas de prix ce que tu as fait, ce que Lucie a fait.

Else était si émue que sa voix en trembla.

— Merci, Em ! Tu n'imagines pas ce que ça signifie pour moi.

— Tu n'auras certainement pas moins de chagrin. Malgré tout, savoir que le cœur de ta fille bat toujours t'aidera peut-être.

Emily posa une main sur la sienne.

— Je ne te déteste pas, Else. Je sais que tu le crois, pourtant ce n'est pas le cas. J'étais juste jalouse. Tu as débarqué dans nos vies comme une petite bulle pétillante de fraîcheur, gaie et spontanée. Je t'ai enviée. Même aujourd'hui, tu arrives à être plus proche de mon fils que je ne le suis.

— Je n'ai pas de mérite. James est un gamin génial ! Donne-lui l'occasion de te parler. Tu découvriras comme il est intelligent et sensible. Il dessine bien aussi. Il est vraiment doué. Ne le broie pas. Laisse-le être lui. J'ai vu comme ça lui a fait du bien de pouvoir s'exprimer sans jugement. Alors, non, il ne sera peut-être pas un grand scientifique. Mais si devenir un artiste lui permet de mettre un peu de couleur dans sa vie, et pourquoi pas un peu dans celle des autres, ce sera déjà une réussite.

Elles échangèrent un sourire timide. Sentant l'émotion les gagner, Emily clôtura la conversation :

— Je te dépose James lundi ?

— Bien sûr ! Je l'attends.

Else montra la liste à Greg le soir même. Elle avait conscience de lui avoir forcé la main lorsque faire don des organes de Lucie avait été évoqué. Elle espérait qu'il comprenne mieux sa décision. Il lut le document la gorge serrée, comme elle l'avait fait plus tôt dans la journée.

Il s'éclaircit la voix avant de parvenir à articuler quelques mots. Elle avait eu raison de lui faire signer ces papiers. S'ils avaient évité à d'autres parents de connaître ce qu'ils avaient vécu, c'était finalement la meilleure chose à faire. Ils collèrent ensuite la liste sur la première page libre qu'ils trouvèrent dans l'album de Lucie.

17

Pour leur premier week-end sans béquilles ni neveu, Else avait envie d'une relative légèreté, surtout après les émotions intenses des jours précédents. Le vendredi, elle réveilla Greg.

— Lève-toi mon amour, on sort aujourd'hui !

Encore ensommeillé, il essaya en vain de rabattre la couette sur elle.

— Tu ne préfèrerais pas dormir plutôt ?

— Non, j'ai assez dormi ces derniers mois pour ne plus avoir à le faire pendant dix ans ! Allez, debout !

— Où as-tu décidé de me traîner ?

— Pourquoi pas au Loop ?

— C'est un truc pour les touristes, Else !

Elle prit un air enfantin en s'écriant avec entrain :

— Faisons les touristes alors ! Allez, Greg ! Comme lors de mon premier séjour ici. Tu te souviens ? Et l'autre soir, tu m'as dit que tu ne pouvais rien me refuser. Prouve-le !

— Je savais que je n'aurais jamais dû te dire ça. C'est le genre de phrases que tu n'oublies jamais.

Else souhaitait faire secrètement ses adieux à Chicago. Elle voulait refaire le tour de la ville une dernière fois. Dans The Loop, un quartier au centre de la ville, ils allèrent au John Hancock Center, d'où la vue panoramique était incroyable. Ils y restèrent un long moment. Else avait l'impression que, quel que soit l'endroit où elle posait les yeux, elle y avait des souvenirs. Ensuite, ils se rendirent au Millenium Park, voir, comme tous les touristes, les lieux les plus visités : la Cloud Gate, la passerelle BP ou le Lurie Garden.

Ils vécurent une journée comme ils n'en avaient pas connue depuis longtemps. Greg retrouva la jeune femme insouciante et drôle qui avait surgi dans sa vie sans crier gare quelques années auparavant.

Le samedi, Else suggéra d'aller dans un endroit où ils pourraient se détendre et parler tranquillement. Lincoln Park fut le choix le plus évident. Ils y avaient tant de souvenirs ! Ce serait aussi l'occasion de rendre visite à Timothy. Ils débutèrent donc leur promenade par la librairie.

Face à la devanture, le téléphone de Greg sonna. Il s'éloigna le temps de répondre esquissant un signe de la main pour l'inciter à entrer seule. Elle espionna d'abord Timothy au travers de la vitrine. Il était en train de parler à une fillette en faisant des grimaces, un livre dans les mains. Il adorait montrer aux enfants qu'une histoire couchée sur du papier était aussi très vivante.

Lorsqu'elle entra, il était de dos, ne pouvant pas la voir s'approcher. Il sursauta quand elle s'adressa à lui, ravie de son effet de surprise.

— Else, merde ! Tu as failli me tuer !

— Toujours dans la modération, hein !

Timothy se releva pour la prendre dans ses bras.

— Tu es toute seule ?

— Ton siamois ne va pas tarder, il parle avec Nathan au téléphone.

Il se recula légèrement pour mieux l'examiner.

— Mais tu es radieuse ! Du nouveau dans ta vie depuis la dernière fois peut-être ?

— Ne fais pas semblant ! Je sais que Greg te raconte toujours tout.

Il appuya doucement son index sur le nez d'Else comme il en avait l'habitude avec ses fils, la faisant pouffer. Quand Greg entra dans la boutique, il la vit plaisanter avec Timothy qui l'interpella :

— Tiens, voilà ma deuxième moitié de cerveau !

Greg les regarda, interloqué, n'ayant aucune idée de ce dont il parlait. Il en déduisit qu'il s'agissait sûrement d'une de leurs blagues farfelues qu'ils adoraient échanger. Timothy donna une rapide accolade à Greg. Else observa alors le duo inséparable se reformer sous ses yeux. Ces deux-là n'avaient parfois même pas besoin de se parler pour se comprendre.

Elle avait pensé un temps demander à Timothy de l'aider à convaincre Greg de repartir avec elle. Cependant, elle était persuadée qu'il se serait empressé de tout lui rapporter, faisant immanquablement échouer son plan. Il ne pouvait jamais rien lui cacher surtout lorsque Greg était concerné. Elle s'était ainsi souvenue avec nostalgie de cette journée d'avril où il l'avait surprise, dans les toilettes du personnel, son test de grossesse à la main, à attendre que le résultat apparaisse. Elle avait alors dû le supplier de ne pas prévenir Greg qu'elle était enceinte. Elle avait également été contrainte de lui promettre de le lui annoncer le jour même, tant il était sûr de ne pas pouvoir garder cette nouvelle pour lui plus de vingt-quatre heures. Timothy avait d'ailleurs été plus enthousiaste qu'elle.

Après la librairie, ils s'installèrent dans Lincoln Park, sur la pelouse, Else adossée à un arbre, la tête de Greg sur ses genoux. Ils prirent enfin le temps d'évoquer leur couple. Else n'osa pas encore lui avouer qu'elle était venue pour qu'il reparte avec elle. Greg avait toujours refusé de vivre définitivement en France, elle savait donc qu'aborder ce sujet provoquerait un conflit entre eux. Elle n'en avait pas du tout envie, préférant savoir comment s'étaient passés pour lui les six derniers mois.

Il lui confia que tout ce temps sans elle avait été difficile. Elle lui avait manqué, chaque jour. Pour s'occuper, il s'était plongé dans le travail. Il avait alors passé la plus grande partie de ses journées à l'université. Redoutant de rentrer dans leur appartement vide, il trouvait toujours une raison de retarder ce moment. Il sortait parfois avec Timothy ou leurs autres amis, voyait Nathan et Emily. Il avait meublé sa vie en attendant qu'elle revienne.

Puis, à son tour, Else lui raconta comment elle était retournée vers la surface après avoir plongé si profondément dans les abîmes du chagrin. Il lui avait manqué aussi et l'abandonner avait été une réelle épreuve. Cependant, le voir, c'était voir Lucie à travers lui. Ce départ avait été vital pour elle. Si elle était restée, elle se serait éteinte progressivement, elle en était persuadée. Revenir à Paris où personne ne connaissait son histoire lui avait permis de reprendre pied. Elle essaya, subtilement, de lui faire comprendre qu'il serait plus simple pour eux de continuer leur vie dans un endroit où les autres ne leur renverraient pas constamment leur passé avec Lucie. Greg ne sembla pas saisir le message. Il faudrait bien, pourtant, qu'elle lui dise.

Else lui caressait tendrement les cheveux de la main droite, la gauche posée sur son torse. Il observa alors sa cicatrice qu'il effleura du pouce.

— Elle te fait mal ?

Elle dissimula par l'humour son embarras.

— Seulement les jours de pluie.

— Tu ne cherches absolument pas à la cacher.

— Je devrais en avoir honte ? C'est toi qu'elle a l'air de déranger le plus. Elle fait partie de moi maintenant.

— Je dois juste m'y habituer. Quand tu es rentrée en France, tu avais encore un pansement. Je ne l'avais jamais vue avant ton retour.

— J'avais oublié ce détail. On pourrait éviter d'en parler, Greg, s'il te plaît ?

— Moi, je veux qu'on en parle, lui avoua-t-il doucement.

— Si on parle de ça, on devra parler de Tania alors !

Elle pensa le décourager. Au contraire, il persévéra.

— D'accord ! Je commence.

Il se redressa pour s'asseoir face à Else que cette attitude déstabilisa. Les yeux dans les yeux, il lui jura que cette nuit avec Tania était la seule fois où il l'avait trompée. Le jour où leur dispute avait été plus violente que les autres, il avait été si furieux contre elle et contre lui-même. Rien de ce qu'il lui avait dit n'avait semblé la toucher. Il avait été perdu au point de ne plus savoir quoi faire pour qu'elle réagisse.

Il s'était rendu machinalement à l'université afin de se calmer dans son bureau. Dans le hall du bâtiment, il avait rencontré Tania qui sortait tard d'une réunion. Lorsqu'elle l'avait vu si abattu, elle lui avait proposé de boire un verre ensemble. Il lui avait parlé de Lucie, de son couple, de leurs problèmes de communication. Elle l'avait écouté patiemment, sans jugements ni remarques.

Il l'avait raccompagnée à sa voiture en fin de soirée. Au moment d'ouvrir sa portière, elle l'avait embrassé, puis l'avait invité chez elle. Conscient que c'était une erreur d'accepter, il l'avait tout de même suivie. Il avait été tellement en colère, meurtri et seul aussi.

Il n'avait vu les appels d'Else qu'au petit matin. Il s'était senti atrocement coupable, néanmoins cette colère ne s'était toujours pas dissipée. En rentrant, il n'avait même pas tenté de lui cacher ce qu'il s'était passé, sachant qu'elle le devinerait aussitôt. Il n'avait pas imaginé l'effet dévastateur que cela produirait sur eux.

Else ne parvenait plus à le regarder dans les yeux. Elle le comprenait si bien. Elle avait éprouvé la même chose le soir où elle était sortie dans ce bar avec ses amies, dans l'espoir de le faire souffrir. Ni l'un ni l'autre n'avaient alors été conscients que se faire du mal avait constitué le seul moyen d'appeler à l'aide.

Il caressa la joue d'Else la forçant à tourner son visage vers lui.

— C'est à ton tour. Pourquoi as-tu fait ça, mon amour ?

— Je ne sais pas. Sur le moment, ça me paraissait la seule issue possible. Je voulais juste que la douleur et la culpabilité s'arrêtent. J'étais incapable de vivre avec mes reproches et les tiens. Et surtout… je ne pouvais pas rester dans un monde où ma fille n'existait plus.

Il comprenait aussi.

— Tu ne pouvais qu'en arriver là, c'était la seule solution que tu aies trouvée. Je t'ai blessée, humiliée, abandonnée. Tu étais désespérée. Je ne l'ai pas vu, j'étais trop aveuglé par mon propre désespoir. Je suis responsable. J'ai l'impression de t'avoir mis moi-même ce couteau dans la main.

Elle lui chuchota, rassurante :

— Je t'ai entendu me parler… Quand tu m'as prise dans les bras, que je voulais mourir, je t'ai entendu. Je sais que, tout ça, tu me l'as dit. C'était terrible de t'écouter, de réaliser ce que je te faisais endurer, ta peur, ta douleur de me perdre. Je me suis alors accrochée à ta voix, Greg. La même voix douce avec laquelle tu t'adressais à Lucie.

— Je pense que ce n'est pas un hasard si je suis revenu ce jour-là. Appelle ça comme tu veux : de l'instinct, un pressentiment, je ne sais pas… mais quelque chose m'a poussé à revenir. J'ai eu si peur de te perdre. Je ne veux plus qu'on s'en veuille.

Elle posa son front contre le sien.

— *Let's agree, Greg, no more blame.*[10]

— *No more blame.*

Il l'embrassa et se mit à rire.

— Tu ne perdras donc jamais ton accent !

— Non, j'y tiens désormais. Je le cultive même. Et puis, je sais que c'est ce que tu aimes le plus chez moi !

— C'est vrai ! Ton accent… et tes jambes.

Dimanche, l'Amérique célébrait son 4 Juillet. Ils restèrent à la maison. Else devait encore travailler un peu sur son livre.

---

[10] Plus de reproche, Greg, d'accord.

Elle avait rendez-vous le lendemain avec son éditrice. Cela n'était pas sans déplaire à Greg, car il adorait la regarder peindre.

Elle était si concentrée. Parfois, une mèche de cheveux lui tombait sur le visage, alors elle soufflait pour la repousser afin de ne pas avoir à poser son pinceau. Elle n'était jamais aussi belle que lorsqu'elle ne pensait pas être observée.

L'attention de Greg ne pouvait pas se détacher d'elle, de ses gestes précis et souples, du léger froncement de sourcils qui marquait parfois son front, de sa bouche qui mordillait son pinceau. Par-dessus tout, il retrouvait les yeux de Lucie dans ceux de sa femme. Il ne parviendrait plus à revivre sans elle. Maintenant qu'elle était là, il ne la laisserait pas repartir.

Le soir, il proposa à Else d'aller voir le feu d'artifice. Il savait qu'elle les adorait. Elle avait toujours l'air d'une enfant à chaque explosion. Il l'emmena près de Navy Pier, une jetée sur les rives du lac Michigan, proche du phare de Chicago. Ce phare qu'Else ne manquait jamais de dessiner dans chacun de ses livres.

Afin d'éviter la foule, ils assistèrent aux festivités depuis une plage moins fréquentée. Bientôt, elle ne vit plus les couleurs qui éclataient au-dessus d'eux que sur le visage de Greg. Au moment du bouquet final, elle ne regardait plus depuis longtemps, trop occupée à l'embrasser.

◊◊◊◊◊

Lorsque le réveil sonna, Else ouvrit les yeux péniblement malgré les rideaux grands ouverts. James n'allait pas tarder à arriver. Ce fut à contrecœur qu'elle échangea son lit contre l'un des tabourets de la cuisine. L'odeur du café frais et la présence de Greg effacèrent rapidement son désir de se recoucher.

James se présenta chez eux comme convenu avec Emily, un peu embarrassé de les revoir après la frayeur qu'il avait causée à sa famille. Else le rassura immédiatement.

— On ne reparlera pas de mardi à moins que tu n'en ressentes le besoin. Je ne suis pas ta mère. Tu n'as pas de comptes à me rendre. Tu es là pour qu'on passe une bonne journée. Ça te va ?

Il se contenta de hocher la tête timidement en guise de réponse. Greg apparut à son tour dans le salon et tapa amicalement sur son épaule. Ce geste détendit aussitôt son neveu. Aucun des deux ne lui en voulait.

Avant de partir, Greg embrassa Else tendrement, faisant rougir James. Il ne se rappelait pas la dernière fois où il avait vu ce couple être aussi proche. Une fois seul avec sa tante, il lui demanda :

— Vous vous êtes finalement souvenus que vous vous aimiez alors ?

Les joues d'Else s'empourprèrent.

— Je crois que, dans le fond, on n'avait jamais vraiment oublié. Sinon, on ne se serait pas fait autant de mal.

— Je suis content pour vous… et pour Lucie.

Il n'osa pas lui dire que cela le réconfortait également. Si Greg et elle avaient réussi à résoudre leurs différends, sans doute que ses parents, avec des problèmes moindres, le pourraient à leur tour.

Else devait aller voir Susan. Avant de partir à son rendez-vous, accompagnée de James, elle en profita pour lui montrer son travail. Elle lui expliqua d'où lui était venue son inspiration pour les textes, pour les dessins, comment serait ensuite fait le livre. Elle s'appliqua également à lui donner beaucoup de conseils. Au début, il ne saisit pas bien pourquoi Else prenait soin de lui fournir autant d'informations. L'intuition qu'il eut soudainement étonna la jeune femme.

— Tu vas t'en aller, n'est-ce pas ?

Elle le dévisagea presque soulagée. S'il avait compris, cela ne servait à rien de lui mentir. Elle lui avoua tout :

— Oui, je vais repartir. Greg n'est pas encore au courant. Je prends l'avion mercredi. Je n'ai jamais eu l'intention de rester. Je suis revenue pour le convaincre de venir avec moi.

— Tu crois qu'il va accepter ?

— Honnêtement, je ne sais pas. Il a toujours refusé de quitter définitivement Chicago. Il sera sûrement furieux, mais j'espère qu'après y avoir réfléchi, il me suivra.

— S'il t'aime, il viendra.

— Tu es mignon James. J'aimerais que les choses soient aussi simples. Avec Greg, c'est rarement le cas.

Ils prirent le métro pour se rendre en centre-ville. Else attrapa au guichet un plan du réseau qu'elle tendit d'un air provocateur à James qui fronça gentiment les sourcils. Le rendez-vous avec l'éditrice se révéla meilleur que prévu. Else apprit que ses livres allaient être traduits et diffusés à l'étranger, en France notamment. James la félicita, ce ne fut pourtant pas ce qui la toucha le plus. Elle fut surtout émue qu'il lui confie que la voir travailler sur son livre lui avait donné envie de faire comme elle. Elle l'encouragea à poursuivre cet objectif qui ne pourrait que l'aider à s'épanouir davantage.

Cet aveu inspira à Else l'activité du lendemain. Toutefois, avant cela, elle devrait avoir une discussion avec Greg. Afin d'éviter de penser à cette confrontation, elle proposa une autre expédition à James :

— Tu veux voir la France ?

Il la scruta perplexe. Elle lui sourit pour l'inciter à lui faire confiance.

— Oui, répondit-il méfiant.

— Alors, on y va !

Elle le conduisit à l'Art Institute, un musée rassemblant de nombreux tableaux de peintres français. Elle lui fit découvrir les paysages idylliques de Corot, les danseuses délicates de Degas, le romantisme de Delacroix, les animaux de Troyon. Elle termina la visite par l'une de ses peintures préférées. Elle représentait une jeune paysanne, pieds nus dans un champ, une serpe à la main au soleil couchant. James épia Else qui admirait le tableau. Il patienta un peu avant de lui poser des questions tant elle paraissait absorbée.

— Pourquoi tu l'aimes ?

— Je ne sais pas. C'est l'harmonie du tableau, les impressions qu'il dégage. Regarde comme le visage de la jeune fille se détache du reste.

— Qu'est-ce qu'elle fait ?

— Elle écoute le chant de l'alouette.

— Ça ressemble à quoi le chant de l'alouette ?

— Je n'en ai aucune idée. Pour moi, c'est le rire de Lucie.

— Pour moi aussi, ce sera ça alors. Elle te manque ?

— À chaque minute.

Il glissa sa main dans la sienne. Elle la serra, sans pour autant détacher ses yeux de la toile.

L'arrivée de Greg en fin de journée raviva l'anxiété d'Else. Au cours du dîner, elle lui annonça la nouvelle concernant ses livres. Il fut si fier d'elle, qu'elle se sentit coupable de devoir lui apprendre son intention de rentrer à Paris. Elle tenta d'amener les choses en douceur, même si rien n'atténuerait vraiment la déception ni la colère de Greg.

Elle attendit la fin de soirée, que l'intensité de la journée se soit dissipée. Elle lui proposa de s'installer au salon, tranquillement. Il perçut tout de suite qu'elle cherchait ses mots pour lui parler tout en évitant son regard.

— J'imagine que ce que tu essaies de me dire ne va pas être agréable à entendre.

— Greg, tu sais que je t'aime, n'est-ce pas ?

— Je le sais. Continue !

— Je suis revenue parce que je veux vraiment qu'on reconstruise notre vie ensemble. Mais je ne peux pas ici. C'est trop dur. Ces trois semaines m'ont confirmé ce que je craignais. Je vais repartir en France.

Il se leva, bouleversé.

— Donc, tu renonces ! Tu me quittes encore !

— Non, justement, je ne te quitte pas. Je veux que tu viennes avec moi cette fois. Tu es en vacances dans quelques jours, partons ensemble. Installe-toi à Paris avec moi !

— Je ne peux pas partir comme ça ! J'ai mon travail, ma famille, mes amis… Non, Else !

Elle se leva à son tour pour lui faire face.

— Je t'en prie, mon amour, réfléchis ! Je ne t'ai jamais rien demandé. Il y a six ans, j'ai quitté toute ma vie pour toi. Aujourd'hui, tu ne peux pas le faire pour moi ? Avec tes diplômes, ton expérience, tes relations, tu trouveras un emploi sans problème là-bas. Et puis, on pourrait avoir cet autre enfant dont on avait parlé…

— Je ne sais pas, Else ! Tu me dis ça comme ça, alors que tu connais l'épilogue depuis le début. Je devrais te donner une réponse tout de suite alors que le sujet n'a jamais été évoqué avant ce soir ?

— Quand tu comprendras que c'est la seule solution pour être ensemble, tu accepteras. Je te laisserai tout le temps qu'il te faudra, en attendant, moi, je repars. D'ailleurs, ce retour en France ne sera peut-être pas définitif. Pour l'instant, c'est ce dont j'ai besoin. Dans quelques années, rien ne dit que je ne serai pas prête à revivre à Chicago. Là, c'est trop tôt pour l'envisager.

— Tu repars quand ?

Elle hésita. Il insista.

— Else, merde, tu repars quand ?

— Mercredi.

— Mercredi ? Après-demain ? Tu aurais dû me le dire avant. C'est déloyal ce que tu fais !

— Essaie de me comprendre. Je voulais que tu réalises qu'on ne peut pas vivre l'un sans l'autre. Si je te l'avais dit, tu ne m'aurais jamais laissé une seule chance.

— Je ne peux pas. Je suis désolé. Je t'aime, mais je ne peux pas.

— Greg, quand vas-tu arrêter de te punir ? Tu n'es pas coupable de ce qui est arrivé à notre fille ni de ce que j'ai fait.

Et toi aussi tu peux quitter Lucie, je t'assure. Parce qu'en vérité, tu ne peux pas t'éloigner d'elle, n'est-ce pas ?

Les coudes sur le manteau de la cheminée, il posa sa tête dans ses mains.

— Je ne peux pas l'abandonner ici. Si je pars, tout ce qui me rattache encore à elle disparaît. J'ai besoin de rester là où j'ai des souvenirs avec elle et près de là où elle est maintenant.

Elle prit doucement son visage entre ses mains pour le contraindre à la regarder.

— Elle n'est plus là ! Moi oui ! Tout s'arrête alors ?

— Je suis désolé, dit-il en l'enlaçant.

Contrairement à ce qu'avait anticipé Else, Greg n'était pas furieux, seulement malheureux et résigné. Elle espérait tout de même qu'il cède en comprenant que si elle partait, cette fois, elle ne reviendrait pas.

Ils passèrent la nuit dans les bras l'un de l'autre, sans parler, juste pour être ensemble, comme la nuit qui avait précédé son départ avec Marianne. Greg n'avait rien vu se produire, une fois de plus. Else lui avait fait espérer qu'ils pourraient être à nouveau heureux ensemble. Elle venait de tout reprendre, impitoyablement. Pourtant, il n'arrivait pas à lui en vouloir. Il n'avait plus de temps à perdre avec de la rancœur. Au fond de lui, il était certain qu'elle changerait d'avis au dernier moment. À l'aéroport, elle n'aurait plus le courage de l'abandonner.

18

Le mardi, pour cette dernière journée avec James, Else prévoyait de lui fournir de quoi poursuivre ses ambitions artistiques. Elle lui fit découvrir la librairie de Timothy. Elle lui présenta les différents rayons, notamment ceux contenant les livres de ses films favoris. Elle lui conseilla de lire, d'observer, de se montrer curieux de tout, de saisir l'inspiration n'importe où. Timothy serait toujours content de l'aider, il lui donnerait des conseils aussi bien qu'elle l'aurait fait. Il pourrait prendre un peu sa place. Ils s'écriraient ou s'appelleraient également. Qu'elle reparte ne signifiait pas qu'ils ne feraient plus partie de la vie de l'autre.

Elle le laissa feuilleter un livre dans un coin de la librairie. Elle voulait discuter seul à seul avec Timothy qui travaillait dans son bureau. Lorsqu'elle y entra, il leva les yeux vers elle, attendant qu'elle parle. La timidité et la gêne qui l'envahirent la poussèrent à fixer ses pieds pour avoir le courage de l'affronter.

— Manifestement, Greg t'a déjà prévenu.

— Comment tu peux lui faire ça, Else ?

— Il a choisi, Tim. Je lui ai demandé de m'accompagner. Il a refusé. Il préfère sa vie ici à moi. Que veux-tu que je fasse d'autre ? Le ligoter pour le mettre de force dans l'avion ?

— Déménager serait un bon compromis. Et si vous changiez juste de quartier ?

Elle releva le visage pour planter ses yeux larmoyants dans les siens.

— Et passer le reste de ma vie à éviter tous les endroits qui me rappelleront Lucie ? Tu ne te rends pas compte ! Que crois-tu que je ressens quand je passe devant le square où elle aimait jouer, devant l'hôpital où elle est née… et morte ? Quand je croise des gens qui ne savent pas et qui me demandent comment elle va, qu'elle doit être bien grande maintenant ? Tu connais un moyen d'empêcher ça ? Et pour ceux qui savent, je les mets mal à l'aise. Je l'ai remarqué lors de ta soirée il y a dix jours. Cette fois, je me choisis d'abord !

— Je n'avais pas conscience que c'était si éprouvant pour toi !

— Greg non plus. Il ne veut pas admettre que c'est la seule solution. Il préfère rester ici, avec ses souvenirs. C'est fini, Tim. Tu prendras soin de lui ?

Il contourna son bureau et l'étreignit.

— Bien sûr ! Mais toi ? Qui prendra soin de toi, Else, quand je ne serai pas là pour le faire ?

— Tu veux me faire pleurer, c'est ça ? Mon Tim, si tu n'avais pas été le meilleur ami de Greg, je t'aurais choisi pour être le mien.

Elle se dégagea de ses bras et posa sa main sur son torse.

— Je vais aller chercher James avant de mouiller ta chemise et te mettre du mascara partout. Tu aurais des problèmes avec Maggie. Bon, tu seras sympa avec la suivante ! Ne lui fais pas sentir que je suis irremplaçable, ajouta-t-elle avec ironie.

— Pourtant elle ne sera jamais toi ! Pas de *Happy ending* alors ?

Elle se força à sourire entre ses larmes.

— Non, pas cette fois.

— Tu sais qu'il est dingue de toi depuis ce jour d'août dans le bus !

Elle haussa les sourcils.

— Il t'avait raconté ça aussi ?

— Le jour même… Tu lui avais fait un tel effet ! Il m'avait tout de suite parlé de cette petite Française jolie et spontanée qui venait d'entrer dans sa vie. À son retour pour les fêtes de fin d'année, il suffisait de l'entendre pour réaliser qu'il ne pourrait plus se passer de toi. Quand je t'ai rencontrée, j'ai compris ! Tu étais tout l'inverse des filles avec lesquelles il avait eu l'habitude de sortir.

— Je ne savais pas tout ça. J'ai mis plus de temps que Greg à réaliser qu'il était le bon.

— Si c'est le bon, pourquoi tu l'abandonnes ?

— Si les circonstances avaient été différentes, je serais restée. Et ce n'est pas Greg que j'abandonne, c'est Chicago… Lui, je l'aimerai toujours.

Else recula pour sortir du bureau en évitant de croiser son regard, elle avait du mal à retenir ses larmes. Elle quitta la librairie avec James, jetant un dernier coup d'œil à la devanture. Elle y avait vécu tellement de choses inoubliables : des rencontres incroyables, des sourires d'enfants fascinés, des fous rires interminables, des dimanches d'inventaire improbables. Elle n'avait pas que de mauvais souvenirs dans cette ville, néanmoins, les bons la faisaient souffrir tout autant. Timidement, James passa son bras autour de la taille d'Else. Elle mit sa main sur son épaule, touchée de cette soudaine et inattendue démonstration d'affection.

Quand Emily vint le chercher, James cacha maladroitement qu'il était triste de cette séparation. Il la remercia de tout ce qu'elle avait fait pour lui. Il n'imaginait pas combien cette aide avait été réciproque.

— Je ne pensais pas te dire ça un jour mais tu vas me manquer, Else.

— C'est étonnant, hein ? On s'appellera, ne t'inquiète pas. Tu en profiteras pour me donner des nouvelles de Greg.

— Il ne t'accompagne pas ?

— Non, lui répondit-elle difficilement.

— Je suis sûr qu'il va changer d'avis. Une fois que tu rentres dans la vie des gens, c'est compliqué de ne pas s'attacher à toi. Tu vois, toi aussi tu as un super pouvoir, et sans avoir à porter de costume ridicule ! s'exclama-t-il en rigolant. Regarde ce que tu as fait avec moi. Même ma mère est différente. Greg est tellement plus heureux depuis que tu es revenue. Il se rendra forcément compte qu'il ne peut pas vivre sans toi.

— C'est gentil de me dire ça. Tu es quelqu'un de très particulier Forrest ! Reste comme tu es surtout.

Il la surprit une nouvelle fois en se serrant contre elle. Lui savait à quel point elle souffrait. Il l'avait toujours deviné, depuis ce jour où il avait soutenu son regard après la mort de Lucie. Elle l'enlaça à son tour et déposa un baiser sur ses mèches blondes. Puis, il s'enfuit avant qu'elle ne voie qu'il commençait à pleurer. Else resta seule dans l'entrée, à se dire qu'elle n'était surtout capable que de faire du mal aux gens qui comptaient pour elle.

La soirée avec Greg fut étonnement calme. Else s'était attendue à ce qu'il lui fasse comprendre à quel point il était déçu. Il se montra au contraire tendre et attentionné. Il lui annonça qu'il l'accompagnerait à l'aéroport le lendemain. Elle lui avait dit partir en début d'après-midi, il avait réussi à se libérer. Il était persuadé qu'en étant présent elle renoncerait au dernier moment à le quitter.

Ils passèrent leur dernière nuit ensemble. Else en profita pour lui glisser à l'oreille :

— Promets-moi de déménager au moins. Ne reste pas ici avec tous ces fantômes autour de toi.

— Je te promets d'essayer.

Il l'embrassa avant de s'assoupir, le visage enfoui dans ses cheveux parfumés. À quatre heures du matin, Else se leva, enfila ses vêtements sans faire de bruit. Elle regarda amoureusement Greg dormir, puis elle prit ses valises.

◊◊◊◊◊

Vers sept heures, Greg se réveilla. La place vide à côté de lui était froide. Cela devait faire un moment qu'Else était debout. L'appartement lui parut tout de même étrangement silencieux. Il l'appela sans obtenir de réponse. Afin de vérifier l'heure, il alluma son téléphone qui lui notifia immédiatement un message. Un message d'Else.

Pressentant un problème, il appuya en tremblant sur l'écran qui diffusa aussitôt dans la pièce la voix étranglée de sa femme. Elle lui avait menti, son avion décollait à sept heures et quart, elle allait embarquer. Elle n'avait pas eu la force de revivre des adieux dans cet aéroport. Elle lui avait aussi laissé quelque chose sur la table de salle à manger. Elle avait terminé son message par « Tu sais où me trouver ! ».

Il sortit du lit précipitamment. Sur la table, il trouva un dessin. Dessus, Gus était assis sous la tour Eiffel. Il tenait un panneau portant l'inscription « Greg », le même que celui qu'Else avait fabriqué pour aller le chercher à Roissy presque sept ans auparavant.

À côté du dessin, il y avait une pile de photos, celles que Greg lui avait envoyées en réponse aux siennes : le campus enneigé, leur chat en boule sur les pulls d'Else dans la penderie, un nénuphar en fleur, les mains de Charlotte tenant un ballon de foot américain, des carres de patin sur la glace d'une patinoire, le soleil perçant au travers des voilages de leur salon…

Près de tous ces souvenirs, elle avait déposé son trousseau de clés. Elle ne reviendrait pas. L'angoisse le fit tressaillir. Son cœur avait comme arrêté de battre. Il n'arrivait pas à croire qu'elle l'ait quitté comme cela.

Il regretta soudain de ne pas en avoir fait davantage pour la retenir. Elle, au moins, avait cru assez en eux pour revenir le chercher malgré la souffrance que cela avait été pour elle. N'était-ce pas une preuve d'amour suffisante ? Et lui, qu'avait-il fait ou sacrifié pour elle en échange ? Il avait toujours attendu quelque chose d'Else, sans rien lui accorder en retour. Il en avait conscience désormais, mais elle était partie, lassée d'espérer qu'il fasse enfin un pas vers elle.

Il était trop tard pour se rendre à l'aéroport. Le temps d'y parvenir, son avion aurait décollé. Il prit son portable qu'il avait posé près du dessin. Else ne répondit pas à son appel. Elle avait probablement déjà dû s'envoler. Il se laissa tomber sur une chaise en regardant autour de lui. Leur appartement, où résonnait un silence assourdissant, n'avait jamais autant ressemblé à une prison. Le vide autour de lui devint oppressant.

◊◊◊◊◊

Dans le taxi qui l'emmena à l'aéroport, Else fondit en larmes. Elle avait échoué lamentablement. Elle se le reprochait. Elle avait pris Greg en traître, il le lui avait fait payer. Elle savait pourtant que le mettre au pied du mur n'avait jamais été un moyen efficace de le convaincre de quoi que ce soit. Elle aurait dû le prévenir immédiatement qu'elle ne resterait pas. Bien sûr, elle n'avait pas espéré repartir avec lui, toutefois, elle avait naïvement imaginé obtenir au moins qu'il la rejoigne. Elle avait vraiment été idiote de penser qu'il l'aimait assez pour faire les mêmes sacrifices qu'elle avait consentis pour lui.

Elle se présenta, déconfite, à la porte d'embarquement après avoir laissé un message à Greg. Elle l'avait appelé en sachant qu'il dormait encore. Lui dire de vive voix aurait été trop douloureux. Au moment de monter dans l'avion, le personnel navigant informa les passagers que le vol était retardé. Elle se réinstalla dans la salle d'embarquement. Elle rechercha alors du réconfort auprès de Jeanne en passant un dernier appel avant de monter pour de bon dans l'avion. Elle ne prit même pas le temps de la saluer, se lançant à brûle-pourpoint :

— Mamie, j'ai tout loupé ! Lundi, quand je lui ai demandé de rentrer avec moi, il a refusé. Il ne viendra pas. C'est foutu. Rien ne se passe comme prévu !

— Ma chérie, ralentis ! Je nous mets sur haut-parleur, ta mère est avec moi.

Jeanne reprit la parole après un bref silence :

— Le problème c'est que tu lui as donné quarante-huit heures pour tout quitter. Le timing était vraiment pourri, reconnais-le ! Tu croyais réellement le prendre sous le bras pour le ramener ici ?

— J'espérais qu'au pire il choisirait de me rejoindre. Là, il a dit non ! Qu'est-ce que je fais maintenant ?

Marianne intervint froidement :

— Rien ! Surtout, tu ne fais rien ! Tu t'es assez humiliée comme ça. Tu y es allée, te connaissant, tu l'as sûrement supplié et il n'a pas voulu. Le débat est clos. Il va falloir que tu passes à autre chose.

— En fait, il ne m'aime pas, ou pas suffisamment. Si c'était le cas, il m'aurait suivie. J'ai été stupide.

— Il était temps que tu réalises que, depuis le début, il n'y en avait que pour ses choix à lui.

— Marianne, n'en rajoute pas, s'il te plaît. Quant à toi, ma chérie, j'espère que tu ne vas pas encore t'écrouler. Tu dois avancer maintenant que tu as ta réponse. Il vaut mieux savoir, crois-moi, que de rester dans le doute.

Else mit un terme à la conversation, puisque l'embarquement reprenait. Lorsqu'elle raccrocha, elle constata que Greg l'avait appelée pendant qu'elle parlait à Jeanne et Marianne, sans pour autant laisser de message.

Elle avait besoin de réfléchir à la suite de sa vie. Elle avait du mal à envisager son avenir dorénavant. Jusqu'à présent, elle avait vécu dans une espèce de bulle hors du monde. Le retour à la réalité se révélait très difficile.

◊◊◊◊◊

Après avoir appelé Else en vain, Greg prit sa voiture pour se rendre là où il s'était juré de ne plus retourner. En progressant dans le cimetière, il imagina alors sa femme cheminant exactement dans ce même décor toutes les fois où elle y avait trouvé refuge. Comment avait-il pu la laisser faire cela toute seule ? L'atmosphère qui y était si déprimante avait forcément contribué à la descente d'Else.

Il s'assit sur la pelouse, le dos contre la tombe de Lucie. Il n'avait jamais éprouvé le besoin de revenir jusqu'à maintenant. La savoir à quelques kilomètres d'eux lui avait suffi. Ce jour-là, au contraire, il avait envie de parler à sa fille à l'unique endroit où il était certain qu'elle l'entendrait. Il devait absolument lui expliquer sa décision.

— *It's so hard for me to get away from you, hon. I can't stand living without you... both of you! Your mommy is impossible. You know she even drives me crazy sometimes, but... I need her. I love her unconditionally.*[11]

Plus serein qu'à son arrivée, il embrassa les doigts de sa main droite qu'il posa délicatement sur la stèle. Il songea en se redressant que si Lucie avait dû donner son avis, elle aurait fait un choix identique.

Il rentra chez lui à l'heure où il aurait dû accompagner Else à l'aéroport. Il savait que l'appartement serait douloureusement vide, comme il l'avait été depuis des mois. Il monta les escaliers lentement, redoutant de se retrouver seul à nouveau, sans elles. Il s'arrêta à son étage, chercha ses clés dans son sac à dos. Il releva la tête en avançant sur le palier, se figeant subitement. Else était là, devant leur porte, assise en tailleur sur sa petite valise-cabine couchée sur le sol. Elle s'excusa presque en le voyant :

— Je n'ai pas pu ! J'ai essayé de partir, mais je n'ai pas pu ! Imaginer ma vie sans toi m'est insoutenable.

---

[11] C'est si dur pour moi de m'éloigner de toi, ma puce. Je ne supporte pas de vivre sans toi… sans vous deux ! Ta maman est impossible. Tu sais qu'elle me rend même dingue parfois, mais… j'ai besoin d'elle. Je l'aime inconditionnellement.

Il lui dit en riant, le regard embué :

— Je peux annuler le billet d'avion que j'ai pris pour demain soir alors ?

Elle se jeta dans ses bras pour l'embrasser, manquant de lui faire perdre l'équilibre.

— Tu fais encore ton petit con avec moi ! Pourquoi tu ne m'as pas prévenue que tu allais me rejoindre ?

— Et te donner l'impression que tu avais gagné ? Je ne voulais pas que ta victoire soit trop éclatante. J'ai encore un peu de fierté.

— On part alors ?

— On part, mon amour.

Else se réveilla au cours de la nuit, les yeux gris de Greg la fixaient.

— Tu ne dors pas ?

— Non, j'ai peur que tu aies disparu en me réveillant.

— Je ne te laisse plus.

— En réalité, tu as bien fait de partir ce matin. Ça m'a servi d'électrochoc. Je ne peux pas rester ici sans toi ! Je me fiche de l'endroit où je vis, du moment que c'est là où tu es. Accorde-moi juste le temps de préparer mon départ correctement.

— D'accord. De toute façon, j'ai quand même gagné puisqu'on va rentrer ensemble à Paris, le nargua-t-elle.

— Justement, il faudra qu'on se mette d'accord sur la version officielle ! Sinon, dans vingt ans, j'en entendrai encore parler. En tout cas, tu ne peux plus douter de l'amour que je te porte, vu que je m'apprête à affronter Marianne pour toi. Elle va sûrement me tomber dessus à coups de fourche. Ça vaut tous les sacrifices que tu as faits pour moi jusqu'à présent, non ? On est quittes.

— Dès qu'elle aura compris que tu ne me retiens plus loin d'elle, tu remonteras dans son estime. Les circonstances seront différentes. En plus, je vais être franche, je me fiche complètement de ce qu'elle pense, du moment que je t'ai, toi. Inconditionnellement.

— Tu me rediras ce mot demain ?

— Demain, après-demain, tous les jours si tu veux.

Le lendemain matin, Greg partit pour son dernier jour à l'université avant ses vacances. Il prévoyait de donner sa démission le jour même. Sa décision était bien arrêtée. Il était prêt à changer de vie afin de partager celle d'Else. Elle était plus importante que tout le reste.

◊◊◊◊◊

Else ferma un dernier carton et y écrivit au marqueur ce qu'il contenait. Elle le confia ensuite aux déménageurs. Greg et elle regardèrent une ultime fois leur salon complètement vide. Ne subsistait dans la pièce que cette lumière si intense qui n'avait pas suffi à éclairer leur existence pendant un an. La première moitié d'août se terminait, cependant, pour eux, tout commençait. Greg la prit dans ses bras et embrassa son cou.

— Prête à passer ta dernière soirée à Chicago chez Em ?

— Elle en viendrait presque à me manquer, figure-toi.

— J'ai intérêt à profiter de ta présence ce soir, parce qu'à partir de demain Jeanne va t'accaparer.

— Ça ne durera que les premiers jours. Elle est tellement contente de nous héberger le temps qu'on trouve un appartement.

— Les entretiens pour mon boulot ne seront que des formalités. Dès que j'aurai signé mon contrat, on pourra trouver un vrai chez-nous.

— On pourra peut-être penser aussi à un deuxième ?

— Un deuxième chat ?

— Un deuxième bébé.

— Je ne sais pas, mon amour. Je ne me sens pas capable d'avoir un autre enfant. J'aurais constamment peur de ce qui pourrait lui arriver. Je ne supporterais pas de revivre une telle épreuve.

— Je comprends. Ça ne sera que toi et moi alors… et le chat.

— Tu ne crois pas qu'au bout de six ans tu devrais lui donner un nom ?

— C'est trop tard maintenant. Il n'y répondrait sûrement pas.

— Parce que là tu trouves qu'il te répond ? Ce chat est comme sa maîtresse ! Ingérable !

Ils sortirent de l'appartement après en avoir fait une dernière fois le tour. Ils fermèrent la porte à clé et s'engagèrent dans les escaliers. En bas de l'immeuble, ils se retournèrent pour regarder les fenêtres de leur ancien chez-eux.

— C'est ça que tu as ressenti quand tu as tout quitté pour venir ici ? Ce nœud à l'estomac. C'est indéfinissable. C'est une sorte d'appréhension mêlée à autre chose, comme de l'impatience. C'était différent quand je suis parti étudier à Paris, parce que je savais que je rentrerais. Là c'est…

— … un saut dans le vide ! dirent-ils en chœur.

Elle le rassura :

— Je l'ai éprouvé aussi. Je l'éprouve encore aujourd'hui. Tu sais, je ne pensais plus vivre ailleurs que dans cette ville quand je t'ai rejoint la première fois. Peut-être qu'on reviendra habiter là un jour ? Qui sait ? On ne peut jamais prévoir…

19

Un an plus tard

La chaleur de ce mois de juillet était étouffante. Else entreprit de fermer un peu les volets pour maintenir une fraîcheur relative. Elle en profita pour regarder la tour Eiffel s'élever au loin. Ce n'était pas son monument parisien préféré, toutefois elle symbolisait si bien, par son inaltérabilité, la devise de Paris[12]. Else aussi avait résisté aux tempêtes qui avaient ravagé sa vie. Elle s'était redressée, plus forte.

Elle finit de fermer les volets. En longeant son lit, elle caressa le chat qui dormait en boule sur les draps. Elle sortit de sa chambre pour se rendre au salon. Elle prit son téléphone qu'elle avait mis à charger sur la bibliothèque et le rangea dans son sac à main, posé sur la table de salle à manger. Greg se plaça soudain derrière elle, puis dégagea ses cheveux longs pour l'embrasser tendrement dans le cou.

— Qu'est-ce que tu faisais ? On va être en retard. L'avion de James atterrit à onze heures.

---

[12] *Fluctuat nec mergitur*, « Il est battu par les flots, mais ne sombre pas ».

— J'ai dû me changer quatre fois pour trouver des vêtements dans lesquels je rentre encore !

Il posa délicatement ses mains sur le ventre d'Else en riant.

— La vache ! Ils sont au moins trois là-dedans ! Le médecin doit vraiment être incompétent pour n'avoir rien vu à l'échographie !

— Il n'y en a qu'un, je t'assure. Monsieur prend juste ses aises. Il a la folie des grandeurs ! C'est son côté américain probablement. Pourquoi se contenter d'une chambre de bonne quand on peut avoir une villa avec piscine ? Les trois prochains mois vont me paraître bien longs !

— Les trois prochains mois et les vingt-cinq ans qui vont suivre !

Greg embrassa encore son cou.

— Il est vraiment temps d'y aller !

Juste avant de quitter le salon, Else passa devant un mur sur lequel était accrochée une mosaïque de photos. Parmi elles, celle qui avait servi de marque-page à Greg. Elle s'était enfin réconciliée avec l'image de sa fille. Else avait désormais envie de l'avoir autour d'elle.

Elle souhaitait également que ce prochain bébé sache qu'avant lui, il y avait eu quelqu'un d'autre. Quelqu'un qui avait fait de Greg et d'elle, un père et une mère. Quelqu'un qui avait ouvert le chemin pour lui. Une lumière douce qui les avait rendus plus solides, invincibles. Qui les avait unis à tout jamais.

Lucie…

Elle serait pour toujours leur premier bébé, l'aînée de leurs enfants. Personne ne pourrait prendre sa place. Else et Greg savaient que, quelque part, de l'autre côté de l'Atlantique, le petit cœur de leur fille battait, palpitait, grandissait, aimait… Ce cœur tomberait un jour amoureux, serait probablement brisé parfois, mais il aurait une vie.

Ce cœur choisirait peut-être, un jour, de venir à Paris. Il y visiterait des endroits qui lui sembleraient étrangement familiers. Il y rencontrerait, pourquoi pas, l'amour de sa vie, de la même façon que Greg avait trouvé le sien en croisant, par une journée d'août ensoleillée, une jeune Française qui l'avait défié.

◊◊◊◊◊

Et si cette fin n'était qu'un début ?
Le début d'une autre histoire, d'une autre aventure ?

Alors, si elle vous tente, je vous donne rendez-vous très bientôt.
Je sais où vous trouver !...

... Else avait raison :
après tout, « on ne peut jamais prévoir ».

Remerciements

Je pensais qu'écrire était une activité solitaire. J'ai découvert que c'était tout l'inverse. Me lancer dans cette aventure m'a permis de faire de formidables rencontres. Beaucoup de ces personnes m'ont aidée et parfois même poussée sur le chemin escarpé de l'auto-édition.

Certaines ont participé à *Tu sais où me trouver !* par leurs encouragements et leurs conseils. Je les ai remerciées bien souvent en privé. Là, je réitère mais publiquement.

Il y a d'abord ceux qui étaient déjà là pour *Qu'une parenthèse.*

Merci à Mathieu, mon premier lecteur, qui est le plus critique de tous. Je ne suis pas toujours d'accord avec ses remarques, mais après avoir fait la tête deux minutes, il m'arrive, parfois, de suivre ses conseils. Là, je sais qu'il va dire que je ne suis jamais ses conseils. Bon… Peut-être, mais au moins ils me font réfléchir. Il sait aussi s'occuper comme personne de nos trois mousquetaires quand j'ai besoin de calme pour écrire. Je les remercie d'être si fiers de moi !

Merci à Nathalie, celle qui a été la première à savoir que j'avais écrit ce que j'appelais alors mon « machin ». Sans elle, ce deuxième roman n'existerait pas non plus. Elle me pousse toujours à me dépasser et à sortir de ma zone de confort. Merci de croire autant en moi !

Parmi mes autres soutiens, il y a forcément celle qui me connaît depuis toujours, qui me fait de si belles couvertures, qui accepte sans broncher de lire ce que je lui envoie et qui est là dès que j'ai besoin. Merci à ma sœur, Vanessa. Pour de vrai, on fait une super équipe !

Elle a aussi mis dans la boucle Daniel. Je sais que je ne remplacerai jamais Tatiana de Rosnay dans son cœur de lecteur, mais merci à lui d'être toujours si enthousiaste pour me lire.

Grâce à mon premier roman, j'ai rencontré d'autres personnes qui m'ont apporté un soutien incroyable. Certaines ont lu *Tu sais où me trouver !* alors que *Qu'une parenthèse* commençait à peine sa vie.

Merci à Laure, ma super chargée de com', pour son soutien, ses encouragements et la place particulière qu'elle occupe dans mon parcours. J'ai aussi tenté grâce à elle des choses dont je me croyais incapable, et je ne parle pas que du *speed dating* éditorial auquel je me suis inscrite à la surprise générale. J'aurai toujours une bâche et une pelle disponibles pour toi !

Merci à Amélie, une rencontre virtuelle qui commence par un commentaire anodin, avant de se découvrir tant de points communs. Depuis ce sont des fous rires, du réconfort, de l'entraide. Si tout se passe bien, nos deux « bébés » devraient naître en même temps. Et ce hasard qui a voulu qu'Else croise le chemin d'une Amélie !

Merci à Lucie, qui a lu mon roman à un moment où je doutais et où je m'apprêtais à le soumettre à des jugements impitoyables. Une autre très belle rencontre ! Et quelle coïncidence, ce prénom ! C'était sûrement un signe.

Je remercie enfin Alexandra, qui contrairement aux autres a eu l'avantage de lire la version définitive. Mais ce n'est pas pour ça qu'elle a moins souffert que les autres. Encore une de ces rencontres qui ne s'expliquent pas et qui débarquent avec leur lot de fous rires, de soutien, de complicité. Tu embrasseras Jean-Claude de ma part !

J'espère qu'ils seront partants pour essuyer les plâtres du troisième. Je les remercie d'avance s'ils acceptent de servir à nouveau de cobayes.

Je remercie évidemment ceux et celles que j'aime retrouver chaque semaine pour rigoler (enfin surtout pour en baver au départ). Ils ont été si bienveillants en découvrant que j'avais publié un roman. Certains m'ont même passé un savon pour ne pas leur avoir dit avant. Un merci particulier à celle qui a vendu la mèche en faisant des annonces « officielles ». Je n'ai jamais été aussi rouge et muette de ma vie ! Depuis, pas une semaine sans qu'ils ne me demandent « À quand le prochain ? ». Je peux enfin leur répondre « Le voilà ! ».

Le tableau ne serait pas complet sans ceux qui n'ont pas encore découvert Else et Greg au moment où j'écris ces lignes. Je voudrais donc remercier les lecteurs et lectrices qui m'ont encouragée à continuer en laissant une chance à Solange : ceux qui ont lu son histoire, ceux qui en ont parlé, ceux qui l'ont aimée, et ceux qui attendaient un autre roman. J'espère qu'il est à la hauteur de vos attentes.

Je finis en remerciant Solange, Samuel, Hélène, Léna et tous les autres. Comme Lucie a fait de Greg et Else des parents, ces personnages ont fait de moi une auteure. Ils m'ont accompagnée pendant des années avant de finalement affronter le monde, faisant fissurer les murs de mon imaginaire. J'espère que cette famille hétéroclite s'agrandira encore pendant un bon moment.

Je crois que j'ai fait le tour. Ça commence à faire du monde. J'espère que vous ferez partie de la prochaine aventure !

Printed in Great Britain
by Amazon

29649075R00142